心是孤独的猎手

〔美〕卡森·麦卡勒斯 著

严 春 译

地震出版社

图书在版编目（CIP）数据

心是孤独的猎手/（美）卡森·麦卡勒斯/著；严春，杜婧媛
译.—北京：地震出版社，2018.5
ISBN 978-7-5028-4968-9

Ⅰ.①心… Ⅱ.①卡… ②严… ③杜… Ⅲ.①长篇小说—美
国—现代 Ⅳ.①I712.45

中国版本图书馆 CIP 数据核字（2018）第 069644 号

地震版 XM4166

心是孤独的猎手

〔美〕卡森·麦卡勒斯 著

严 春 杜婧媛 译

责任编辑：范静泊
责任校对：凌 樱

出版发行：**地震出版社**

　　　　　北京市海淀区民族大学南路 9 号　　　邮编：100081
　　　　　发行部：68423031 68467993　　　传真：88421706
　　　　　门市部：68467991　　　　　　　　传真：68467991
　　　　　总编室：68462709 68423029　　　传真：68455221
　　　　　市场图书事业部：68721982
　　　　　E-mail：seis@mailbox.rol.cn.net
　　　　　网址：http://www.dzpress.com.cn

经　销：全国各地新华书店
印　刷：三河市嵩川印刷有限公司

版（印）次：2018 年 5 月第一版　2020 年 5 月第二次印刷
开本：787×1092　1/16
字数：258 千字
印张：16
书号：ISBN 978-7-5028-4968-9/I（5671）
定价：49.00 元

Contents 目 录

Chapter 1 ▌ 第一章

1

镇上生活着两个哑巴，总是形影不离。他们每天大清早手挽手地从住所走出来去上班。这两人很不一样。在前面带路的是个希腊人，长得很肥胖，总是恍恍惚惚的。他经常在夏日穿黄色或绿色球衫出门，衣服前摆胡乱塞在裤子里，后摆则松松垮垮地垂着。当天变冷后，他就在球衫外面套上不成形的灰色毛衣。他的脸又圆又油，眼睑半开半闭，弯曲的嘴唇显出温柔而愚蠢的微笑。另一个哑巴个子高高的，眼睛里透出敏捷和智慧，他的衣着总是整洁而朴素。

每天清晨，两个伙伴一起默默地走着，一直走到小镇的主街，然后当他们来到一家水果糖品店时，他们就会在店外的人行道上稍事休息。其中那个希腊人，斯皮诺思·安托纳帕罗斯，受雇于他的表兄——这家水果糖品店的老板，他的工作是制作糖果和蜜饯，拆箱取出水果以及打扫卫生。而那个瘦高个哑巴，约翰·辛格，则会在每次分手前将手放在伙伴的胳膊上，定定地盯着他的脸看上几秒，再转身离开。然后在这样无声的道别后，辛格独自穿过街道，走向那里的珠宝店——他在那里当银器雕刻工。

两个人在傍晚时分再次碰到一起。辛格来到果品店，等着安托纳帕罗斯一起回家。这时希腊人会慢吞吞地拆开一个装着桃子或者甜瓜的箱子，或者就那么看着商店后厨中报纸上的连环画。下班前，安托纳帕罗斯总会打开他白天藏在厨房货架当中的纸袋，里面有他攒下来的各色食物：一点儿水果、糖果样品和一小截肝肠。和往常离开前一样，他蹒跚着走向小店前存放着肉和奶酪的玻璃柜，他滑开玻璃柜的后门，用胖手摸索着那些他觊觎的美味。有时他的表兄没注意到他，但如果被他看到了，他就会带着紧绷而苍白的脸色警告般地瞪着他的表弟，然后安托纳帕罗斯只好沮丧地将美味从柜子的一角移到另一角。在此期间，辛格总是双手插进口袋，站得笔直，看着其他方向。他对这两个希腊人之间的小名堂不感兴趣，因为在这个世界上，安托纳帕罗斯除了喝酒和某种孤独而秘密的乐趣外，就只热衷于吃了。

暮色中两人一起慢慢地走回家。在家里，辛格便开始对安托纳帕罗斯"说话"。他的手快速地打着手语，脸上带着急切，灰绿色的眼睛闪烁着光芒。用他瘦长有力的手指，他告诉安托纳帕罗斯这一天所发生的事。

安托纳帕罗斯怠惰地半躺着，看着辛格，几乎都不怎么动手指——除了说他要吃东西、睡觉或者喝酒。即使是这三件事，他也总是用同样含糊不清的手势来表达。到了晚上，要是他没怎么喝醉，就会跪在床前祷告片刻，并用肥手比划出这样的话语："圣父、圣母、圣灵在上。"安托纳帕罗斯就仅仅只会"说"这些了。辛格从来不知道他的伙伴能理解多少他所要说的话，不过这并不重要。

他们共住在小镇商业区附近一所小房子的楼上，那有两个房间。安托纳帕罗斯会就着厨房里的煤油炉做饭，那里有把板直的餐椅，是辛格用的；还有另一只加有厚软垫的沙发，安托纳帕罗斯专用。卧室中则只有一张属于安托纳帕罗斯的大双人床，上面盖着鸭绒被；以及一张属于辛格的窄铁床。

晚饭总会花费不少时间，因为安托纳帕罗斯喜爱食物并且细嚼慢咽。吃完后，出于对某种味道的眷恋，或不想失去刚才的晚饭的回味，这个壮希腊人会仰躺在沙发上，慢慢地用舌头舔每一颗牙齿，同时，辛格则负责洗碗。

有时这两人会在晚上下象棋，辛格一向喜欢这项游戏，几年前他曾试图教会安托纳帕罗斯。安托纳帕罗斯起初对这并不感兴趣，辛格就在桌下放瓶佳饮，课后拿给他喝。这个希腊人完全不适应"马"的古怪走法和"王后"横扫式的灵活步法，不过他好歹学会了开局。他喜欢执白棋，拿到黑棋就不玩。开局几步后，辛格就开始自己两边下子，他的伙伴则在旁边懒洋洋地观看。若辛格大肆杀戮自己的黑子，最终杀掉了黑"国王"，安托纳帕罗斯总会感到非常自豪和开心。

两人没有其他朋友，除去工作时间，他们一直孤独地待在一起，每天都如此。他们过于孤独了，所以什么事都无法打扰他们。每周他们都要去次图书馆，辛格会借本推理小说；周五晚上则一同去看电影，然后在发薪日一起去陆军海军商店上方的十美分照相馆，安托纳帕罗斯会拍一张照片。这就是他们的每周行程，镇上他们有很多地方从未去过。

小镇坐落于南部深处，夏天很长，寒冷的冬日则较少。天空总是碧蓝如洗，骄阳似火，之后十一月的微凉细雨到来，接着或许会有霜冻，以及短短几个月的寒冷。冬日多变，夏日恒热。这座小镇很大，主街上有好几个街区布满两三层楼的商店和营业厅。镇上最大的建筑是雇佣了小镇大量人口的工厂，这些棉纺厂又大又兴旺，而大多数工人却很穷。街上行人的脸上常常充满了饥饿孤独的绝望表情。

不过这两人并不感到寂寞。在家里，他们满足于吃喝，辛格急切地向朋友讲述心中的一切。多年后，辛格三十二岁了，他已经和安托纳帕罗斯一起在镇上生活了十年。

后来有一天希腊人病倒了，他坐在床上，手放在胖肚子上，两颊流着大而油的泪水，辛格请假去找伙伴那位果品店的表兄。医生列了个清单，告诉安托纳帕罗斯不能再喝酒了。辛格谨遵医嘱，他整天守在伙伴的病床前，做些能让时间过得快一些的事，可安托纳帕罗斯只是用眼角生气地看着辛格，并没有表现的高兴。

希腊人很烦躁，不住挑剔着辛格为他准备的果汁和食物，不断地让他的伙伴扶他起床，以便他能祷告。他跪下时，大屁股会垂在胖嘟嘟的短腿上，他笨拙地用手语表示"亲爱的玛利亚"，接着紧握住用一根脏绳子绑在脖子上的小铜十字架。他的大眼睛带着敬畏，浮到天花板上。然后，他会绷着脸，不搭理他的伙伴。

辛格很有耐心，竭尽所能。他画了些小画，有一次给伙伴画了张速写来逗他开心。这张速写让胖希腊人不太高兴，最后辛格把他的脸改得年轻、帅气，头发改成金黄，眼珠改成中国蓝，这才罢休。之后，安托纳帕罗斯努力不让自己喜形于色。

经过辛格一周的悉心照料，安托纳帕罗斯康复了。但从此他们的生活发生了变化。他们遇到了麻烦。

安托纳帕罗斯虽然病好了，人却变了。他脾气开始暴躁，不再满足于在家里静静地度过夜晚。当他出去时，辛格紧跟在他后面，他会去一家餐厅，两人在桌边坐下后，他就悄悄把方糖、胡椒瓶或银餐具装进口袋。辛格总替他收尾，总算没闹出什么乱子。回家后辛格责怪安托纳帕罗斯，但胖希腊人只是无动于衷地看着他笑。

　　过了几个月，安托纳帕罗斯的习惯越来越糟。一天中午，他从表兄的果品店平静地走出来，走到街对面第一国家银行大楼的墙根下撒尿。有时他在人行道遇到不喜欢的人，就会一头撞向他们，并用胳膊肘和肚子推他们。有一天他走进一家商店，没付钱就拖走了一盏落地台灯。还有一次，他试图拿走看中的陈列柜里的电动火车。

　　这段日子对辛格来说十分难熬。他不停地在午休时陪着安托纳帕罗斯去法院处理这些违法行为。这让辛格很焦虑，也让他熟悉了法庭的程序。他的存款都用来交保释金和罚款了。辛格尽其所能地花钱，好让他的伙伴免于来自偷窃、猥亵，斗殴等指控所带来的牢狱之灾

　　希腊人的表兄根本不管他。查尔斯·帕克（表兄的名字）仍让安托纳帕罗斯留在店里，但他总是绷着苍白的脸，完全没有帮他的意思。辛格对查尔斯·帕克有一种奇怪的感觉——他开始讨厌他了。

　　辛格陷入了频繁的混乱和担忧中，但安托纳帕罗斯总是置若罔闻，无论发生了什么，他都温柔、松弛地微笑着。多年来，辛格冥冥中觉得这笑容里有些微妙和智慧。他从不知道安托纳帕罗斯在想什么，明悟了多少东西，而现在，辛格从朋友的表情中发现了一些狡黠和戏谑。他会摇晃伙伴的肩膀直到筋疲力尽，并用手语反复劝说——但这全无用处。

　　辛格花光了所有钱，只能找他的珠宝店老板借钱。某次，他没钱保释伙伴，安托纳帕罗斯就在拘留所里蹲了一夜。当辛格接他出来时，他很不高兴，他不想离开。他很喜欢监狱中的腌猪肉、糖汁玉米面包还有狱友。

　　因为他们太孤单了，以致于辛格找不到谁来帮帮忙。安托纳帕罗斯也并不希望谁来中断或治愈他的恶习，在家时，他有时会做拘留所吃过的新菜；而在外面，他的行动则根本无法预测。

　　然后最终的麻烦来了。

　　一天下午，他去果品店接安托纳帕罗斯，查尔斯·帕克给了他一封信，上面说查尔斯·帕克已安排表弟到两百英里外的州立疯人院去。查尔斯·帕克运用了他在小镇的影响力，解决了种种细节，而安托纳帕罗斯将在下周住进那家疯人院。

　　辛格反复读着信，脑子瞬间变得空白。查尔斯·帕克在柜台对面和他说话，而他甚至懒得去读他的口形。最后，辛格拿出随身携带的便笺簿，写道：

"你不能这样做。安托纳帕罗斯必须和我在一起。"

查尔斯·帕克激烈地摇着头，他不怎么懂美式英语，只是不停地说："这不关你的事。"

辛格知道一切都完了。查尔斯·帕克担心表弟有一天会成为负担，这个希腊人不懂多少美式英语，却对美元十分了解，靠着金钱和关系，他毫不拖泥带水地把表弟送进了疯人院。

辛格对此无能为力。

第二周，辛格的行动变得狂躁，他不停地"说"，虽然手不停，但依然没法表达出所有他想说的。他想把所有念头都告诉安托纳帕罗斯，可惜没时间了。他的灰眼珠闪着光，睿智的脸上现出紧张之色。安托纳帕罗斯迷糊地看着他，辛格也不知道他明白了多少。

很快就到了安托纳帕罗斯离开的日子。辛格拿出手提箱，细致地把最值钱的物品一一打包。安托纳帕罗斯给自己做了顿午饭，打算路上吃。傍晚，他们最后一次手挽手走在那条街上，此时已是十一月末的寒冷下午，空气中出现了小团白色的哈气。

查尔斯·帕克打算跟表弟一块去，然而在站台上却离他们远远地。安托纳帕罗斯挤进车厢，在前排一个座位上费力折腾了半天才安顿下来。辛格从窗口绝望地望着他，最后一次用手语和伙伴交谈，可安托纳帕罗斯忙着检查午餐盒里的食物，压根没顾上辛格。车启动时，他把脸转向辛格，笑容平淡而悠远，仿佛两人早已远隔千里。

之后的几周犹如梦游，辛格整天待在珠宝店后的工作台边，晚上则独自回家。他只想睡觉，下班到家后，他会躺在小床上小睡一会，半梦半醒间，他梦见了安托纳帕罗斯，他的手紧张地抽动，因为他正在梦中与伙伴交谈，而安托纳帕罗斯正看着他。

辛格努力回忆两人相识前的日子。他努力去回想那些年轻的岁月，可所有这些都显得那么虚幻。他想起了一件特别的小事，虽然他在婴儿时就聋了，但他并非真正的哑巴。他很小就成了孤儿，被送进了聋哑儿收养院，学会了手语和阅读。九岁前他就学会了美式单手手语和欧式双手手语以及唇语，之后他被教会了"说话"。

在学校里，他的功课总比别的同学进度快，大伙儿都认为他十分聪明，但他不习惯用嘴说话。他觉得这不自然，舌头在嘴里仿佛一条大鲸鱼。从别人脸上麻木的表情，他感到自己的声音恶心得像某种动物。用嘴说话使他很痛苦，双手的手语则自在许多。二十二岁时，他从芝加哥来到这座南部小镇，接着就遇到了安托纳帕罗斯，此后，他再未开口说话，因为不需要了。

除了和安托纳帕罗斯在一起的十年，其余都很不真实，在迷蒙的梦境中，他的伙伴仿如真人。醒后，辛格的心被一种孤独刺痛了。

有时，辛格会寄一箱子东西给安托纳帕罗斯，但都石沉大海。

在空虚和迷茫中，几个月过去了。

春天来了，辛格变得无法入睡，情绪焦躁不已。到了晚上，他会在屋子里机械地打转，陌生的情绪郁积难发，只在黎明前的几小时才能稍稍入眠，昏睡着，直到晨曦如短刀般刺破他的眼皮。

辛格开始四处游荡于镇上，以消磨晚上的时间。他无法再待在安托纳帕罗斯住过的屋子，便另租了镇中心不远处一幢破破烂烂的公寓里的房间。他每天去两条马路外的一个餐馆用餐，餐馆叫"纽约咖啡馆"，在主街的尽头。第一天，他快速浏览了一遍菜单，写了一张便条给老板：

早餐：给我一个鸡蛋、吐司和咖啡——0.15美元

中餐：汤（随意）、夹肉三明治和牛奶——0.25美元

晚餐：三种蔬菜（随意，除了卷心菜）、鱼或肉、一杯啤酒——0.35美元

谢谢

看了便条后，咖啡馆的老板警觉而世故地瞥了辛格一眼。他是个硬朗的男人，中等身材，留着又黑又重的络腮胡，下半张脸就像铁铸一般。他常待在收银台的角落里，双臂交叉，置于胸前，静观周围。辛格一天三餐都在这儿，于是逐渐熟悉了他的脸。

辛格每晚会独自在街上闲逛好几个小时。有些夜晚会刮三月刺骨潮湿的冷风，有时则下着大雨，不过他对此无所谓。他迈着焦虑的步伐，双手深藏兜中。天气渐暖，让人昏昏欲睡，焦虑逐渐变成了疲倦，辛格的身上出现了一种深深的平静。脸上沉静无比，只有最悲伤或最智慧的脸上才会有这样的表情。是的，他仍漫步于小镇的大街小巷，沉默而孤单，永远。

2

夏初，某闷热之夜，午夜十二点，比夫·布瑞农站在"纽约咖啡馆"的收银台后方。外面路灯已熄，咖啡馆中的光线透在人行道上，形成清晰的黄色长方块。街上人迹全无，但在咖啡馆里，有六个顾客喝着啤酒或圣·露琪亚葡萄酒或威士忌。比夫麻木地等着，胳膊肘放在柜台上，拇指则挤压着长鼻尖。他的眼神专注地盯着一个穿着工装裤的矮胖子，他喝醉了，很吵闹。比夫不时盯着中间一张桌子旁的哑巴或柜台前的顾客看，但最后总会转向那个工装裤醉鬼。时间渐晚，比夫仍然默默地等在柜台后，在最后检查一遍餐馆后，朝楼上的后门走去。

他悄悄走进楼梯顶层的房间，里面很暗，他走得很谨慎，走了几步，脚趾重重被撞了一下。他蹲下去，摸索地板上的手提箱把手。他只在房间待了几秒钟，正要离开时，灯亮了。

艾莉斯从皱巴巴的床上起身，盯着他："你拿手提箱干什么？"她问，"就不能打发那疯子？别再让他喝下去了！"

"醒醒，你自己去吧！打电话叫警察，把他扔进链子锁住的只能吃玉米面包喝豌豆汤的囚犯当中！去吧，布瑞农夫人。"

"如果明天他还在下面，我会这么做，但你得离箱子远点，他不再是那个寄生虫的了。"

"我知道什么是寄生虫，但布朗特不是，"比夫说，"至于我，虽然我不了解我自己，但也不是那种小偷。"

比夫平静地把箱子放在外面的台阶上，房间的空气不像楼下那么污浊闷热。他打算多待一会儿，回去前用冷水洗个脸。

"今晚你若再不打发掉那家伙，别怪我不客气！白天他在后面打盹，晚上你就白给他晚餐和啤酒，一周来他一分钱没付，他的疯话和蠢样会搞垮一切生意。"

"你不懂别人，你也不懂真正的生意，"比夫说，"这家伙十二天前以一个陌生人的身份来到这个镇子。第一周他给了我们二十美元的生意——至少二十。"

"之后就赊账了，"艾莉斯说，"赊了太多天了——烂醉如泥，耻辱！而且他不过是个流浪汉和变态。"

"我喜欢变态。"比夫说。

"我就知道！我就知道你会这样说！布瑞农先生——因为你自己也是。"

他揉了揉他的青色下巴，没理她。他们婚后的前十五年只是简单地称对方比夫和艾莉斯，一次口角中，他们开始互相称呼对方为先生和夫人，此后，称呼再没改回去。

"我得警告你，别让我明天下楼时再看见他。"

比夫走进浴室，洗脸，然后觉得还有时间刮胡子。他的胡子又黑又重，好像三天没整理。他站在镜子前，摸着脸颊沉思，有点后悔和艾莉斯说话——对她，最好沉默。和那女人在一起，总会让他感到失去自我，变得和她一样粗暴、琐碎和庸俗。比夫冷冷地凝起眼神，半藏着些嘲讽——在结着老茧的手上的小指上，戴有一只女式婚戒。门在他身后敞开，从镜中，能看见艾莉斯躺在床上。

"听着，你的问题在于你没有真正的仁慈。我认识的女人里只有一个有。"

"哼，我知道你要做什么，是所有人都感到不齿的事——我早就看透你了——"

"又或者是好奇心，你从不关注任何重要的事——不观察，不思考，也不动脑子——这应该就是我们俩最大的区别。"

艾莉斯又睡了，他超然地望着她——从镜子里。她身上没有能吸引他注意和凝视的特征，他的视线从她浅褐色的头发移到被单下粗短的腿型、从脸部柔和的线条到浑圆的臀部和大腿，当不再看她时，脑海里却没有她的某个突出特征，只有她的整体形象。

"对于看好戏的乐趣，你不懂。"他说。

"当然，楼下那家伙不就是吗？不过也是一个小丑。我受够了。"她有些疲倦地说。

"见鬼，他和我没有任何关系，既不是亲戚，也不是朋友。从细节看出真相，你懂吗？"他把热水拧开，开始快速地刮起了胡子。

五月十五日清晨——没错，杰克·布朗特走进店里。比夫马上注意到了，并开始观察他。这是个身材短小的男人，肩膀宽厚，如同横梁。他有着乱蓬蓬的小胡子，下方的嘴唇看着像被黄蜂蛰了。他的身上还有很多不协调的地方，比如头又大又匀称，脖子却很纤柔，如同小男孩；胡子像是为了参加化装舞会贴上去的，看着很假，不由让人担心说话太快胡子会掉下来；纵然又高又光滑的额头和睁得大大的眼睛，能让他的脸显得年轻，他看起来仍像个中年人。他的手很大，满是污迹和老茧；他身着廉价的白亚麻西装，透着一股滑稽的气息，但又让人笑不出来。

他点了一品脱酒，半小时就喝完了，然后他坐进一个包间，吃了顿鸡肉套餐，接着读书、喝啤酒。这只是开始——尽管比夫对布朗特观察的很仔细，却猜不到之后后会发生的疯狂的事，他从没见过谁十二天内能这么多变，也没见过谁能喝这么多酒，醉得这么久。

比夫用大拇指把鼻尖向上推，刮起了上唇的胡子。刮完后显得清爽多了。当他下楼经过卧室时，艾莉斯已入睡。

手提箱很重。他拎着它到了餐馆前端的收银台后——他每晚都在那。他有条理地扫视了一下周围，一些顾客离开了，房间不怎么拥挤了，但情况没什么变化。聋哑人仍独自坐在中间桌子旁喝着咖啡，醉鬼还是喋喋不休，像在自说自话，没有听众。这晚，他没穿十二天来一直穿的脏亚麻西装，而是换了件蓝色工装裤，袜子不知所踪，脚踝破了，沾了些泥。

比夫留意着那人的独白片段，似乎又在说些奇怪的政治话题。昨晚，他一直说着自己去过的地方，像得克萨斯、俄克拉荷马、卡罗莱纳等。有一次提到了窑子，然后他就说起了粗俗的笑话，以致于只能用啤酒让他安静下来。不过大部分时间，没人确切知道他在说什么。说啊说啊说，他的话就像洪水一样滔滔不绝，问题是他的口音和用词总是变。他的谈吐有时像棉纺工，有时又像教授；他会说生僻词，然后在语法上犯错误，很难判断他是个什么样的人，或从哪来——他变化无常。比夫摸着鼻尖沉思，这之间没什么联系，但联系通常和大脑有关。这家伙脑子灵活，但总是无征兆地从一件事转到另一件事，仿佛一个迷了路的人。

比夫斜靠在柜台上读起了晚报。上面的头条说，镇议会考虑了四个月后，宣布对于某些危险地段红绿灯的开支，当地财政已无力负担。左边的一栏则是亚洲的战事。比夫仔细看了两条新闻，眼睛看着字，同时却时刻留意着周围。文章看完了，眼睛仍半眯着盯着报纸。他感到紧张，那家伙是个问题，早晨前得想法解决。而且，不知为什么，他感觉晚上会发生一件大事——这家伙不能老这样下去了。

比夫感到了什么，他立刻抬头，一个十二岁左右、身材瘦长、头发为亚麻色的小女孩，正站在门口往里望，她身穿卡其布短裤、蓝衬衫和网球鞋——乍一看像个小男孩。比夫推开了报纸，当她走向他，他笑了。

"你好，米克，去了女童子军了吗？"

"没，"她说，"我不属于她们。"

他从眼角看见那醉鬼砰地一拳砸在桌上，转身离开了说话对象。比夫的声音在和这个小女孩说话时变得有些粗糙。

"你家人知道你午夜还不回家吗？"

"没事。我们街区一群孩子今晚在外面玩得很晚。"

比夫从没见过她和同龄人一块到这儿来，几年前，她还总跟在哥哥后面。凯利有个大家庭，等她大了一点，有时会拉着装有几个流鼻涕的小家伙的推车过来，其他情况，她就独自一人。现在这孩子站在那儿，似乎无法决定她想要什么，她不停地把潮湿的、发白的头发往后捋。

"我需要一包烟，请给我便宜的。"

比夫想说点什么，犹豫了一下，然后伸手到柜台中。米克掏出手帕，解开上面打的结，里面是钱。她用力一拽，一些硬币掉到地上，滚向布朗特——他正站在那低声抱怨着什么。他盯着硬币发了会儿呆。米克正要去捡，他却回了神，俯身捡起了它们。他脚步重重地走向柜台，轻颠着手中的硬币：两个一分币，一个五分币，一个十分币。

"烟现在是七十美分吗？"

比夫等着，米克看了看他，又看了看布朗特。醉鬼把硬币在柜台上弄成一小堆，用大脏手围着，然后慢慢拿起一枚硬币，弹了出来。

"半美分给种烟草的穷白人，半美分给卷烟的蠢货，"他说，"一美分给你，比夫。"然后他试图集中视线，以看清五分币和十分币上面的铭文。他不停拨弄两枚硬币，让它们转圈，最后把硬币推开："致敬解放、民主和暴政。致敬自由与抢劫。"

比夫平静地将硬币收进钱盒。米克似乎还想待上一会儿，她久久地盯着醉鬼，目光随后转向店中间——哑巴在那独自坐着。布朗特也不时向那望去。在啤酒杯前，哑巴沉默而无聊地拿着烧焦的火柴头，在桌上画着。

布朗特先开口了："有意思的是，过去三四个晚上我都在梦里见到了那家伙——他不肯放过我。你们注意到了吗，他好像没说过话。"

比夫极少对一个顾客说另一个顾客的闲话，于是敷衍道："是的，他不说话。"

"很奇怪啊。"

米克换了只脚承重，把香烟塞进短裤口袋："你要是知道他的话，就不会觉得有什么了，"她说，"辛格先生租了我们家的房子，跟我们住一块。"

"是吗？我声明——我并不知道。"比夫说。

米克向门口走去，头也不回地回答："当然，他才在我们家住了三个月。"

比夫放下衬衫袖子，再仔细地卷上去，米克离开时，他的视线一直在她身上，即使她走了几分钟，他仍摸着袖子，盯着空荡的门口看。然后他双臂交叉在胸前，又看向了醉鬼。

布朗特重重地靠在柜台上，褐色的眼睛睁得大大的，有点潮湿，神情茫然；他非常需要洗个澡，他的身上臭得像山羊，他汗湿的脖子有污垢，脸上有油渍；他的嘴唇又厚又红，棕色的头发纠缠在额前；他的工装裤太短了，以致不停地拽着裤裆。

"伙计，你也该知道，"比夫终于说道，"你不能再这样到处转了！我很惊讶你居然没被当成流浪汉给收容走！你该清醒了——你需要洗个澡，剪个头发。圣母在上！你简直不配待在人群中。"

布朗特皱着眉头，咬着下唇。

"收起你的火气，照我说的去做。去厨房，让那黑人孩子给你一大盆热水，告诉威利给你一条毛巾和大量肥皂，好好洗洗，然后吃点牛奶吐司，打开你的手提箱，换上干净的衬衫和合适的裤子，那么明天你就可以做任何你想做的，干任何你想干的工作，理顺一切。"

"你知道你能做什么，"布朗特醉醺醺地说，"你只能——"

"好啦，"比夫克制地说，"我不能！你规矩点！"

比夫到柜台另一端拿出两杯生啤酒。醉鬼笨拙地把杯子抬起来，却让啤酒溅到了手上，还弄湿了柜台。比夫仔细品味着自己的那杯酒，眯着眼睛，从容地打量着布朗特。尽管布朗特给人的第一印象是个疯子，但他显然不是，有什么东西在他身上走样了——仔细看的话，他的每一处都很正常——是本来应该的样子，因此，差异十有八九是在心灵上。他就像进过监狱，或是在哈佛念过书，或在南美和外国人混了很久；他像是去过一些别人不太可能去的地方，或者做过一些别人不容易做的事情。

比夫歪了歪头，说："你是哪儿人？"

"哪儿都不是。"

"总得有个出生地吧。北卡罗莱纳——田纳西——阿拉巴马——或者别的。"

带着恍惚和涣散的眼神，布朗特说："卡罗莱纳。"

"我能看出你经历过很多。"比夫微妙地暗示。

但醉鬼置若罔闻，他早就不再看着柜台，而是看向了外面漆黑、空荡的大街，随后，他散漫地、脚步不稳地走向门口。

"再见。"他朝后喊了一声。

又只剩比夫一个人了，他快速检视了一遍餐馆。已经午夜一点多了，店里只剩四五个客人，哑巴仍独自在中间桌子那。比夫懒洋洋地盯着他，摇了摇杯底剩下的几滴啤酒，慢慢地一口喝完，视线又接着回到了柜台那的报纸上。

他却一点也看不进去，他想到了米克。卖给她香烟是对的吗？抽烟对她这样的孩子真有害吗？他眼前浮现米克半眯着眼睛把头发往后捋的样子，然后是她沙哑如男孩般的声音，再是她喜欢拽卡其布短裤的习惯，还有昂首阔步地走路，就像电影里的牛仔一样。他的心中现出一种温柔，这让他有些不安。

他心神不宁地把注意力转向了辛格。辛格双手置于口袋中，沉默地坐着，面前的半杯啤酒已变得温热而混浊。他打算在辛格走前请他喝杯威士忌——就像艾莉斯所说，他就是喜欢变态，对于病人和残疾人，他心存特殊的情感——若恰好进来一个得兔唇病或肺结核的家伙，他肯定会请他喝一杯；若是个驼子或残疾得很厉害的人，则会请威士忌；有个家伙在锅炉爆炸中丢掉了生殖器和左腿，只要他来，肯定能得到一品脱免费酒；假如辛格嗜酒的话，只要想喝就能半价喝。比夫点点头，然后把报纸整齐地叠好，和其他报纸一起放在柜台下面。到了周末，他会把它们都带到厨房后面的储藏室，他在那儿保存着过去二十一年的所有晚报。

两点时，布朗特又回到了店里，同行的还有个拿着黑包的高个儿黑人，这醉鬼试图把他带到柜台那儿喝上一杯，可黑人一意识到这一点，马上就离开了。比夫认出了这个黑人，记忆中，他一直在镇上行医，还和厨房中的年轻人威利有点儿关系，在他转身之前，比夫看见他目露仇恨地瞪了布朗特一眼。

布朗特就站在那儿。

"你不知道？不许带'黑鬼'到白人喝酒的地方来。"有人问。

比夫远远观望着。

布朗特生气了，看得出来喝多了："我自己也是部分'黑鬼'。"他大喊，仿佛在挑衅。

屋里静了下来，比夫警惕地注视着他。他那粗大的鼻孔和转动的眼白，显示他说的可能是真的。

"我有部分黑鬼、南欧猪、东欧猪的血统，所有都有！"

哄笑阵阵。

"我还是荷兰人、土耳其人、日本人和美国人。"他弯弯扭扭地绕着哑巴的桌子走，声音巨大而沙哑。"我知道，我是个在陌生的国度的陌生人。"

"安静！"比夫对他说。

布朗特没理任何人，除了这个哑巴——他们在互相看着对方，哑巴的眼睛冷淡而优雅，像猫一样，全身都仿佛在倾听。

醉鬼发怒了："你是这镇上唯一明白我意思的人，我两天来一直和你在脑子里交谈，因为我知道你懂我说的。"

隔间有人笑了，这醉鬼压根不知道他实在是和一个聋哑人说话。比夫飞快地瞥了着两人一眼，凝神倾听。

布朗特在桌边落座，靠向辛格："有人知道真理，有人不知道。一万个无知之人中只会有一个知道的人——任何时代都这样，这真是个奇迹——世人知道那么多，却偏偏不知道这一点。就像十五世纪，所有人都认为地球是平的，只有哥伦布，还有少数几人知道真理。不同的是，发现地球是圆的需要天赋，而我所说的是如此明显，却无人知晓，这真是整个历史上的奇迹——懂吧！"

比夫双肘搁在柜台上，看着布朗特，好奇地问："知道什么？"

"别理他，"布朗特说，"那就是个多管闲事的平足青下巴杂种！你看，我们这些知道真理的人如果相遇，必将是件大事——却几乎从未发生过。有时我们相遇，往往不知道对方是同样的人——这糟透了！我遇见过很多次了，但你看，我们这样的人还是太少了。"

"共济会？"比夫问。

"你闭嘴！当心我拧下你的胳膊，再用它揍你。"布朗特大吼。他身子弯向哑巴，放低声音，醉醺醺地小声说："怎么回事呢？为什么这个无知的奇迹会世代延续呢？一个原因：阴谋！阴险而无处不在的阴谋！蒙昧主义！"

隔间的人还在嘲笑这个试图和哑巴谈话的醉鬼，唯有比夫在留心哑巴是否真的听懂了别人的话——这家伙不时点头，神色中带着沉思——其实他就是慢罢了。布朗特又讲了几个关于"知道"的笑话，哑巴直到几秒钟后才笑了一下；话题又渐趋无趣，笑容却仍停留在他的脸上。这家伙真是不可思议！在意识到他的独特前，人们甚至就不自觉地他吸引，他的眼睛让人觉得他听过别人从未听过的东西，他知道以前别人不知道的事，他的表现不像个正常的人。

杰克·布朗特斜靠在桌上，话多得就像决了堤一样，比夫已听不出他在说什么了。布朗特的舌头喝木了，语速飞快，声音糊成了一团。比夫很想知道，当艾莉斯驱赶他后，他能上哪儿去——她警告过，早晨就会付诸行动。

比夫有些犯困，拍了拍张开的嘴，打着呵欠，让两颚放松一些。

午夜三点了，这是一天中最冷清的时刻。

哑巴很耐心，他一直在"听"布朗特说话，将近一小时。他开始偶尔看看钟，布朗特没注意，仍在高谈阔论。

最后，他停了下来了，卷了支烟；哑巴带着难以察觉的微笑，往朝时钟的方向点了点头，然后从桌旁起身，他的双手一如既往地插在口袋里，很快走了出去。

布朗特喝高了，压根不知道发生了什么，甚至连哑巴不再回应了都没注意。他扫视着咖啡馆，大张着嘴，眼珠迷糊地滚动，额头上凸起红色的血管，恼怒地用拳头猛击桌面——现在，他撒不了多久的酒疯了。

"够啦，"比夫诚恳地说，"他已经走了。"

这家伙仍在找着辛格。他从未醉成这样过，表情极度丑陋。

"我有东西给你，想和你谈谈。"比夫哄道。

布朗特从桌旁站起身，迈开大步，散漫地向大街走去。

比夫倚在墙上——进进出出、来来往往，这毕竟和他没关系。店里空了，有些安静。时间缓慢的走着。在疲倦下，他的脑袋垂向前方，热闹似乎正缓慢地离开这间店，柜台、面孔、隔间和桌子，角落里的收音机，天花板上的风扇——一切都变得模糊、静止。

他肯定是在打瞌睡。当一只手晃着他的胳膊时，他慢慢清醒了，抬头看怎么回事。厨房的黑孩子威利正站在他面前，戴着帽子，身上是白色的长围裙，他结结巴巴的说着什么，对于想说的，他总是容易激动。

"像这样，他用拳砸墙……墙。"

"什么?"

"就在两扇门……门……外的小巷里。"

比夫把松懈的肩膀挺直，整了整领带："什么?"

"他们打算把他带回这儿，随时……"

"威利，"比夫耐心道，"从头讲，给我讲明白怎么回事。"

"就是那个带胡……胡子的矮个白人。"

"布朗特先生。"

"对，我没看见怎么开始的。我站在后门那，听见一阵响动，像是有人在巷子里打架，我就跑……跑……跑过去看。那白人简直疯啦！他脑袋不住撞着墙，拳头也砸着！我从没见过这样骂人打架的白人——和墙打，看他的样子，像是要打破自己的脑袋。后来，两个白人听到声音，过来看……"

"后来呢?"

"后来……那个不说话的绅士……手插在口袋里的……那个……"

17

"辛格先生。"

"他走了过来，站在那儿看发生了什么。布……布朗特先生看道他，连忙大喊大叫。突然，他倒在了地上，可能真的撞破了脑袋，一个警……警……警察跑过来，有人报了警。"

比夫低下头，重新捋了一遍发生的事，他揉了揉鼻子，想了一会儿。

"他们随时会过来。"威利走到门口，看向街道，"他们拖着他来了！"

警察还有十几个围观者全都试图挤进咖啡馆，几个妓女从窗子外面向里看。每当发生什么不寻常的事，总会冒出很多不知所谓的人，真可笑。

"别再添乱啦，"比夫说，他看了看拖着醉鬼的警察，"其他人最好离开。"

警察把醉鬼拖到椅子上，并驱散了围观人群，然后转身问比夫："有人说他之前一直待在这儿，和你一起。"

"不，但他是待在这儿的。"比夫说。

"需要我带走他？"

比夫考虑了一下："他今晚不会再惹麻烦了。当然我并不确定——但我想这会使他平静下来。"

"好吧。下班前我会再来。"

只剩下比夫、辛格和布朗特了。自从醉鬼被带进来，比夫第一次看他，他的下巴看起来伤得很厉害。他瘫倒在桌上，大手盖着嘴，颤抖着；他的头上裂了个口，血沿着太阳穴流下来；指节破了皮，肉向外翻。他是如此肮脏，看上去像被人拎着脖子拉出下水道。他的力气用尽了，现在完全垮了。哑巴坐在对面的桌子旁，灰色眼睛看着这一切。

比夫发现布朗特的下巴并没受伤，但仍捂着嘴——他的嘴唇在抖，泪水滚下他那肮脏的脸。他间或斜瞟比夫和辛格，恼怒他们看见自己哭的样子，尴尬极了。比夫耸耸肩，对哑巴扬了扬眉毛，露出"怎么办"的表情，辛格把头歪向一边。

比夫不知该怎么处理这件事，正想着，哑巴在菜单的背面写了几行字：

> 若你想不出他可以去的地方，可以让他跟我一起回家。来点汤和咖啡，对他有好处。

带着一阵轻松，比夫用力点了点头，随后他上了三份晚间特价菜，两碗汤、咖啡和甜点。但布朗特不肯吃，也不肯把手从嘴上拿开，仿佛捂着隐秘部位。他喘着气，呜咽着，宽大的肩膀不时颤动。辛格指了指一份餐点，又指指另一份，但布朗特只是用手捂着嘴，摇头。

比夫一字一顿地说，以便哑巴能看清。"太过紧张……"他攀谈道。

汤的热气一直飘到布朗特的脸上。少倾，他颤抖着拿起勺子，喝完了汤，又吃掉了一些甜点，厚嘴唇仍在颤抖，头几乎低到了盘子里。

见此，比夫想到，几乎所有人身上都有个不可侵犯的部位。哑巴的是手；对于小女孩米克则是——她拉着胸罩的前面，以免磨擦"小荷才露尖尖角"的乳头。艾莉斯则是她的头发，当她往头上抹了油，她从不让他和她一起睡——而他自己呢？

比夫缓慢转动小指上的戒指，总之，他知道哪个部位不是！——不再是！他的额头现出道皱纹，口袋里的手紧张地移向生殖器。他用口哨吹着一首歌，从桌旁站起来——反正，这行为对别人来说很可笑。

他们扶起布朗特，他虚弱得摇摇欲坠。他停止了哭泣，似乎在想着什么可耻和郁闷的事，他顺从地跟着他们。比夫把手提箱从柜台后拿出来，并对哑巴解释了一句，而辛格看上去对任何事都不惊讶。

比夫和他们一起到了门口，对布朗特说："振作点，别再醉成这样了。"

漆黑的夜空开始变亮，变成深蓝色，清晨到了。天上只剩几颗星星。街上空旷而安静，清冷无比。辛格左手拿着手提箱，右手扶着布朗特，对比夫点头表示"再见"，然后走上了人行道。比夫目送他们离开，直到到半条街外，黑色的身影在蓝黑色的晨光中若隐若现——哑巴身影很直挺，宽肩膀的布朗特紧紧抓着他，蹒跚不已。当再看不见他们时，比夫等了一会儿，看了看天，那种无边无际的感觉吸引、压迫着他。他揉揉额头，回到明亮的咖啡馆。

他站在收银机后，皱着眉头回忆晚上发生的事情，脸部变得僵硬，他觉得该给自己个交待。他回想着晚上那些冗长的细节，仍旧困惑不解。

伴随着门的开合，顾客开始涌进来——夜晚结束了。威利把椅子放在桌子上，开始擦地，他边哼着歌边准备回家了。威利很懒，在厨房里，他总会停下来吹会儿随身带的口琴。他昏昏欲睡地拖着地，惬意地哼着孤独的黑人歌曲。

店里人还不多，此时正是熬夜的人与刚睡醒的人相遇之时，睡意朦胧的女招待忙着端啤酒还有咖啡，没有嘈杂，也没有交谈，人们似乎都是孤单的。刚醒来的人与刚结束漫长夜晚的人之间的不信任，带给每个人一种疏远的感觉。

街对面的银行大楼在黎明时显得很苍白，慢慢地，它的白砖墙变得清晰了。当早晨的第一缕阳光照亮街道，比夫最后扫了眼店里，上楼去了。

进门时，比夫故意弄响门把，好叫醒艾莉斯："圣母玛利亚！"他说，"难言的一夜！"

艾莉斯惊醒了。她像只生气的猫一样躺在皱巴巴的床上，伸了个懒腰。在清新而火热的晨光下，房里一片狼藉，毫无生气；一双丝袜从窗帘的绳子上邹巴巴地垂下来。

"那个醉酒的蠢货还在楼下待着吗？"她质问。

比夫脱掉衬衫看领子是否干净，能否再穿一天。

"你自己去看吧。没人阻止你赶走他。"

艾莉斯睡眼惺忪地伸出手，从床边地板上捡起一本《圣经》、背面空白的菜单和星期日学校的课本。她翻起《圣经》，在某一页停住，吃力而专注地大声朗读起来。今天是周日，她在为教会学校的孩子们备课。"他（指耶稣，下同）沿着加利利的海岸走，看见西蒙和安得烈两兄弟在海里撒网——他们是渔夫。他对他们说：'跟从我，我要叫你们得人如得鱼一样。'他们就立刻舍了网，跟从了他。"

比夫走进浴室洗漱。艾莉斯喃喃地念着，他听见："……早晨，天还没亮，他起来，到来到一个偏僻的地方祷告。西蒙和同伴跟了去。找到他后，对他说，'众人都在寻找你'。"

她读完了，文字却仍在比夫心里轻轻萦绕。他试图分开书上这些文字与艾莉斯阅读的声音，他想回想起当初母亲是如何朗读这段文字的。他怀念地低头看了看小指上那曾属于母亲的婚戒，他仍不知道母亲会如何看待他放弃宗教及信仰。

"今天的课讲门徒的聚集，"艾莉斯自语着备课，"课文是《众人都在寻找你》。"

蓦地，比夫从回忆中惊醒，他把水龙头拧到最大，脱掉背心，开始擦洗身子。他总将上身洗得一尘不染，每天清晨，他给胸口、胳膊、脖子和脚抹上肥皂——在这个季节，大约两次，然后他走进浴缸，清洗全身。

比夫站在床前，不耐烦地等待艾莉斯起床。透过窗子，他知道这天将是无风而炎热，艾莉斯已经朗读完了，尽管知道比夫在等着，还是懒洋洋地躺在床上。他的心中升起平静而阴沉的怒火，他自嘲地笑了，然后痛苦地说："我倒是可以坐下来看会儿报纸，但我还是希望你能让我现在睡会儿觉。"

艾莉斯开始穿衣服，比夫收拾床。他熟练地翻转床单，先是内外翻转，把上面翻到下面，然后又头尾掉转。床铺好后，直到艾莉斯离开房间，他才脱掉裤子爬上床。他的脚露出了被单，浓黑的胸毛和枕头形成强烈对比。他庆幸自己告诉艾莉斯关于醉鬼的事，他很想对某个人倾诉一番，若是能大声把所有事说出来，一切困惑也许就能迎刃而解。那可怜的混蛋，一直说个不停，却没有任何人知道他在说什么，或许他自己也不知道。他被聋哑人所吸引，挑中了他，设法要把自己的所有都给他。

为什么？

因为有些人，会在某一刻抛弃所有私人东西；在发酵和腐蚀前，将它们抛给某个人，或某种信仰。他们必然如此。某些人就是这样的——那篇课文是"众人都在寻找你"。这该就是原因——也许——他是中国人，这家伙曾说过。还是个黑鬼、南欧猪和犹太人？而且如果他足够确定，也许真是这样——他所说的所有，他都是——

比夫伸出双臂，翘起二郎腿。晨光中，他的脸显得更老，眼皮紧闭，皱巴巴的，脸上和下巴上是烙铁般的络腮胡。渐渐地，他的嘴角放松了。强烈的黄色太阳光照进窗子，让屋子变得又热又亮，比夫疲倦地翻了身，手盖住了眼睛。他只是——巴塞洛缪——老比夫·伊斯特·布瑞农先生——就是他自己。

3

阳光早早惊醒了米克，虽然她前天晚上还在外面待到深夜。天太热了，以致早餐都没法喝咖啡了，所以她来了杯加了糖的冰水，就着冷饼干。她在厨房待了一会儿，然后去门口看起了连环画。她原以为辛格先生会想以往的星期日早晨那样在那儿看报纸，但今天他不在，之后，她爸爸说辛格前一天很晚才回来，他的屋里还有另一个人。她等了辛格先生很久。其他房客都下楼了，他还没，最终，她回到厨房，从高椅子上把拉尔夫抱下来，给他换上干净的衣服，帮他擦脸。等巴伯尔从星期日学校放学，她就要把孩子们带出去，她会让巴伯尔和拉尔夫一起坐在小推车里，因为巴伯尔脚是光的，高温的道路会灼伤他的脚。她带着推车大约走了八条街，直到一所施工中的巨大新房子前。梯子仍靠在屋顶边，她鼓起勇气去攀爬。

"你看好拉尔夫，"她转头吩咐巴伯尔，"别让小虫叮他的眼皮。"

五分钟后，米克到达上面，挺直身体，张开双臂，像一对翅膀。这样的顶端，是任何人都想站的地方，但少有孩子能做到，大多会害怕，担心失去平衡从屋顶滚落下来送了小命。周围是其他屋顶和树顶。小镇的另一边，是教堂的尖顶，还有工厂的烟囱。天空蓝得耀眼，炎热似火，太阳把地上的一切都变成了令人头晕的白色或黑色。

她想唱歌。那些熟悉的歌一起朝喉咙涌上来，但她没有发声。上星期有个大男孩爬上屋顶，大叫了一声，然后高声朗诵他在高中学到的演讲——"朋友们，罗马公民，同胞们，请听我说！"站在最高处，人会产生一种狂野的情绪：想大喊、唱歌，还有张开双臂，飞翔。

她感到球鞋底有些打滑，于是缓缓蹲下，骑在屋脊上。这房子快完工了，届时将是这一带最大的楼房之一，它有两层楼，天花板很高，屋顶是她见过的最陡峭的，但到时候盖完后，木匠们就要走了，孩子们得另找一个地方玩。

她独自一人，周围没别人，很安静，适合思考。她掏出头天晚上买的香烟——从短裤中——缓慢地开始吸。香烟让她迷醉，头昏沉沉的，无法控制，但还是得吸完。

M. K. ——那将是她的签名，当她十七岁时，她会很有名，她将开着一辆车门印着她的签名的红白色派卡德轿车回家，她的手帕，还有内衣上也都会写上红色的M. K. 。又或许她会成为一个伟大的发明家，她会发明豌豆那么大的收音机，以便人们随身携带或塞入耳朵里；或者发明可以背在背上的背包飞行器，以快速到达世界各地。然后呢，她会是第一个建成通往中国的巨型隧道的人，人们可以乘坐大气球过去。这些作为她的第一批发明，均已在计划中了。

米克把抽到一般的烟猛地掐灭，然后沿着斜屋顶弹了出去，她身子前倾，头枕在胳膊上，自顾自哼起了歌。

有意思的是——几乎每时每刻总有一些钢琴曲或是其他曲子蹦出她的脑海，不管她在做着或想着什么，总是有。租住在她家的布朗小姐，屋里里有台收音机，去年整个冬天，米克每个周日下午都会坐在台阶上听节目，那些给她印象最深的大概是古典音乐。有个特别的人的曲子，每次听都会让她的心紧缩起来。他的音乐有时像彩色水晶糖，有时又像是她曾想象过的最柔软、最伤心的事物。

一阵哭声忽然传来，米克坐直身，倾听。额前刘海被风吹乱了，灿烂的阳光照得她的脸苍白而潮湿。呜咽仍在持续，米克手脚并用挪到陡峭的屋顶尽头，趴着屋顶向前探出身子，伸出脑袋，以便看清屋下的地面。

孩子们没怎么动，巴伯尔蹲在地上，旁边是个黑色的小小的影子。拉尔夫仍被拴在推车里，他还是刚学会坐的年龄，他抓着推车的边缘，帽子歪在头上，正在哭。

"巴伯尔！"米克朝下喊道，"看看拉尔夫想要什么，拿给他。"

巴伯尔站起身，仔细看了看婴儿的脸："他什么都不想要。"

"好吧，那就好好摇一摇他。"

米克爬回刚才坐的地方。打算好好地想一想，为自己而唱歌，并做出计划，但是拉尔夫仍哭个不停，让她根本没法安静下来。

她大着胆子往下爬，想到屋顶边缘的梯子那儿。房顶很陡，只钉着很少的几块木头，且隔得很远，用来让工人们立足，她有些晕，心跳加快，颤抖着。她大声指挥着自己："用手紧握着这儿，滑下去，直到右脚踩住站稳，重心换到左脚，勇敢点！米克，你要勇敢。"

攀登中，向下往往最难。她花了相当时间才够到梯子，这才感到安全了。当她最终回到地面时，像是矮小了许多；有一瞬间感觉双腿像要跟着她一起崩溃了，她拽了拽短裤，紧了紧皮带。拉尔夫的哭声依旧，但她已不再理会，她走进了这所空置的新房子里。

上个月房前还竖了块牌子：禁止儿童入内。一群小孩曾进到房子里打闹，一个小女孩在夜色中看不见，跑到了一间没有地板的房间，掉下去摔断了腿。现在她还在医院打着石膏。另有一次，几个调皮的男孩在一堵墙旁小便，写了很多糟糕的话。但是不管有多少阻挡警示牌，都不可能挡住小孩子，除非房子粉刷完毕、有人住进来。

屋里弥漫着新鲜木头味，走过时，她的鞋底发出咯吱声，回荡在整个房间，空气又热又静。她在前厅中央站定了一会儿，突然想起件事，便从口袋里摸索出一绿一红两支粉笔。

米克慢慢地描着大写字母，在上面写了"爱迪生"的名字，下面则写上"迪克·特雷西"和"墨索里尼"，随后，四处用绿粉笔写下大大的 M. K. ——她的缩写名，还用红粉笔框上。接着，她又到对面的墙壁上写下一个非常糟糕的词——"贱货"，然后在下方加上自己的签名缩写。

站在空荡荡的屋中央，凝视着自己的作品，粉笔还在她手中，可她并不是太满意。她拼命回想去年冬天收音机里播放的那首曲子的作者。她曾问过学校里的一个女孩，她有架钢琴，上过关于他的音乐课。女孩去问了她的老师。那作者似乎还是个小孩子，以前曾住在欧洲的某个国家，可即使他如此之小，就已创作了所有这些优美的钢琴曲、小提琴曲和交响乐——她记得的，就至少有六首，其中几首很欢快，叮叮当当的；另一首则带着春天雨后的味道。不过，它们都让她悲伤又兴奋。

她哼着一个曲调，独自在又热又空的房间里站了一会儿，然后泪水涌了上来。她的喉咙变得干涩，没法继续唱了，她在墙上的名单最上面写下了那个人的名字——"莫扎特"！

拉尔夫仍和之前一样，栓在推车中，他静静地坐着，胖胖的小手抓住推车的边缘。拉尔夫看着像个中国男孩，有着方形的黑刘海和黑色的眼睛，阳光照在他的脸上——这是他一直大哭的原因。巴伯尔不在。当拉尔夫看见米克，又开始哭了起来。她把推车拖到屋边的阴凉处，并从衬衣口袋里掏出一块蓝色的软糖，塞进他的嘴里。

"好好吃它吧。"她对他说。这某种程度上是种浪费，拉尔夫太小，根本尝不出糖果的味道，就像在尝一块干净的石头，当然——这个小傻瓜可能会吞了它。还有，他也听不懂别人的话，就算你对他说真烦不带他玩要把他扔下河，他听来就和说你一直爱他一样，没什么区别，所以带着他其实是件很头痛的事。

米克把手环起来，夹紧，向大拇指缝隙吹气。她鼓着腮帮，起初只有空气声，然后一声高亮的口哨响起，几秒钟后巴伯尔从房子拐角跑了出来。

她拍掉巴伯尔头发里的锯末，拉正他的帽子。这顶帽子是拉尔夫最好的东西，细丝织就，带着花纹，系带两边分别为蓝色和白色，一个大大的玫瑰花饰处于耳朵处。他的头相对帽子有点太大了，以致花边有些磨损，但每次带他出门，米克总会给他戴上这顶帽子。拉尔夫没有其他小孩那样好的童车，也没有一双夏季儿童软便鞋，只有这辆三年前她在圣诞节买来的破旧老式童车，唯有帽子尚算亮眼。

街道上没又人，此时是周日晌午，天气分外的热。童车发出吱吱嘎嘎的刺耳声音。巴伯尔光着脚，道路灼得他脚疼，橡树叶在地面投下阴凉，但这不过是假相，那根本就不成其为树荫。

"到车里去，把拉尔夫放在你腿上。"她对巴伯尔说。

"没事，我能自己走。"

夏季漫长，巴伯尔常会腹绞痛。他上身赤着，肋骨显露，阳光没有晒黑他，反倒让他更苍白了，小小的乳头像蓝色的葡萄干缀在胸脯上。

"没事的，我能推你走，上来吧。"米克说。

"好。"

米克一点儿也不急着回家，缓缓拖着车。她和孩子们聊着天。但更像是喃喃自语。

"真有意思——最近我一直做个梦。梦中我像在游泳，但不是在水里，我伸出手，划过一大群人，人群很多，比周六下午克瑞西斯商店里的人还要多上一百倍——这人群该是世界上最大的一群了。有时，我在人群里叫着、游着，不管游往哪个方向，都会撞倒他们；有时我在地上，人们践踏着我，我的肠子流到道路上。我想这梦很不普通吧，是噩梦……"

周日家里总会有很多人，因为房客们要会客，充斥着哗哗的报纸、雪茄烟味和楼梯上的脚步声。

"有时你就是想隐藏某些事，并不是说它们是坏事，但你只想让它们成为秘密。有那么两三件事吧，对你们，我也不说。"

到了拐角处，巴伯尔下车，帮着把推车从马路边抬下去，然后到下一个人行道又抬上去。

"可有一样东西可以让我放弃一切——那就是钢琴——如果我们有一架的话，我肯定每天晚上练习，学弹每首世界名曲。这就是我最想要的。"

他们走到了自家所处的街区，屋子就在几户人家后，有三层楼，是小镇北最大的房子之一。但他们家可住着十四号人——当然凯利家族本身没那么多人——但房客们每人交了五美元食宿费，所以他们也可以算上，辛格先生不算，因为他仅只租了个房间，独自过得顺当。

房子空间狭小，多年未整理，看不像能支撑起三层楼，有一边已经陷下去了点。

米克解开拉尔夫，把他从车上抱下来，然后快速地穿过门厅，视线中起居室里全是房客。她的爸爸也在那。妈妈则大概在厨房，那是他们等开饭的地方。

她走进自住的三间房的第一间，把拉尔夫搁在爸妈的床上，让他自己玩珠子。大门紧闭的隔壁屋子传出些说话声，她打算过去看看。

海泽尔和埃塔看到她，停下了话语。埃塔在窗边的椅子上坐着，给指甲涂上红色指甲油，她在美发，头发卷着钢卷；她的下巴出了个小疹子，用白色面霜敷着。海泽尔则一如既往，懒散地躺在床上。

"你们在说些啥?"

"没你什么事，"埃塔说，"闭嘴吧，滚开。"

"我的房间也在这，我和你们一样，有权待在这儿。"米克抬着头，大步从房间的一角走到另一角，走了个遍。"我并不想挑衅。只是要求我自己的权利。"

米克手掌朝后抚着蓬松的刘海——她常这么做，导致一小撮头发翘起在额前，她吸吸鼻子，并对镜子做了个鬼脸，接着继续在屋子里走动。

作为姐姐，海泽尔和埃塔还算不错。不过，埃塔简直像是寄生虫，满脑子都是电影和明星，有一次她给珍妮特·麦唐纳写信，得到了一封机器打的回信，说她要是去了好莱坞的话，可以去找她，到她的游泳池来游泳。那之后，游泳池这个字眼就一直挥之不去，她总想着攒一笔去好莱坞的车费，再找个秘书的工作，成为珍妮特·麦唐纳的好友，也演演电影。

她每天不停化妆——这太糟了，埃塔没有海泽尔那样的自然美，而且她还没有下巴。她使劲拉过下颚，还按照电影手册做了很多下巴练习。她总侧对着镜子以便看侧影，试图给嘴设计个合适的姿势，但都是徒劳，有时埃塔会因为这个，在夜里双手捂脸哭泣。

海泽尔则相当的懒。她长得很好看，可惜没什么脑子。她十八岁，在家中除了比尔就属她大——也许这就是关键，不管什么东西东西，她总是得到新的和最大的一个——第一个试穿新衣服、分到大餐中最大的一份。海泽尔无需争夺，所以很温柔。

"你就打算在屋子荡来荡去一天吗？看你那些假小子式衣服，真恶心。得有人管管你，米克·凯利，让你规矩点。"埃塔说。

"闭嘴，"米克说，"我穿短裤是不想穿你的旧衣服。我不想和你们一样，不想和你们穿得一样！绝不！这就是我穿短裤的原因。我宁愿自己真是个男孩，最好能搬到比尔的屋里。"

米克爬进床底，带出个大帽盒，当抱着它路过门口时，身后传来她们的声音："总算摆脱她了！"

比尔的房间是全家最好的，像个独属于他的小窝——巴伯尔不算。比尔把杂志上剪下的图片都钉在墙上，其中大多是美女的脸；另一个角落则是一些米克的画作，是她去年在免费美术课上画的。房间里仅有一张床，一个桌子。

比尔俯在桌上，正在读《大众机械》杂志，米克走到他的身后，搂住他的肩膀：

"嗨，老兄。"

比尔没和她像以前一样扭打。

"嗨。"他回道，微摇了摇肩。

"如果我在这待一会儿，不会打扰到你吧？"

"当然，我并不介意。"

米克跪在地板上，解开大帽盒上的绳子。她的手在徘徊在盒盖边缘，但某种原因，让她无法决定是否打开它。

"我一直在想，我都做过些什么，"她说，"它或许能行，也许不行。"

比尔仍在看杂志。她跪着，并未打开盒子，她瞟了瞟比尔，他背对着她。一只脚不停踩另一只脚，鞋都磨损了。有一次，父亲说比尔吃的中饭都去了脚上，早饭去了一只耳朵，晚饭则去了另一只耳朵，这说法很糟糕，比尔一个月来一直不高兴，这很有趣。他长着红通通的招风耳；虽然才刚中学毕业，脚却有十三码，他站着时，总是试图将一只脚藏在另一只后面，但往往事与愿违。

米克捏着盒盖，开了道小缝，又立刻合上。她激动的不太敢看里面的东西，然后，她站起来，绕着房间走了一圈，试图让自己平静。几分钟后，她停在自己的画前，画上是大海上的风暴，一只海鸥从中穿过，名字叫"暴风中折背的海鸥"。最初的两三堂课，老师描述了大海，这构成了他们对大海的认知，班里孩子大多和她一样，从未真的见过大海。

这是她的处女作，比尔把画钉在了墙上。她的其他的画都是人，一开始她画了不少海洋风暴的画———张画着飞机坠毁，人们向外跳着自救；另一张则是大西洋轮渡正在沉没，所有人都拼命想挤进一个小小的救生艇。

米克走进比尔房里的储藏室，拿出她在课堂上画的其他画——素描、水彩和油画。画上全是人。她幻想布劳德大街发生了大火，并画下了想象中的倾景。火焰是明亮的绿色和橙色，布瑞农先生的餐馆和第一国家银行是少数剩下的楼房。一些人躺在街道上死去，其他人则在逃命。一个男人还穿着睡衣，一个女士试图带着香蕉跑。另一幅画叫"工厂锅炉事故"，男人纷纷跳窗奔命，一群穿工装裤的小孩抱着饭盒挤在一起，他们是来给爸爸送饭的。油画内容是全镇人在宽阔的街道上打架。她搞不懂自己为何会画这个，她也不知该给它起个什么名字。画面中并没有火灾或风暴，也找不出任何骚乱的理由。但这画里的人以及跑动却是最多的。它是最好的，却没有适合的名字，这很糟。她的心灵深处隐约有那名字的迹象。

米克把画放了回去，搁在架子上。里面没一幅真正好的。人手指没画，有的人胳膊比腿还要长。当然，美术课还是挺有趣的，但她仅仅是把脑子里想的画出来而已——在她心中，这并未给她带来和音乐一样的感受，没有什么能比得上音乐。

米克跪在地上，很快打开了盒子。里面是把裂开的尤克里里，带着两根小提琴弦、一根吉它弦还有一根班卓琴弦。琴背上的裂缝被仔细地用胶粘过，中间的圆洞盖了一块木头。琴马在尾端支撑着琴弦，两边刻了音孔。这是米克正在制作的小提琴，为她自己。她把小提琴搁在腿上，感觉以前像是从未正视过它。以前，她给巴伯尔手工做过小玩具曼陀林，用的香烟盒和橡皮筋，这给了她启发。之后，她四处寻找各种配件，每天装配一点。她尽力了，除了没把自己脑袋换上去。

"比尔，它和我看过的真正的小提琴有些不一样。"

他仍在看书——"是吗……?"

"看着有些不对。它就是不——"

她计划哪天用螺丝刀给小提琴调调音。但从她突然感到现实与理想不同，就再也不想看它一眼。她慢慢地，将琴弦一根一根地扯下来，发出空洞而微弱的砰砰声。

"怎样搞到琴弓呢? 必须得是马尾巴吗?"

"当然。"比尔不耐烦地回答。

"拿细铁丝或者人的头发拴在有弹性的棍子上不行吗?"

比尔蹉了蹉脚，没答话。

米克恼怒的额头开始冒汗，声音也变得沙哑："它甚至连坏提琴都算不上，就是个曼陀林和尤克里里的杂种罢了。我恨它们……我恨它们……"

比尔转过头。

"最后不过是一团糟。不行! 没用!"

"歇会儿吧，"比尔说，"你还要对着那破尤克里里使劲吗? 我早和你说过，你真以为自己能做出把小提琴? 那玩意不是你拍拍脑袋就能做出来的——得花钱去买。这是常识吧。当然，最后你要是能自己明白过来，也不是什么坏事。"

有时她比世界上的任何人都恨比尔。他变得和过去不同了。她差点摔掉手中的小提琴，践踏它，但她只是粗暴地将其放回盒子。眼中的泪水如火一样烫。她给了盒子一脚，然后看都没看比尔一眼就跑出了房间。

当她闪躲着走过门厅去后院时，遇见了她的妈妈。

"你怎么啦？在这干什么？"

米克想走，但妈妈拉住了她的胳膊，她不高兴地用手背擦了擦眼中的泪水。妈妈之前一直在厨房，戴着围裙，穿着居家鞋，她看起来一如既往地心事重重，没时间问她更多。

"杰克逊先生的两个妹妹来了，吃饭的椅子不够用，你今天得和巴伯尔就在厨房吃。"

"那再好不过了。"米克说。

妈妈放她离开了，并脱掉围裙，餐厅的铃声响了，并伴随着愉快的谈话声。她能听见父亲的话：他不该在摔断髋骨前停掉意外险，这得损失好大笔钱。父亲总是热衷于这种事——他本可以赚到钱，却没赚到。碟子哗啦地响着，不久，谈话停止了。

米克倚着楼梯的栏杆，刚才哭的突然让她打起了嗝。她想起上个月连自己也不相信真能造出小提琴。但她不断的自欺欺人，即使现在，她也有些不相信。她太累了，比尔如今不帮任何忙。她曾认为比尔是世界上最伟大的人。过去，她常跟着比尔——到树林里去钓鱼，到他和其他男孩建立的俱乐部，到布瑞农先生的咖啡馆后面打老虎机……或许他本不想让她如此失望。反正，他们不再是好哥们了。

门厅传来一股烟味，夹杂着周末大餐的气味，米克深吸了口气，走向后厨。食物很香，她饿了。她能听见波西娅和巴伯尔说话的声音，她好像哼唱着什么，或许在给他讲故事。

"我之所以远比别的黑人女孩幸运，这就是原因之一。"波西娅边说，边开门。

"是什么？"米克问。

波西娅和巴伯尔正坐在餐桌边吃饭。在褐色皮肤的衬托下，波西娅身上的绿印花裙显得很爽眼。她戴着绿色的耳环，头发梳得整整齐齐。

"你就和狗一样，每次听到别人的话就凑过来，企图知道些什么。"波西娅说。她站起身，低头从热炉子旁夹了点吃的放到米克的碗里。"我和巴伯尔在谈论我祖父那栋老萨迪斯路上的家。我告诉他我祖父和叔叔们是如何彻底拥有了那块地方——十五英亩半的地。他们四个人在上面种棉花，有些年份则为了保持土壤肥沃，改为种豆。还有一亩地在山上，只种桃树。他们拥有一头骡子和一只母种猪，还有二十到二十五只母鸡和小鸡。另外还有一小块菜地，以及两棵山核桃树，外加数不清的无花果、李树和浆果。我可没吹牛，许多白人农场都没我祖父的地强。"

米克在桌面上支起胳膊，前倾着俯在碟子上，除了她丈夫和哥哥，波西娅就爱吹嘘她家的农场。听她的口气，你甚至会以为那块黑人农场堪比白宫。

"家里开始仅有一间小房子。多年后，其他房子都建好了，我的祖父、他的四个儿子、儿子的家人，还有我的哥哥汉密尔顿就有地方住了。客厅放着一架真正的风琴和真正的留声机。墙上挂着他的一幅大照片，是穿着社团制服的。他们把水果和蔬菜塞进罐头，以备寒冷的动机和雨季吃。"

"那你怎么不跟他们住一起？"米克问。

波西娅停下削着土豆的手，长长的褐色手指敲着桌子，说："原因嘛——他们每个人都给自己的家建造了屋子。他们这些年很辛苦。但是嘛——我小时候是和祖父住一起的，我后来什么也没干。当然，如果我、威利和赫保埃有了麻烦，可以随时回去。"

"你的父亲造了房子吗？"

波西娅停止了咀嚼。"谁的父亲？我的？"

"是的。"米克说。

"你是知道的，我父亲就在这镇上，是个黑人医生。"

米克以前听波西娅说过这事，但以为她在胡说。黑人怎么当得了医生？

"就是这样。妈妈在嫁给父亲以前，并不知道什么，她很善良。我祖父就是个好好先生。我父亲与我祖父则有着天壤之别。"

"坏蛋？"米克问。

"不，他不是坏人，"波西娅慢吞吞地说，"问题是，我父亲和别的黑人不同。我不知该怎么说。我父亲总是在自学。很久以前，他脑子里有很多想法，关于如何经营一个家。家里每件小事他都要指点一番，晚上还想教我们这些孩子读书。"

"听着不错啊。"米克说。

"听我说啊。他很多时候都挺安静。但会突然在某些晚上发疯。他疯起来超过我见过的所有人。那些了解我父亲的人都说他疯得太过。他还做过十分疯狂而野蛮的事，于是妈妈离开了他。那年我十岁。妈妈带着我们回了祖父的农场，我们就在那儿长大。父亲总想着让我们回去。可直到妈妈死了，我们也没回去。现在他独自过活。"

米克朝炉子走去，又一次把碗盛满。波西娅的语调抑扬顿挫，跟唱歌似的，没什么能让她停下来了。

"我和父亲很少见面——也许一周一次——但我时常会想他。我从没为谁这样难过呢。我希望，他能读更多的书，比镇上其他白人都多。他也的确做到了，而且心怀担忧。书和担忧装满了他的人。他放弃了上帝，背离了信仰。所有的症结就在于此。"

波西娅很兴奋。每当她谈到上帝——或者他的哥哥威利、她的丈夫赫保埃——她就会变、兴奋不已。

"噢，我声音不大。我属于长老会，我们不会在地上乱滚，并谨言慎行。我们也不是每周都窝在一起参加圣仪。在我们的教堂，我们只唱歌，让那些布道者布道。说实话，我不觉得唱唱歌，布道祷告会伤着你，米克。你应该和你弟弟一起去星期日学校，你年龄也到了该进教堂里了。看你最近傲慢的样子，我觉得你都已经半踏进地狱了。"

"疯子！"米克说。

"噢，赫保埃和我结婚前可是个圣洁的人。他每周日都爱去迎接圣灵，大声为自己祝圣。结婚后，我让他加入了我们，尽管有时很难让他安静下来，但我觉得他做得还不错。"

"我不信上帝，如同我不信圣诞老人。"米克说。

"等等！我总算知道为什么有时我会觉得你比我见过的任何人都像我父亲了。"

"我？你说我跟他？很像？"

"我不是指你的脸或样子，而是你的灵魂，形状和颜色上。"

巴伯尔坐着，左看看右看看。脖子上系着餐巾，手里握着只空勺子，问："上帝吃什么呢？"

米克起身离开桌子，站到门口，准备走了。有时激怒波西娅是很有趣的。她总是重复旧调，也没个完——或许那就是她知道的全部吧。

"你和我父亲，从不去教堂的人，永远无法获得安宁。而我——有着信仰，有着安宁。还有巴伯尔，他也能活的安宁。赫保埃和威利也是。这位辛格先生，肯定也得到了安宁。我第一次见他就感觉到了。"

"随你怎么说，"米克回道，"你疯起来可是要超过你的所谓父亲。"

"你从不敬上帝，也不爱人。你粗硬得就像牛皮。无论如何，我算看透了你。下午你就会四处瞎跑，对什么都不满意。你会到处晃荡，像是要找到什么失去的玩意。你会兴奋地不能自己，还会心跳加速，差点死掉，因为你没有爱，没有安宁。终有一天你会毁灭，就像皮球炸掉。到那时，谁都无法救你。"

"什么，波西娅，"巴伯尔问，"上帝都吃什么?"

米克大笑着走出了房间。

那天下午她确实在房子周围晃荡，因为她闲不下来。很多日子都如此。一方面，小提琴的事一直折磨着她。她没法完成它——如此长时间的计划，这想法已经让她很不爽了。她为什么会如此愚蠢，肯定它能完成? 也许人们对某事物太过渴求时，往往不会放过每一点希望。

米克不想回有着家人的房间，也不想跟哪个房客交谈。于是除了大街，就无处可去了，但太阳很毒辣。她走神地上上下下，不断把乱了的头发抚到后面。"该死，"她自语道，"仅次于一架真正的钢琴的愿望，我最想要一个独属于我的地方。"

毫无疑问，那个波西娅有着某种黑人式的疯癫，但她还算好的。她从未如同其他黑人女孩那样，偷偷摸摸地对巴伯尔或拉尔夫动手动脚。可是波西娅说她谁也不爱。米克停了下来，站住不动，拳头摩擦起头顶。如果波西娅真的知道，她会怎么想……会怎么想?

她总是守着自己的秘密——这是确定无疑的。

米克缓缓上了楼。先上一层，接着是第二层。有些门开着通风，屋里闹哄哄的。米克走到楼梯最后一阶，坐了下来。要是布朗小姐开了收音机，她就能听听音乐了。也许会有不错的节目。

她把脑袋搁在膝盖上，系好鞋带。要是波西娅知道总有一个人又一个人在那儿，她会说什么？很多时候她都感觉她的一部分要炸裂成数百的碎片。

但她三缄其口，没告诉任何人。

米克坐了很长时间。布朗小姐并未打开收音机，于是只听到一些人的噪音。她边用拳头捶自己的大腿，边思考了许久。她的脸像是裂到无法粘合。这比饿肚子还糟。我要……我要……我要，这就是全部她所想，但她并不知道自己要什么。

大概过了一个小时，楼梯过渡处传来拧门把的声音。米克飞快地抬头，是辛格先生。他在门厅站了会儿，带着悲伤而平静的表情，然后进了对面的盥洗间。他的同伴并未一起出来。米克坐的地方能看见屋里的一部分，他的同伴躺在床上，正盖着被单睡着。她在等辛格先生从盥洗间出来。她的脸有些烫，用手摸了摸，的确。有时她爬到这高高的台阶上，仅只为了在听布朗小姐的收音机的同时能够看见辛格先生。他的脑中会出现什么音乐？她很好奇，他耳朵听不见，所以无人知晓。若他能说话，他会说什么？也不得而知。

米克等待着，一会儿后，他出来了，走到了门厅。她希望他能朝下望望，对她微笑。当他来到门口，真的向下瞟了一眼，并点了点头。米克笑容绽放，颤抖着。他进了房间，关上门。或许他是打算邀请她进去，米克突然萌发了去他的房间的想法。待会等他屋子没别人时，她就会进去，看看辛格先生——她真的会这么做。

炎热的下午很难熬，米克一个人坐在台阶上，莫扎特的曲子又出现在脑海中了——这真奇怪。是辛格先生让她记起了这曲子，她渴望有一个地方能将它大声哼出来。有些曲子太个性化，不可能在挤满人的房子里唱——这同样很奇怪，在喧闹的屋中，一个人会寂寞如斯。米克试图想出一个好地方，能让她一个人待着，探究这首曲子。她想了很久，其实她早就知道不可能有这样的好去处。

4

傍晚，杰克·布朗特醒了，感觉睡够了。房间很小，但很整洁，有衣柜、桌子、床和几把椅子。衣柜上的电风扇左右转着，微风扫过杰克的脸，像冷水。一个男人坐在窗口的桌子前，盯着面前的象棋局。阳光下，杰克对这房间感到陌生，但立刻认出了那人的脸，就像认识他很久了。

杰克脑中的记忆互相纠缠着。他静躺着，大睁着眼，深褐的手掌朝天。他将手移到面前，发现上面破了，一片青肿，像是抓紧某物很久很久。他的面部有些疲惫和肮脏。褐色的头发耷拉在额头，胡子歪斜；连眉毛都乱糟糟的。然后，他嘴唇动了动，胡子亦颤抖。

不久，他坐起身，拳头猛砸了下头部一侧，希望清醒点。象棋前的男人立刻地朝他看了一眼，露出微笑。

"老天，我渴死了，"杰克说，"就像长袜俄国军队在我的喉咙里行军。"

男人笑着看他，然后突然俯身从桌子的另一头拿出一只结霜的冰水罐和一只玻璃杯。杰克喘着气大口大口地喝水——半裸着站在屋中央，头后仰，一只手紧握成拳。他一气喝掉了四杯水，深吸一口气，这才放松下来。

一些记忆浮起，他并没又和这个男人回家的印象，但之后的事却渐渐想了起来。清醒后，他们一气起咖啡、聊天。他掏出了很多心里话，而这个男人静静地听着。直说到嗓子沙哑，而他对这个男人的表情印象极深，远超自己说的话。早晨，他们上床睡觉。起初，他噩梦不断，醒转后不得不开灯让脑子清醒些。那家伙被灯光弄醒了，但一点也没抱怨。

"昨晚怎么不把我踢出门？"

这个男人又笑了。杰克对他如此安静感到奇怪，然后，他四处找起了自己的衣服，看见床边地板上属于他的手提箱。他想不起是怎么把它带回来的，里面的书、白西装和几件衬衫都没动过，于是他开始穿衣服。

穿衣服的当儿，桌上的电咖啡壶正叫得欢。这个男人把手伸进椅背上的坎肩口袋，掏出一张卡片，杰克犹疑地接过，上面是这个男人的名字——约翰·辛格，下面则用墨水写着一些简单的介绍——精细依然。

我是聋哑人，但能读唇语，请不用那么大声说话。

带着震惊，杰克心中涌出一阵空虚。他和约翰·辛格面面相觑。

"真亏我现在才知道！"他说。

杰克发现自己说话时，辛格在读他的嘴唇——他早有所觉了。哎，他可真蠢！

他们坐在桌边喝着热咖啡，屋里很凉爽，半奄的窗帘滤掉了窗外刺眼的光线。辛格从储藏室里拿出一个装着面包、桔子和奶酪的锡盒。辛格倚着椅背，单手插兜，没怎么吃，杰克则狼吞虎咽。他要立刻离开这儿，他居无定所，该赶紧去找一个工作，这个安静的房间太过安宁和舒服，不适合想事情——他得出去，独自走一会儿。

"这儿有别的聋哑人吗？你朋友多吗？"他问。

辛格依然微笑，起先没懂，杰克重复了一遍。辛格扬了扬鲜明的黑眉毛，摇摇头。

"寂寞吗？"

辛格摇头，应该是说"不"。安静地对坐了会儿，杰克起身要离开，他再三感谢辛格能留他过夜；他放慢嘴唇，以便他能看懂。辛格又笑了，耸耸肩。杰克问能不能将手提箱放在他的床下待几天，辛格点点头。

辛格从口袋里掏出手，拿起一支银铅笔在纸上写了什么，然后把纸片塞给杰克。

你可以留在这，在地板上放个睡垫，直到你找到住处为止。我白天基本在外面，不会影响到我。

因着突然的感激，杰克嘴唇微颤。但他无法接受："谢谢，我有地儿住。"

走之前，辛格拿了条蓝色工装裤给他，卷成一团，并附上七十五美分。工装裤有些脏，杰克认出了这裤子，它勾起了他关于上星期的回忆。七十五美分，辛格解释说是他口袋里的。

"再见，"杰克说，"我不久就会回来。"

杰克走了。辛格站在门口，双手仍放在口袋中，脸上笑容若有若无。走过几个台阶，杰克转身朝辛格挥手，辛格回以招手，之后关上了门。

外面的阳光强烈，刺痛了杰克的眼睛，他站在人行道上，被照得头晕目眩，几乎无法视物。一个小家伙在栏杆边坐着，他觉得似曾相识。他想起了她穿的男式短裤和眯眼睛的动作。

杰克举起那卷脏裤子。"我想扔东西。垃圾桶在哪？"

小家伙忽地跳下来："在后院，我带你过去。"

杰克跟在她身后，穿过房子一侧湿漉漉的窄路到达后院，那儿有两个穿着白西装和白鞋的黑人坐在台阶上，其中一个很高，穿鲜绿色袜子，系着领带；另一个是在膝盖上摩擦着锡制口琴的混血儿，中等个儿，穿着大红色袜子，系着领带，两人对比鲜明。

小孩子朝后面篱笆旁的垃圾桶指指，然后走向厨房的窗子，喊道："波西娅！赫保埃和威利在这等你呢！"

厨房传出柔和的应答："我知道。别这么大声，我正在戴帽子。"

扔掉裤子前，杰克打开了它——它很硬，还沾了泥巴，一条裤腿破了，前面还沾着几滴血。他将它扔进桶里。一个黑人女孩从房子里出来，走向台阶上的白衣男孩。杰克看见穿短裤的小家伙紧盯着他，间或换一条腿承重，看着有些兴奋。

"你和辛格先生是亲戚？"她问。

"不是。"

"那是好朋友？"

"好到能在他那儿过夜？"

"我只是好奇——"

"怎么去主街？"

她向右指了指。"沿着这条路，过两条街就是。"

杰克理了理胡子，走了，手里转着七十五美分的硬币，他咬着下唇，咬出了斑驳的红印。三个黑人在他前面一边说笑，一边慢慢走着。在这陌生的小镇，他感到很孤独，所以他跟在他们后面，听他们说话。女孩穿着绿裙子，红帽子红鞋，挽着他们的胳膊，和他们靠得很近。

"今晚我们干什么？"她问。

"你说了算，宝贝，"高个男孩说，"威利和我没别的安排。"

她看了看他们："还是你们定吧。"

"好吧——"穿红袜的矮个男孩说，"我们觉得，不——不如一起去教堂吧。"

女孩以三种不同的声调唱着答道："好——吧——去完教堂后，我得去父亲那坐一小会儿。"他们在第一个拐角处转弯了，杰克站住，看了他们一会儿，然后继续往前。

主街静谧儿炎热，人烟稀少，他这才想起今天是周日，他很沮丧。在明亮的阳光下，房屋亦没精打采。经过"纽约咖啡馆"时，门开着，但里面则是空的，光线很暗。早上他没找到袜子，这会儿透过薄薄的鞋底感受到了地面的灼热。太阳毒辣的像块热铁，小镇显得如此孤独，寂静的街道透着股陌生味道。醉酒时，这里狂野而喧嚣；现在呢，却仿佛戛然而止，陷入停顿。

他进了一家果品店，要了份报纸，上面的招聘栏里的招聘广告很少，比如：招收 25-40 岁有汽车的推销员，带提成，他一扫而过。然后他注意到了一则卡车司机的招聘广告，但下面另一则更让他感兴趣，内容如下：

　　急招有经验的技工。

"阳光南部"游乐场

韦弗斯巷和第十五街街角

不知不觉中，他来到待了两星期之久的咖啡馆门口。这条街上除了果品店，它是唯一没有打烊的店。杰克忽然打算进去看看比夫·布瑞农。

从明亮的室外走进咖啡馆，里面显得有些阴暗，和他记忆中相比，每样东西都更寒伧和不起眼。布瑞农仍站在收银台后面，双手抱胸，他那美丽丰满的妻子则坐在柜台另一头修着指甲。杰克注意到，自己进门时他们俩互相看了一眼。

"下午好。"布瑞农招呼道。

杰克感到气氛有些不对，或许这家伙是想起了他醉酒时的丑态，在笑他。杰克呆站着，带着些愤懑："一包塔吉特烟。"布瑞农伸手去柜台下面拿烟时，杰克确定他没笑。在白天，这家伙的脸没有晚上那么硬，看上去有些苍白，仿佛熬了一夜，眼神像是疲惫的秃鹫。

"算算我欠了多少钱。"杰克说。

布瑞农拉开抽屉取出一本公立学校便笺簿，慢慢翻看，杰克看着他。与其说是记账本，便笺簿更像是个日记本，上面罗列着一长串数字，带着加减乘除和一些小图示。他停在某页，角上有杰克的名字。这页没有数字，除了"√"和"×"，还有些随意涂抹的图示：坐着的弯曲着长尾巴的小肥猫。杰克盯着看，小猫长着女人的脸，是布瑞农太太！

"勾代表啤酒，"布瑞农说，"叉则是正餐，直线代表威士忌。让我瞅瞅——"布瑞农垂下眼皮，搓了搓鼻子，接着合上便笺簿："大约二十美元。"

"也许得过很长一段时间才能给你钱。"杰克说。

"不急。"

杰克靠着柜台，问："告诉我，这个镇是个怎样的地方？"

"和其他差不多大的地方一样普通。"布瑞农说。

"人口呢？"

"三万上下。"

杰克打开烟丝卷了一支，手在颤抖。"主要是工厂？"

"没错。主要就是四家大棉纺厂：一家针织厂、一些轧棉厂和锯木厂。"

"待遇怎样？"

"周薪十到十一美元吧——当然有没活的时候。你问这干嘛？你想进去工作？"

杰克困倦地用拳头揉着眼睛，"谁知道，大概吧。"说着放下报纸，摊在柜台上，指指他刚才看的广告。"我想去那儿看看。"

布瑞农想了想，最后说道"嗯，我去过游乐场，不咋地——不过是些新发明的玩意儿，旋转木马或是秋千。它招了帮黑人、工人和小孩，然后在镇上的空地上巡演。"

"告诉我如何去。"

布瑞农带他走到门口,指了指方向,并问:"今早你跟着辛格回家了?"

杰克点头。

"你觉得他如何?"

杰克紧咬嘴唇,他脑海中辛格的样子很清晰,仿佛多年的朋友。从他的房间离开后,他一直在想着他。"我甚至不知道他是个哑巴。"他最后回道。

他又开始沿着又热又空的街道走,没有陌生小镇的陌生人的表现,而像在找什么人。很快,他到了河边的工厂区,街道变得窄而泥泞,上面没铺路面,有路人,一群又脏又饿的孩子叫喊着玩闹。两间房的棚屋显得一样破败,没上过油漆。空气中混合着食物和污水的臭味,还有上游微微的瀑布声。人们或沉默或懒散地站在门道、靠在台阶上,暗黄的脸麻木地看着杰克。他回望他们,跳着走,不时用毛手背擦嘴。

韦弗斯巷的尽头有处空地,曾作为旧车的废弃场,地上到处是生锈的零件和损坏的内胎。车场的一角是辆住人的拖车,旁边是被油布半盖着的旋转木马。

杰克慢慢靠近。旋转木马前是两个穿工装裤的小家伙,附近有个黑人坐在箱子上,膝盖互相抵着,在暮光下打盹儿,他一只手上是一袋融化了的巧克力。杰克见他将手指插进稀烂的巧克力里,慢慢地舔。

"谁是这儿的老板?"

黑人将手指伸进嘴里,用舌头反复舔:"那个红头发的人,我只知道这个,先生。"

"在哪?"

"那边最大的货车后面。"

穿过草地时,杰克将领带解开塞进口袋。夕阳西下,屋顶黑色的边缘处,天空现出温暖的绯红色,游乐场的老板独自站在那吸烟,他头上红发旺盛,如同一块海绵,灰色眼睛有些松弛,此时盯着杰克。

"你是这儿的老板?"

"嗯,我叫派特森。"

"我看到了早报上的消息,来这儿应聘。"

"哦。我可不收新手，我要熟练工。"

"我经验丰富。"杰克说。

"你都做过什么？"

"我干过织工、织机修理工。还待过车库，以及汽车装配厂——各种工作。"

派特森带他到了半盖着的旋转木马旁，晚霞下，静止的木马样子很诡异，以跳跃的姿势静立于空中，暗淡的镀金铁杆刺穿了它们。离杰克最近的木马的脏屁股上裂了个口子，眼珠戏剧般地无序地转动，眼窝处掉了几块漆，这些静止的旋转木马在杰克看来很有些醉梦里的场景模样。

"这里需要个有经验的技工操作和维护。"派特森说。

"没问题，我能做。"

"这工作可是需要手眼并用的，"派特森解释道，"你得全面负责，除了管好机械，还要保证秩序，必须保证每个乘木马的人都有票，而且票是有效的，并非作废的舞厅票。每个人都想骑木马，那些穷黑鬼们有很多鬼点子，到时你会吃惊的——你必须时刻睁大眼睛。"

派特森领着他到旋转木马中心的机器处，指给他看各个零部件，之后调了一下杠杆，响起了单调而刺耳的音乐，周围的木马们仿佛隔开了他们与世界的联系。停下来后，杰克提了几个问题，然后独立操作起机器来。

"原来的那家伙辞职走了，"走出木马群后，派特森说，"我很不喜欢训练新手。"

"那我什么时候开始上班？"

"明天下午。我们一周工作六天六夜——从下午四点到晚上十二点。你得在三点到，准备准备，夜里关门后，还得有一个小时收拾场地。"

"周薪多少？"

"十二美元。"

杰克点点头，派特森向他伸出惨白、瘦骨嶙峋的手，指甲有些脏。

离开空地时，天色已晚，蔚蓝色的天空变白了，白白的月亮出现在东方，沿街房屋的边缘在黄昏下变得柔和。杰克并未马上离开韦弗斯巷，而是继续乱逛。远处的某种味道或声音，让他在灰蒙蒙的街边停留了会儿。他随意地逛着，从这儿道那儿，他的头轻的像薄玻璃，他的身体起了化学变化，里面积存已久的啤酒和威士忌起反应了，醉意上涌。刚才还死寂的街道如今充满生机，一条杂乱的草地围着马路，杰克在路上走着，地面仿佛在上升，靠向他的脸。他在草地边缘坐下，靠着电话亭边，换了个舒服的姿势，像土耳其人那样交叉双腿，抚着胡子根，梦呓一样大声自语道。

"怨恨是贫穷最可贵的花朵。是的！"

说话的感觉很棒，话语声让他愉悦，还产生了回音，回荡在空气中，每个单词都响起两次。他吞了吞口水，润润嘴唇，继续说。他忽然想回到辛格那安静的房间，向他倾诉心里话——想跟一个聋哑人交谈，这多么奇怪啊——他很孤独。

夜傍降临后，街道变黯淡了。路人偶尔走过，离他很近，交谈的声音很单调，每走一步都有灰尘升起。有几个女孩路过，或某个抱孩子的母亲。杰克呆坐了不久，终于起身接着走。

韦弗斯巷黑沉沉的，门口和窗下是油灯投下的一块块昏黄和颤动的光晕。有些房子暗无灯光，坐在台阶上的人只得就着附近房屋的反光。一个女人从窗口探出身，朝街上倒了桶脏水，有几滴溅到了杰克的脸。一些房子传来高声的怒吼，另一些房子则传来摇椅安宁缓慢的咯吱声。

杰克停在一所房子前，房前的台阶上坐着三个男人，屋内透出的昏黄灯光照在他们身上。两个男人穿着工装裤，赤着上身，光脚，其中一个个子很高，骨节松弛；另一个则是小个子，嘴角长着脓疮；第三个人穿衬衫和长裤，膝头搁着顶草帽。

"嗨。"杰克说。

他们看着他，三张脸面如菜色、毫无表情，他们嘟囔着，却并不动。杰克从口袋里掏出那包"塔吉特"烟，散给他们，然后坐在下方台阶上，脱掉鞋子，光脚和潮湿冰冷的地面接触，挺舒服。

"工作吗？"

"是啊，大部分时间。"拿着草帽的男人说。

杰克挖着脚趾，说："我带着福音，我要给谁讲讲它。"

他们笑了。狭窄的街道对面，有个女人在唱歌。在静止的空气中，人们吐出的烟雾萦绕着他们。一个小家伙沿街走来，脱掉裤子撒尿。

"附近有个帐篷，"小个子男人终于说道，"你可以去那儿，随便给人说你的福音。"

"不，不是那样。它更好的。是真理！"

"什么样？"

杰克舔了舔胡子，沉默。一会儿后，说："这儿罢过工吗？"

"有一次，六年前吧。"高个男人说，

"发生了什么？"

嘴角长脓疮的男人擦了下脚，扔掉烟屁股："哦——他们想要二十美分的时薪，所以就不干啦。大概有三百人，整天在街上闲晃。工厂派出了几辆卡车，一周后，小镇就挤满了过来找工作的家伙。"

杰克转头面朝他们。他们坐的台阶比他高两格，他必须仰着头才能看到他们的眼睛。"这没让你们感到发疯？"他问。

"什么意思？你说发疯？"

杰克额上凸起猩红的血管。"基督在上，伙计！我指的是疯了……疯……了……疯了。"他仰着头怒瞪着他们菜黄色充满困惑的脸。透过他们身后打开的门，他能看见前屋有三张床和一个脸盆架，后屋有个赤脚的女人坐在椅子上睡觉，附近一个黑暗的门廊传来吉他声。

"我就是卡车拉来的人当中的一个。"高个男人说。

"这有什么关系？我要说的很简单，拥有工厂的是些杂种，是百万富翁！而落纱工、梳棉工和所有那些在机器后忙碌的人却填不饱肚子。看到了吗？当你走在路上，见到那些饿得力竭的人和那些得了软骨病的小家伙，难道不会发疯吗？不会吗？"

杰克阴沉的脸涨得通红，嘴唇不住颤抖。三个男人警惕地盯着他，戴草帽的男人笑了。

"笑吧。坐在那笑破肚皮吧。"

三个男人轻浮地哂笑。杰克擦掉脚底的灰，穿上鞋，握紧拳头，嘴角扭曲，愤怒的冷笑："笑——你们只会笑。真希望你们就那么窃笑到烂掉！"他僵挺着沿街道离开了，身后是他们的大笑和嘘声。

主街的灯很亮。在拐角处，杰克蹒跚着，摸着口袋里的硬币。他的头皮在抽搐，晚上虽然很热，他的身体仍感到一丝寒意。他想到了哑巴，迫切地想回到他那儿，跟他坐一会儿。在下午买报纸的果品店里，他挑了篮玻璃纸包住的水果。柜台后的希腊佬报价六十美分，付完账后他就只剩下五美分了。走出果品店后，他忽然觉得这并不适合送给一个健康人当礼物。玻璃纸探出几粒葡萄，他饥饿地摘了下来。

到家后，辛格坐在窗前，桌上铺着象棋。房间没变化，电扇开着，桌边是冰水罐。床上是一顶巴拿马草帽和一个纸袋，辛格看来也才刚到家，他的头向桌对面的椅子歪歪，推开棋盘，靠向后方，手仍在口袋中，表情像在询问杰克离开后做了什么。

杰克放下水果："今天下午，应该说，我出门找到了条章鱼，给它穿上了袜子。"

辛格笑了，杰克不知道他是否懂了。辛格惊讶地看了看水果，打开了玻璃纸包装。他脸上带着一种很奇怪的表情，杰克想知道这表情意味着什么，但失败了。辛格灿烂地一笑。

"下午我找到份工作，在游乐场，负责管理旋转木马。"

辛格看起来毫不惊奇。他从储藏室拿出瓶红酒和两个杯子，他们喝着，沉默着，杰克感觉他从未待过如此静的房间。头上的灯光射在闪亮的酒杯上，反射出他自己的古怪影子——在水罐或锡杯弯曲的表面他多次看过这样的景象——一张鸡蛋般粗短的脸，胡子几乎长到了耳根。辛格双手捧着杯子，酒精开始渗入杰克的血管，他头晕目眩，感觉自己又一次于醉意中迷失了。他的胡子激动地跳动着，胳膊肘置于膝盖上，身子向前俯，瞪大眼睛，目光探索般盯着辛格。

"我打赌，我是这镇上唯一的疯子——是那种真正而彻底的疯狂——整整十年。刚才我差点又跟人打起来，我有时觉得自己大概神经有问题，只是我不知道。"

辛格把酒推到他面前，杰克直接对着酒瓶喝，边用手抚着头顶。

"要知道，就好像有两个我。一个是受过教育的，去过全国最大的几个图书馆，读书，一直读书，读那些讲着纯粹真理的书。那边的手提箱里，装着卡尔·马克思和索尔斯坦·凡布伦的书，还有其他类似的作者，我反复读他们，读得越多就越疯狂。我看得懂每页纸上的每一个单词。首先我喜欢那些词，辩证唯物主义——耶稣会撒谎者。"他热情而郑重用舌头爱抚这些音节，"目的论倾向。"

辛格用一块折得整齐的手帕擦拭额头。

"但我的意思是，假如一个人知道，却没法让别人理解，怎么办？"

辛格将酒杯倒满，牢牢塞进杰克青紫的手中。"醉了，嗯？"杰克边说，手臂边动了一下，几滴酒溅到了白色裤子上。"听我说！你走到哪儿，哪儿都有卑鄙和腐败。这栋房子，这瓶葡萄酒还有这些篮子里的水果，都是盈亏的商品。一个人要想活下去，无法不对卑鄙屈服。为了每口饭、每件衣服，人们累死累活——但没人知道这个，人们都瞎了、哑了，脑子愚蠢又卑鄙。"

杰克用拳头抵着自己的太阳穴，脑海各种想法马儿一样肆意狂奔，控制不住，他想发火，想到拥挤的街上和什么人大打一架。

辛格依然耐心而兴趣盎然地看着他，拿出银铅笔，在一张纸上轻轻写道："你是民主党还是共和党人？"然后将其推到桌对面。杰克掌心攥着纸片，眼前的房间开始旋转，他看不清字了。

他将视线定在辛格的脸上，让自己镇定下来。辛格的眼睛是屋里唯一的静止物体，里面五彩缤纷，有琥珀色、淡灰色、浅褐色……他盯了很久，几乎被催眠。酒劲过去了，他再次平静下来，那双眼睛仿佛了然他想说的一切，并打算要对他说些什么。过了一会儿，房间不再旋转。

"你明白的，你明白我什么意思。"他含糊的说道

远方传来教堂那柔和清越的钟声，银白的月光洒在隔壁的房顶，天空带着夏天温柔的蓝色。他们达成了默契：在找到住处前，杰克会在辛格这儿住上一段时间。喝完酒后，辛格在床边搭了个睡垫，杰克衣服都没脱就躺了下来，很快睡去。

5

在离主街很远的镇上的黑人街区之一，本尼迪克特·马迪·考普兰德医生一个人坐在黑暗的厨房。已是九点后了，礼拜日的钟声不再响起。尽管晚上很热，圆形柴炉里仍烧着一小堆火。医生坐在一把直背的餐桌椅上，靠着火，修长的双手捧着自己的脸，火炉噼啪的在他脸上映出红光。他的厚嘴唇在黑皮肤的反衬下近乎呈紫色，灰白头发紧裹着头皮，像一顶淡蓝色的羊毛帽。他静坐了很久，银色眼镜框后的眼睛一直阴沉地盯着某处。他用力清了清喉咙，从椅子旁的地上捡起一本书。周围很黑，他就着炉子想看清书上的字。今晚他读的是斯宾诺莎的书。他不太懂复杂的概念和词组，但他在其中体会到了强烈而真正的动机，他以为自己接近明白了。

他的这种沉默常被刺耳的门铃声打断，外面是断腿或带着剃刀伤的病人。但今晚，没有病人上门。他在昏暗的厨房持续坐了几个小时，身体开始不觉慢慢左摇右晃，从他的嗓子里传出类似悲咏调的声音。这时，波西娅进来了。

考普兰德医生早知道她要来。他听到了街外传来的口琴演奏的布鲁斯，知道是他儿子威廉姆在吹。他没开灯，直接穿过门厅打开大门。他没走到外面的前廊，而是站在纱门后的一片黑暗中。明亮月光下，灰扑扑的街面上能看见波西娅、威廉姆和赫保埃黑色而坚实的影子。这片街区的房子都很破旧，考普兰德医生的家则和周围不同，他的房子用的砖和水泥，前院周围是尖桩的篱笆。波西娅通她的丈夫和哥哥道别，然后敲了敲纱门。

"为什么黑漆漆地坐着？"

他们一起通过黑暗的门厅，来到后方的厨房。

"你有这么亮的电灯，却一直坐在黑暗中，简直莫名其妙。"

考普兰德医生拧了一下桌子上方悬着的灯泡，房间顿时一片光明。"黑暗更适合我。"他说。

干净的厨房很空，餐桌一边是书和墨水台，另一边则放着叉、勺和碟子。考普兰德医生坐的笔直，翘着二郎腿；波西娅起先也挺直的坐着。父女俩很相像——同样宽而塌的鼻子，一样的嘴和额头，只是波西娅的肤色比父亲要淡一些。

"这儿快把人烤熟了，我看除了做饭以外，你就把火灭掉吧。"她说。

"不如去我办公室吧。"考普兰德医生说。

"没什么，就待在这儿吧。"

考普兰德医生调了一下银框眼镜，双手交叉于大腿上。"上次我们见面后，你过得如何？你的丈夫，还有你哥哥呢？"

波西娅放松了，把脚从浅口鞋拿出来："赫保埃、威利和我过得还不错。"

"威廉姆还跟你们住在一起？"

"当然，"波西娅说，"你瞧，我们有自己的生活方式，有自己的安排。赫保埃付房租；我负责买所有吃的；威利则负责教会的税、保险、会费、周六晚上的活动。我们三个各司其职。"

考普兰德医生低着头，用力将所有关节拨得咔咔作响。干净的袖口垂于手腕下，手的颜色看着比其他部位淡，手掌是浅黄色的。这双手总干净得过分，皱缩成一团，像是拿刷子刷过，或在水盆里泡了很久。

"嗨，我差点忘了我带的东西，你吃了晚饭吗？"波西娅说。

"没，我没吃。"考普兰德医生发音总是很小心，每个音节都像被厚重的嘴唇过滤了一遍。

波西娅打开她带来的纸袋。"这是上好的甘蓝叶，我们可以一起吃晚饭。还有一块肋肉，给甘蓝叶调味——你不介意甘蓝叶烧肉吧？"

"不介意。"

"你仍不吃肉？"

"不。因为纯粹的私人原因，我吃素，但你要想用甘蓝叶烧肉也没什么。"

波西娅赤脚站在桌旁，细心地理菜。"地板让我的脚很舒服。你不介意我脱掉那紧得勒脚的鞋，赤脚来回走吧？"

"没问题。"考普兰德医生说。

"嗯，我们有不错的甘蓝叶、一些烤玉米面包和咖啡。我打算从生肋肉上切下几小条，煎给自己吃。"

考普兰德医生的视线一直在波西娅身上，她穿着长筒袜的脚在屋子里缓步移动，她从墙上拿下擦净的平底锅，把火开足，洗掉甘蓝叶上的砂子。他张开嘴巴想说什么，又闭上了嘴。

"嗯，你和你丈夫，还有你哥哥有自己的相处方式。"他最终说道。

"没错。"

考普兰德医生猛扳了下手指，想再让关节咔咔响起来。"你们打算要小孩吗？"

波西娅没看她的父亲，她生气地把装着甘蓝的平底锅里的水泼掉。"有些事对我来说，完全取决于上帝。"

然后无话。波西娅把晚餐放到炉子上，安静地坐着，修长的手无力地垂在膝间。考普兰德医生头垂于胸前，仿佛睡着了。但他没睡，他的面庞闪过一阵紧张的颤栗，他不得不深呼吸，并调整自己的面部。晚餐的香气开始在闷热的屋子里泛起，碗柜顶上的时钟在寂静中发出响亮的声音，由于他们刚才的话题，时钟单调的走针像在反复说着"小—孩，小—孩"。

他总会遇到他们中的一个——光着身子在地板上爬的，打弹子的，甚至在黑暗的街道能看到他抱着个小姑娘。本尼迪克特·考普兰德，男孩们都叫这个名；女孩子则会叫班妮·梅伊、玛迪本或者班妮迪恩·玛达恩。他算过，少说有十几个孩子的名字随他。

但他在全部生命里一直在诉说、解释和告诫。他会说，你不能做这个；他会告诉他们，诸如不能要第六个、第五个或第九个孩子的理由：我们不需要更多孩子，要给活着的孩子提供更多机会。他要告知父母如何让黑人种族优生优育，他几乎总用同样方式组织简单语言告诉他们。多年过后，它已经成为能熟练吟诵的某种愤怒的诗。

他还去学习了各种新兴的理论，并免费讲给他的病人们听。他是镇上唯一如此思考的医生，他会施与解释、施与告知，但每周仍会有四十次生产——玛迪本或是班妮·梅伊。

这只有一个意义——一个！

他知道有一个动力藏在他一生的工作背后。他一直知道他的使命就是教育他的同胞——他会背着包四处拜访，与他们谈论一切。

漫长的一天后，他感到沉重的疲乏。但只要一打开房门，疲乏感就会消失无形，他有汉密尔顿、卡尔·马克思；有波西娅和小威廉姆；还有戴茜。

波西娅打开炉子上平底锅的盖子，用叉子搅拌甘蓝菜。"父亲……"过了一会，她说。

考普兰德医生清了清嗓子，往手帕上吐了口痰，干涩地说："嗯？"

"我们不要吵了吧。"

"我们没吵啊。"考普兰德医生说。

"不说话也算是争吵，"波西娅说，"我感觉如这般一言不发地坐着，我们之间也在争论着什么——我是这么感觉的。说实话，每次来看你，我都会感到累。我们别再以任何形式争吵了，好吗？"

"这肯定非我所愿，抱歉让你有这种感觉，女儿。"

她倒了两杯咖啡，递给父亲一杯不加糖的，给自己那份则加了几勺糖。"我很饿，咖啡一定挺香，你喝吧，跟你说件不久前的事——事后感觉有点可笑，但我们没必要太幸灾乐祸。"

"你说。"考普兰德医生说。

"嗯——前段时间有个穿得很体面的帅气黑人来到了镇上，他自称 M. F. 梅森先生，说是来自华盛顿特区。他每天都穿着漂亮的花衬衫，拄着手杖在街上散步，晚上则去'社会咖啡馆'。他吃得比镇上任何人都好，每晚会点一瓶杜松子酒和两块猪排。他朝每个人微笑，殷勤对待女孩了，给每个进出的人开门。一周以来，无论他到哪儿，都会让大家开心。人们开始好奇：这个富有的 M. F. 梅森先生是谁？不久，他混熟了，就安顿下来做生意了。"

波西娅噘起嘴朝咖啡托盘吹气。"我想你在报纸上读到过政府养老计划的消息？"

考普兰德医生点点头："养老金。"

"嗯——他和这事有关。他是政府的人。受华盛顿的总统的派遣，想让大家都加入到计划中。他拜访每家每户，说加入只要花一美元，之后每周再交二十五美分，四十五岁后政府会付五十美元每月的生活费。我认识的人全都为此激动不已。他给每个加入的人送一张免费的总统照片，还附有总统的签名。他说，每个成员都能在六个月后获得免费的制服。这个俱乐部就叫'有色人平等大联盟'——两个月后，每个成员会得到写有俱乐部缩写名 G.L.P.C.P 的黄丝带——就像政府其他组织的缩写那样。他随身带着小册子，一家一家地拜访，人们都打算加入。他记下他们的名字，拿走了钱，每周六来收费。三个星期后，这个 B.F. 梅森先生说服了太多的成员加入，以至于周六他一个人都收不完入会费，于是不得不雇人收钱，每三四条街就得设个专门收钱的人。每周六早晨，我替他在家附近收那二十五美分。当然，威利一早就入会了，还有赫保埃和我。"

"你们家附近很多房子。我看到不少总统的照片，我记得听人提过梅森，"考普兰德医生说，"他是个贼吧？"

"正是，"波西娅说，"有人发现了真相，他被逮捕了，人们发现他就是亚特兰大本地人，压根没见过华盛顿特区，更别提总统了。所有的钱要么被他藏了起来，要么就花掉了。威利损失了七点五美元。"

考普兰德医生很兴奋。"这就是我说的……"

"在地狱，这个人会下油锅。可事后，再听这事就有点可笑了，当然，我们没必要太幸灾乐祸。"波西娅说。

"每周五，黑人主动爬到十字架上。"考普兰德医生说。

波西娅的手抖了下，咖啡沿她手中的托盘流下来。她舔了舔手："你是说？"

"我是说，我一直在观察。我的意思是，只要能找来十个黑人，十个我们自己人，有骨气、有头脑、有勇气、愿意献出一切的——"

波西娅放下咖啡："我们别谈这个了。"

"只需四个黑人，四个，就是汉密尔顿、卡尔·马克思、威廉姆加上你这样的数目。四个有真正的品质和脊梁的黑人……"考普兰德医生说。

"威利、赫保埃和我都有脊梁，这世界多么艰难，我觉得我们三人都在努力生活得不错。"波西娅气恼地说。

一阵无言。考普兰德医生把眼镜搁在桌上，用皱巴巴的手指按摩眼睛。

"你总用那个词——黑人，这词很伤人。甚至过去常用的'黑鬼'这个词也强过它。有教养的人，无论什么肤色，总是用'有色人种'这个词。"波西娅说。

考普兰德医生沉默。

"就说我和威利，我们也不是完全的有色人。我们的母亲肤色就很淡，我们都有不少白人亲属。而赫保埃则是印第安人，身上带有不少印第安血统。我们都不是纯粹的有色人，你一直用那词太伤人了。"

"我对这些说法不感兴趣，我只关心真相。"考普兰德医生说。

"好吧，这就是真相。每个人都怕你。要想让汉密尔顿、巴迪、威利或赫保埃到你这来，像我一样与你坐一起，除非他们喝醉了。威利说他记得小时候的你，那之后他就害怕你。"

考普兰德医生艰难地咳嗽一声，清了清嗓子。

"每个人都有感情，无论是谁——没人愿意走进一间明知会受伤害的房子，你也一样。我看你被哪些白人伤害了不少次，而他们并未意识到。"

"不对，你没见过我被伤害。"考普兰德医生说。

"当然，我知道，威利、赫保埃和我都不是学者，但他们像金子般珍贵。他们只是和你不一样罢了。"

"对。"考普兰德医生说。

"汉密尔顿、巴迪、威利还有我，都不想像你一样说话。我们随我们的母亲那一系。你只遵从理智。而我们，我们说话则是出于内心深处的感情，它们一直在那儿——这就是区别之一。"

"对。"考普兰德医生说。

"一个人不能随便强迫一个孩子变成他想要他们成为的人，而不管这是否对错，是否会伤到他们。你拼命想改造我们，于是现在我是我们中唯一还能来这和你坐在一起的人。"

考普兰德医生眼中闪着亮光，波西娅的声音响亮而硬朗。他咳嗽，整张脸颤抖着。他想拿起冷掉了的咖啡，手却不听使唤。他泪流满面，戴上眼镜试图遮掩。

波西娅看见了，立刻走近他，抱住他的头，将脸颊贴在他的额头上："我伤到我的父亲了。"她温柔地说。

"不。反复说关于伤感情的废话,是愚蠢且很不开化的。"他的声音冷硬。

泪水沿着他的脸缓缓落下,在火光中现出蓝、绿和红色。

"我真的很抱歉。"波西娅说。

"没事了。"考普兰德医生用棉手帕擦了擦脸。

"我们别再吵了,我受不了。每次我们在一起总有不好的感觉。我们别再如此吵架了。"

"好,我们不吵。"考普兰德医生说。

波西娅抽了抽鼻子,用手背擦拭。她站在那儿,抱着父亲的头几分钟。随后,她擦了擦脸,走近炉子上盛甘蓝的罐子。

"快熟了,我现在要做些好吃的烤玉米面包,配着甘蓝吃。"她高兴地说。

波西娅在厨房里忙碌,父亲看着她。沉默。

他的眼睛仍湿着,看东西是模糊的——波西娅真像她的母亲。多年前,戴茜也这样在厨房来回走动,无言地忙碌着。戴茜不像他这么黑——她的皮肤美得像棕色的蜜。她总是安静且温柔,但温柔的背后有一种固执,不管他如何有意识地研究,始终搞不懂妻子身上这种温柔的固执。

他会教导她,也会告诉她所有内心深藏的想法,而她始终很温柔,但并不会听他的,她固执己见。

随后,汉密尔顿、卡尔·马克思、威廉姆和波西娅出生了。对于他们降生,他的使命感十分强烈,他知道他们该做的每一件事:汉密尔顿将成为一个伟大的科学家;卡尔·马克思会成为黑人种族的教育者;而威廉姆则是一名与不公正作斗争的律师;波西娅会是为女人和孩子治病的医生。

当他们还是婴儿,他就教育他们必须摆脱他们肩上名为服从和懒惰的枷锁。等到大了一点,他就不断地强调,没有上帝,但他们的生命本身就是神圣的,因为他们每个人都有一个真正的使命。他不断地重复这些话,他们坐得远远的,瞪大眼睛看着自己的母亲。戴茜坐在那儿完全没听,温柔而固执。

因为汉密尔顿、卡尔·马克思、威廉姆和波西娅的真实使命,他清楚地知道每一个细节如何发展。每年秋天,他带他们进城,给他们买上好的黑色鞋袜。给波西娅买黑色羊毛裙料以及用来做衣领和袖口的白色亚麻；给男孩们则是黑色羊毛裤料和用来做衬衫的精制白亚麻——他不想让他们穿艳丽轻浮的衣服，等他们上学后就会想穿那样的衣服，戴茜说他们很尴尬。他是个严厉的父亲，他知道屋子里的摆设该是什么样：不能有花哨的东西，比如华而不实的年历、带蕾丝边的枕头或小摆设，屋里每样东西都得是朴素的暗色调，这象征着工作和真正的使命。

某天晚上，他发现戴茜给小波西娅的耳朵穿了个耳洞。还有次回家时，他看见壁炉架上摆着个穿着羽毛裙子、胖脸、大眼睛的鬈毛娃娃，戴茜柔中带硬，不肯拿走它。他也知道戴茜教孩子们要逆来顺受，她给他们讲地狱和天堂的故事，让孩子们相信鬼神和鬼屋。戴茜每周日去教堂忏悔地向牧师提起丈夫。她也总是固执地带孩子们去教堂，让他们在教堂听布道。

整个黑人种族都病了，他每天都忙碌不堪，有时得忙半个通宵。漫长的工作一天后，身心俱疲，但只要一打开房门，疲乏感就会消失不见。然而进了房间，威廉姆往往正用卫生纸包裹的梳子吹曲子，汉密尔顿和卡尔·马克思在掷骰子赌小钱，而波西娅正和她母亲一起哈哈大笑。

他必须用别的方式从头开始。他拿出他们的课本，和他们交谈，他们紧挨着坐在一起，看着他们的母亲。他说啊说，可孩子们理解不了。

一种黑色的恐怖的黑人式的情感一下子涌上来，他尽可能静静地坐在自己的办公室里读书和思考，直到找回平静，重新开始。他放下房间的窗帘，这样屋里就只有明亮的灯光、书本和沉思的气息了。有时平静久久不来。他还年轻，可怕的情感有时不会随阅读而消失。

汉密尔顿、卡尔·马克思和波西娅害怕他，他们看着母亲——有时当他意识到这点，他就会被黑色的情感挫败，他不清楚自己做了什么。

他无法阻止这些可怕的事情，后来甚至完全无法理解它们。

"晚饭闻着很香，最好现在就吃，不然赫保埃和威利随时会来找我。"波西娅说。

考普兰德医生扶了扶眼镜，将椅子拉到桌旁："你丈夫和威廉姆晚上在哪儿?"

"他们在扔马蹄铁玩呢。瑞蒙德·琼斯家的后院有个场子可以玩马蹄铁。瑞蒙德和他妹妹乐芙·琼斯每晚都玩。乐芙是个很丑的女孩，我才不介意赫保埃和威利去他们家，什么时候想去都成。他们说十点差一刻可能来找我，我估计他们随时会到。"

"趁我还没忘，我猜你经常收到汉密尔顿和卡尔·马克思的信。"考普兰德医生说。

"汉密尔顿写过，他几乎包了祖父农场所有的活。至于巴迪，他人在莫拜尔，他从来都写不好信，但一直与人为善，所以我不担心他，他这样的人总能混得不错。"

他们安静地坐在晚餐前。波西娅不停看碗柜上的钟，赫保埃和威利应该到了。考普兰德医生的头俯在碟子上，他手拿叉子，手指抖着，仿佛重若千钧，简单的几口，每一口都吞咽困难。气氛有些紧，两个人像是都在找话说。

考普兰德医生不知如何起头，有时他觉得以前对孩子们说的太多，而他们理解的又太少，现在则完全不知说些什么。过了一会儿，他用手帕擦了擦嘴，迟疑地说："你很少谈自己。说说你的工作吧，你最近都干了些什么。"

"我当然还在凯利家，但父亲，我也不知道还能在那儿待多久。工作很辛苦，得长时间干活——这也没什么，我担心的是工钱。我周薪应该有三块美元，可有时凯利太太会少给我一美元或半美元——当然她之后会尽快补上，可我心里总不踏实。"波西娅说。

"这可不成，你怎么受得了？"考普兰德医生说。

"不是她的错。她也没办法，一半的房客不交房租，开销很大。说实话——凯利家差点就报警了。他们的日子可并不好过。"波西娅说。

"你应该能找到其他工作。"

"我知道，但凯利一家是白人中真正的大好人，我发自内心地喜欢他们。三个孩子就像我的亲人一样，我觉得是我抚养了巴伯尔和那个小婴儿。尽管米克老和我吵，我对她也有亲切之感。"

"但你得想想你自己。"考普兰德医生说。

"米克，噢——她真是个问题——谁都不知道该如何管教她。她自大和固执极了，还一直有些鬼迷心窍。我有古怪的预感，她哪天可能真会让人大吃一惊的——至于是好是坏，我不知道。我有时搞不懂米克，但我真喜欢她。"波西娅说。

"你首先得考虑你自己的生存。"

"我说过那不是凯利太太的错。维持那个老旧的大房子花销很大，房客又不付房租，其中仅有一人给的房租很可观，且从未拖欠。那人刚租住不久，是镇上的一个聋哑人，也是我唯一近距离见过的一个，但他真是个好白人。"

"瘦高个，灰绿色的眼珠？"考普兰德医生突然问道，"对每个人都彬彬有礼，穿着考究？他不像是这镇上的人，更像北方人，或者是犹太人？"

"是他。"波西娅说。

考普兰德医生露出热切的表情。他把烤玉米面包掰碎泡在碟子里的甘蓝汁中，又有了胃口，说："我有个聋哑病人。"

"你怎么会认识辛格先生？"波西娅问。

"我只见过他几次。"考普兰德医生咳嗽，用手帕捂住嘴。

"我最好现在开始收拾，威利和我家赫保埃要到了。有如此棒的洗碗池和水龙头，这些小碟子顷刻能洗完。"波西娅说。

他这么多年总想遗忘白种人无声的傲慢。当怨恨涌出时，他会思考和研究。在路上或白人周围，脸上满是尊严，维持着沉默。年轻时，他被称为"小鬼"，现在是"大叔"。"大叔，快去街角的加油站给我叫来一个工人，"前不久，一个坐在车里的白人对他喊道。"小鬼，帮我个小忙。""大叔，去做。"但他不听，继续走路，沉默地保持着尊严。

几天前，一个醉酒的白人走近他，拽着他往马路上走。他带着包，还以为有人受伤了，但这醉鬼把他拖到了一家白人开的餐馆，柜台边的白人朝他粗鲁地吼叫。他知道醉鬼在取笑他，即使那种情况，他依然维持着尊严。

但遇到这个灰绿色眼珠的瘦高个白人时，情况却大不一样，这样的事别的白人身上根本不可能发生。

几星期前的一个漆黑雨夜，他刚接生回来，站在街角的雨中。他想抽烟，连着几根火柴都没划着。他嘴里叼着没点着的烟，这时走来一个白人，递给他一支点燃的火柴。黑暗中，火柴的光焰照亮了两人的面庞。白人对他微笑，帮他点烟。他不知道该说什么，过去他从未遇见这种情景。

他们一块在街角站了几分钟，白人给了他一张卡片。他想和对方说话，问些问题，但他不能确定对方是否能理解。因为白种人的傲慢，他害怕在自己的友善中失去尊严。

但这个白人替他点烟，对他笑，像时想和他接触。那天过后，他想了很多遍这件事。

"我有个聋哑病人，是个五岁的孩子。我怎么也摆脱不了罪恶感，我对他的病是有责任的。是我为他接的生，但两次产后咨询后，我把他给忘了，他的耳朵开始出现问题。他母亲对他耳朵里流出的液体并没在意，也没带他来我这瞧瞧。等我注意到他的情况，已经太晚了，所以他听不见，也说不出话。但我仔细观察过他，要是没生病的话，他该是个很聪明的孩子。"考普兰德医生说

"你对小孩子总是很感兴趣，这种兴趣远超过成年人，是吧?"波西娅说。

"小孩身上有着更多的希望，这个聋哑孩子——我一直在打听有没有什么机构可以收留他。"考普兰德医生说。

"辛格先生会告诉你的。他真是个好白人，一点也不自以为是。"

"我不知道，我想过几次给他写信，看他能否告诉我一些东西。"考普兰德医生说，

"我要是你的话，肯定写。你信写得那么棒，我会替你转交给辛格先生的，两三周前他拿了几件衬衫到厨房，让我帮他洗一下。衣服那么干净! 就算'施洗者'圣约翰本人穿上也不过如此。我只需把它们浸在温水里，轻揉一下领口，再熨熨就行了。那晚我把五件干净的衬衫送到他房间，你猜他给了我多少钱?"波西娅说。

"不知道。"

"他像往常一样微笑，给了我一美元。就这么几件不值一提的衣服，他给了我整整一美元! 他可真善良。我不怕问他任何问题，甚至愿意亲自给这个善良的白人写信。写吧，父亲——你想的话。"

"也许我会写的。"考普兰德医生说。

波西娅突然坐直了，整理了一下抹了发油的紧密头发，能听见微弱的口琴声，然后音乐声开始变大。"威利和赫保埃来了，我得走了。你多保重，若又什么需要就捎个话给我。和你聊天、吃晚饭，我很开心。"波西娅说。

口琴声很清晰了，从中他们能够辨认出威利正站在前门边吹边等。

"等等，我只见过你和你丈夫一起两次，我们从未真正交谈过。威廉姆还是三年前来过，为什么不把他们叫进来坐一会儿?"考普兰德医生说。

波西娅站在走廊，手指摩挲着头发和耳坠。

"上次威利来了，你却伤了他的感情。你看你，就是不知该……"

"好吧，只是一个建议。"考普兰德医生说。

"等等，我去叫他们，马上请他们进来。"波西娅说。

考普兰德医生点了支烟，在房间里踱步。他手在抖，没法调好眼镜。前院传来低语声，接着，重重的脚步声从门厅响起，波西娅、威廉姆和赫保埃走进了厨房。

"我们来了。赫保埃，我想你和我父亲还没被互相正式介绍过呢——当然你们是知道对方的。"波西娅说。

考普兰德医生和两个人都握了握手。威利胆怯地后退到墙角，赫保埃则向前迈了一步，隆重地鞠躬，说："我常听说您的事，很高兴认识您。"

波西娅和考普兰德医生从门厅搬来椅子，四人围着炉坐下。沉默，气氛有些不自在。威利紧张地看着四周——餐桌上的书、洗碗池、墙边的折叠床，还有他的父亲。赫保埃手摸着领带，咧嘴笑着。考普兰德医生润了润嘴唇，欲言又止。

"威利，你口琴吹得越来越好了，我猜你和赫保埃一定偷喝酒了。"波西娅最终说道。

"没有，夫人，星期六以来我们滴酒未沾，刚才还一直玩马蹄铁呢。"赫保埃文质彬彬地说。

考普兰德医生还是不发一言，他们都瞟他，等他说话。屋子不大，静得让人发慌。

"男人的衣服可真难洗啊，我每周六给他们俩洗白西装，一周熨两次。瞧它们现在的样子！当然，他们只在收工回家后才穿，但要不了两天，白西装就会脏得不成样子。昨晚我才熨的裤子，现在就皱得找不到熨过得痕迹！"波西娅说。

考普兰德医生依然沉默，盯着儿子的脸看，威利感受到父亲的视线，低头看自己的脚，边咬着粗短的指头。考普兰德医生感到太阳穴和手腕的脉搏在怦怦地跳。他咳了一下，拳头置于胸口——他想和儿子说话，却不知该说什么。熟悉的痛苦泛起，他却没有时间去思索和平息。他们全看着他——沉默像山一样沉重，他非得说些什么了。

他声音高得不像是从他自己的嘴里发出来一样："威廉姆，我想知道，你还记得多少小时候我和你说过的话。"

"我不知道，什……什……什么意思。"威利说。

考普兰德医生下意识地说："我的意思是，我把我的所有都给了你、汉密尔顿、卡尔·马克思，我对你们寄予所有的信任和希望，得到的却是完全的误解、冷漠和无动于衷。我一无所获，你们从我这里拿走了一切。我想做的一切——"

"别说啦，父亲，你答应过我不再吵架——这真是疯了，我们受不了。"波西娅说。

波西娅站起来，走向大门，威利和赫保埃立刻跟上，考普兰德医生最后一个走到门口。

他们站在门前的一片黑暗里，考普兰德医生想说点什么，但语言像是迷失在了肉体深处。威利、波西娅和赫保埃紧挨着站在一起。

波西娅一手挽着她的丈夫和哥哥，另一只手伸向考普兰德医生："我们和好吧！我不能忍受我们之间的争吵——再也别吵了。"

沉默中，考普兰德医生再次和两个男人握手，说："对不起。"

"没事。"赫保埃礼貌地回道。

"我也没事。"威利嘟囔了一句。

波西娅把他们的手握在一起。"我们只是受不了争吵。"

他们道了别，考普兰德医生站在黑暗的前廊，目送他们沿大街离开。

离去的脚步声让他感到虚弱和疲倦，他们已经走出一条街以外了，威利又一次吹起了口琴，音乐悲伤而空洞。他一直待在前廊，直到再也看不见、听不见他们。

考普兰德医生关了屋子里的灯，于黑暗中，坐在炉边，但安宁并未到来。他想把汉密尔顿、卡尔·马克思和威廉姆从脑海中抹去，但波西娅对他说的每个字都响亮而坚定地回到了记忆中。他猛然站起，拧亮了灯，在放着斯宾诺莎、威廉姆·莎士比亚和卡尔·马克思的书的桌边，他大声朗读斯宾诺莎，每个词都透着丰富和秘密的声色。

他想到了刚才提到的那个白人，若他能帮助奥古斯特斯·本尼迪克特·马迪·路易斯——那个聋孩子，就太好了。即使没这件事，给他写信也是不错的。考普兰德医生用手捧着头，喉咙发出奇怪的歌呓，他记起了那个雨夜，昏黄的火柴光映照着的白人那微笑的面容——心变得安宁。

6

仲夏时节，辛格的来访者比房子里其他人的客人都要多，每到晚上，他的房间里总能传出说话声。在"纽约咖啡馆"吃过晚饭后，他总是会洗澡，然后换上一件凉爽的浴衣，一般而言，之后他不再出门了。

屋里很凉快，也很舒适。储藏室那儿有一个冰箱，里面放着冰啤酒和果汁。他从来都是从容悠闲的。他愿意在门口迎接客人，脸上带着微笑。

米克很喜欢去辛格先生的房间。虽然他是聋哑人，但他能理解她说的每一句话。和他谈话就像在做游戏，当然其中有着比游戏更多的含义，就像人们总能在音乐中发现各种新东西那样。她会告诉他自己的计划，是那些她不会对别人说的计划，他则让她尽情摆弄精致的象棋子。有一次她玩得忘乎所以了，衣角被卷进了电扇，他温柔地帮她，让她一点儿也不觉难堪。除了她的父亲，辛格先生是她认识的最好的男人。

考普兰德医生给约翰·辛格写了一张纸条，询问他有关奥古斯特斯·班尼迪克特·马迪·路易斯的事。医生收到了一封礼貌的回信，信中邀请他在方便时造访他。考普兰德医生先去了房子的后面，在厨房和波西娅待了一会儿，然后他上了楼，来到白人的房间。在这个男人身上，的确看不到一丝无声的傲慢。他们一块儿吃了一个柠檬，哑巴在纸上写下了他想知道的答案。这个男人和他以前见过的任何一个白种人都不一样。在这之后，关于这个白人，他想了很久。再后来，因为辛格真诚地邀请他来玩，他就又去看了他一次。

杰克·布朗特则每星期准时报到。他上楼走向辛格房间时，整个楼梯都在震动。

通常情况下，他会带来一纸袋啤酒。屋里总会传出他愤怒的大嗓门。但在他离开前，他的声音会奇异地逐渐平静下来。下楼时，他带来的袋装啤酒已经不见了。他若有所思地离去，仿佛并不在意自己要去哪里。

有一天晚上，比夫·布瑞农竟也来到了哑巴的房间。因为不能离开餐馆太长时间，他只待了半个小时就走了。

辛格对每个人的态度都一样。他坐在窗前的一把直背椅上，双手牢牢地插进衣服兜里，他向客人点头或微笑，表明自己明白他们的话。

没有客人时，辛格会在晚上去看夜场电影。他喜欢坐在靠后的座位上，看演员在银幕上说着、走着。他从来不在乎电影的名字，不管上映的是什么，他都抱以同样的热情。

七月的某一天，辛格没有任何预兆地突然离开了。他房间的门是开着的，桌上放着一个信封，是写给凯利太太的一封信，里面装着上个星期的房租——四块钱。他那些少量的物品也不见了，房间里显得非常干净和空旷。他的客人来了，看见空荡荡的屋子，除了吃惊，还带着一种受伤的感觉离去。没有人知道他为什么会选择这样离开。

辛格在安托纳帕罗斯住院的小镇上度过了整个暑假。为了这次旅行，他已经计划了好几个月，他想象着重逢之后的每一分每一秒。他提前两个星期就订好了酒店的房间，他把火车票藏在了信封里，又把信封装进了衣服口袋，一直带在身上，很久很久。

安托纳帕罗斯一点儿也没变，辛格走进房间时，前者温和从容地走过去迎接他的伙伴。他比以前更胖了，但脸上梦幻般的表情一如从前。辛格拎着好几个包，胖希腊人首先注意到的就是这个。辛格给他带来了红艳艳的晨衣，柔软的拖鞋，还有两件有着字母图案的睡衣。安托纳帕罗斯仔细地检查了盒子里的包装纸，当他发现包装纸下面并没有藏好吃的东西时，不屑地将礼物一古脑儿地倒到了床上，再也不看它们一眼了。

房间很大，阳光充足。几张床规律地排成一行，彼此留有空间。三个老人在角落里玩纸牌游戏，压根儿没注意辛格或安东帕尼斯。两个伙伴单则独坐待在房间的另一头。

对辛格来说，他们曾经在一起的日子似乎已经恍如隔世了。太多的话想说，他手语的速度赶不上他的思维。绿色的眼珠在燃烧，额头的汗亮晶晶的。曾经的快乐和喜悦又回来了，这喜悦是如此强烈，以至于他难以自控。

安托纳帕罗斯漆黑晶亮的目光则始终落在他的伙伴身上，但他并不动，双手懒洋洋地摸索着裤裆。辛格告诉他，最近有不少访客来找他。他告诉他的伙伴，他们让他不再孤独。他告诉安托纳帕罗斯，那些都是很奇怪的人，他们总在说话——但他喜欢他们的到来。他给安托纳帕罗斯画了杰克·布朗特、米克和考普兰德医生的速写画像。当他发现安托纳帕罗斯一点儿也不感兴趣时，便立刻把画像揉成一团，转移了话题。护理员进来说时间到了，此时辛格想说的话只说出了不到一半，但他还是离开了房间，非常疲倦，也非常幸福。

病人只能在星期四和星期日接待朋友，无法去看望安东尼帕尼斯的时候，辛格就一个人在酒店的房间里踱步。

第二次探访和第一次一样，唯一不同的是三个老人无精打采地看着他们，没有玩纸牌。

辛格费了好大的劲儿，才获得允许，能把安托纳帕罗斯带出去玩几个小时。他已经为这次小小的"远足"做了最充分的准备，他们租了一辆出租车，开去了野外，四点半的时候，他们去酒店餐厅吃饭。安托纳帕罗斯尽情地享受着他的大餐，他点了菜单上几乎一半的菜品，贪婪地大快朵颐，饱餐一顿后，他还赖着不肯走。他抱着桌子不撒手，辛格哄着他，出租车司机都想直接把人拖走了。安托纳帕罗斯依然顽固地坐在那里，他们靠近他时，他就做出下流的手势。最后辛格只好去酒店经理那里买了一瓶威士忌，这才把他骗到了出租车上。当辛格把未开封的酒瓶扔出车窗外时，安托纳帕罗斯难掩失望，他生气地哭了起来。"远足"的结尾令辛格十分伤心。

下一次的探访也是最后一次，因为为期两周的假期就要结束了。安托纳帕罗斯早已忘记了不久前的不愉快。时间飞快，他们坐在上次坐过的角落里。辛格的手指正在绝望地诉说着，狭长的脸则十分苍白。最后的时刻到了，他拉住伙伴的胳膊，深深地望进他的眼中，就像他们过去上班前分手时的凝视。安托纳帕罗斯则睡意蒙眬地看着他，没有挪一下。辛格离开了房间，走的时候双手死死地插在兜里。

　　辛格一回来，米克、杰克·布朗特和考普兰德医生就第一时间来看他了。他们都想知道他去了哪儿，为什么没有事先告诉他们他要暂时离开的计划。但辛格假装听不懂他们的话，他微笑着，显得高深莫测，令人费解。

　　他们一个接一个地去了辛格的房间，和他共度晚上的时光。哑巴总是体贴的，也镇定自若。他感情丰富的、温柔的目光就像巫师一样肃穆。米克·凯利、杰克·布朗特和考普兰德医生愿意来这里，在这寂静的屋子里诉说衷肠——因为他们觉得哑巴能理解一切，不管他们想表达的是什么。而且他懂的可能比他们想表达的更多。

Chapter 2 ▌ 第二章

1

这个夏天和米克脑海里的所有夏天都有些不一样，虽然并没有发生什么——并没有发生可以用语言描述的特别的事件，但她感觉到了某种变化。在那段日子里，她一直很兴奋。早晨，她迫不及待地起床，开始新的一天；而到了晚上，她最憎恨的事就是上床睡觉。

一吃完早饭，她就会带着孩子们出门。除了三顿饭的时间，他们大多数时候都在外面玩耍，基本上只是在大街上游荡——她拖着拉尔夫的童车，巴伯尔跟在身后。她的大脑永远被思考和计划占据着。偶尔她会突然抬头，看看四周，而此时他们往往正待在小镇的某个角落，一个连她都不认得的地方。有一两次，她恰好在路上遇到了比尔，她沉浸在自己的思绪中，比尔不得不拉住她的胳膊，她这才看见了他。

清晨，天气还算凉爽，他们面前，是人行道上被拉得长长的影子。但是到了正午，空气都热得要烧起来了，阳光非常刺眼。很多时候，即将发生在她身上的事情都和冰雪相关。有时她好像置身瑞士，周围所有的山都被大雪覆盖，她在冷冰冰的、绿幽幽的冰面上滑行。辛格先生则和她待在一起，也许他们还一块儿听着卡罗尔·隆巴德或阿托罗·托斯卡尼尼在收音机里的演奏。他们一直滑冰，然后辛格先生突然掉进了冰窟里，她奋不顾身地跳下去救他，她在冰下勇敢地游泳，最终救出了他——这是一直盘踞在她脑子里的计划之一。

通常情况下，他们闲逛了一会儿后，她就会把巴伯尔和拉尔夫放在阴凉处。巴伯尔是个非常乖的孩子，她把他训练得很好。如果她告诉他，不要去听不到拉尔夫哭声的地方，巴伯尔就肯定不会跑到两三条街之外和别的孩子打弹子球——他只会在童车附近一个人玩耍，所以当她把他们扔下时，心里是不怎么担心的。这个时候，她不是去图书馆翻翻《国家地理》，就是漫无目的地东逛逛西逛逛，脑子里则不住地思考。如果她身上有点儿钱，就会去布瑞农先生那里买一瓶可口可乐或是"银河巧克力"——他会给孩子们打折，五分钱的东西只要花三分钱就买到了。

然而不论什么时候——不管她正在做什么——音乐如影随形。有时候她边走边唱，有时她只是静静地聆听着内心深处的曲子。她脑子里装着各式各样的曲子，有的是通过收音机听到的，有的就直接存于她的头脑里，不必从任何其他的地方学习。

等晚上孩子们睡觉以后，她就自由了——这是她一天里最重要的时刻。她独自一人的时候，黑暗中发生了很多事。一吃过晚饭，她又跑到外面去了。她不会告诉任何人她晚上出去做了什么，如果她妈妈问起，她会信口编一些听上去合理的谎话。大多数时候，即使有人喊她，她也会像没听见一样跑掉，只有面对爸爸是不同的。爸爸的声音里藏着某种东西，某种让她无法逃脱的东西。他是整个镇子里最魁梧、最高大的男人之一，但他的声音非常轻柔慈祥，他一开口，人们总会大吃一惊。不管她奔跑得多么匆忙，只要爸爸开口叫她，她定会停下来。

但在这个夏天，她发现了一个以前从不知道的爸爸。在那之前，她从来没有把他视为一个单独的个体，他经常会喊她，当她走进他工作的前屋时，会习惯在他身边站几分钟——不过他说的话她总是一只耳朵进，一只耳朵出。某天晚上，她突然"发现"爸爸了，其实那晚并没有什么特别的事发生，她也不知道具体什么使她产生了这种感觉，在这之后，她觉得自己长大了，似乎能理解爸爸了，就像理解别人一样。

那是八月末的一个晚上，她再不动身可就晚了，她必须在九点前到达那所房子。她的爸爸正在叫她，她走进了前屋。她看见爸爸颓然地靠在工作台上，他看起来有点不自然。他出事以前——去年之前，他一直是油漆工和木匠，每天早晨天刚蒙蒙亮时，他就会穿上工装裤出门，一整天都不在家；晚上，他偶尔会摆弄一通钟表，作为自己的业余工作。他尝试了很多次，想在珠宝店找一份工作，一旦成功，他就可以一整天都穿着洁白的衬衫、打着领结，一个人坐在工作台前了。他现在再也不能做木匠的活了，他在房子前立了块牌子，上面写着"廉价修理钟表"。可他长得一点儿也不像大多数干这行的人——他们多半待在小镇的商业中心，都是个子矮小、动作敏捷、皮肤黝黑的犹太人，而工作台对爸爸来说实在太矮了，他巨大的骨节松松垮垮地挤在一起。

爸爸盯着她看。她能看出来他并没有什么要紧的事情找她，他只是太想和她说说话了。他试图起一个话头，那双褐色的眼睛在他又长又瘦的脸上显得很大，他的头发已经掉光了，灰白光秃的头顶使他看上去很是单薄。他看着她，并不说话；而她着急走——她必须在九点整前赶到那里，已经没有时间了。爸爸看出她有事，于是清了清喉咙。

"我有东西要给你，"他说，"没有多少，也许你可以给自己买点儿什么。"

其实他完全没必要仅仅因为孤独和想找人说话，就用给她五分、一角钱作为借口。他挣的钱只够他每周喝两次啤酒的。现在，椅子旁的地上放着两个酒瓶，一个已经空了，另一个则刚被打开。每次喝酒时，他总想找人说说话。爸爸摸了摸皮带，她移开了目光。这个夏天，他就像一个孩子，把自己攒下的零用钱藏起来，有时候会藏在鞋里，有时候则藏在他在皮带上挖出的豁口里。她不太情愿收下这一角钱，但当他递给她时，她的手很自然地张开了，准备着接住钱币。

"我有这么多事情要做，都不知道从哪开始才好。"他说。

事情恰恰是这句话的反面——他和她同样清楚这一点。他很少有需要维修的钟表，一旦完成少量的工作，他就会在房子里转来转去，四处找零活干。晚上，他会坐在工作台前，慢慢地清洗旧发条和齿轮，一直磨蹭到睡觉时间的到来。在他摔断髋骨以后，总是没办法安静下来，每分钟他都要忙个没完。

"今晚，我想了很多。"爸爸说。他倒了些啤酒出来，然后在手背上撒了几粒盐，他先舔了舔盐，再从杯子里喝了一口酒。她太着急要走，几乎已经站不住了。她的爸爸注意到了这一点，他想说什么——但他叫她来并没有什么特别的事，他只是想和她说会儿话。他想开个话头，却又把话咽了回去。他们就这样互相看着对方。寂静在彼此间蔓延，两人无话可说。

这就是她"发现"爸爸的那一刻。过去，她一直是凭本能而不是大脑去了解爸爸的生活的，此刻，她突然明白她懂得了她的爸爸。他是孤独的，他已经是一个老人了，因为小孩子们都不会主动去找他，因为他挣的钱很少，他感到自己已经被这个家抛弃了。在孤独中，他想靠近任何一个孩子——而他们都太忙了，也意识不到他的孤独。他感觉自己是一个无用的人。

当他们对视时，她明白了这一点。这给她带来一种奇特的感觉。她的爸爸捡起钟表发条，用浸在汽油里的刷子去清洗它。

"我知道你很忙。我只是想跟你打个招呼。"

"没有，其实我一点儿也不忙，"她说，"真的。"

那天晚上，她在工作台边的椅子上坐了下来，他们聊了一会儿天。他说到了自己的收入和开支，他说如果他换另一种方式经营的话，生意会变得如何。他一边喝着啤酒，眼中含着热泪，一边用衬衫的袖口擦着鼻子。那天晚上她和他待了好一会儿。尽管她心里已经急疯了，但是出于某种原因，她不能告诉爸爸她脑子里装着的那些事——那些炙热又黑暗的夜晚。

那些夜是一种秘密，是她整个夏天里最重要的时光。黑暗中，她独自一个人走在路上，像是小镇上唯一的居民。黑夜里，每条街道都亲切地像她家所在的街区一样。有些孩子对晚上去陌生的地方感到害怕，可她不怕。很多女孩子害怕路上突然窜出一个男人，像强奸犯一样把她们给糟蹋了。大多数女孩子其实都是神经病。如果一个块头和乔·路易斯拳王一样一样的男人向她扑过来的话，她肯定会撒腿就跑。但如果那家伙的体重不超过她二十磅，她会选择狠狠地揍他，然后接着走路。

夜晚如此美妙，她根本没时间自己吓唬自己。一旦暗夜降临，她满心满脑都是音乐。散步时，她就给自己唱歌，她感到整个镇子都在听她的歌声，而且人们并不知道唱歌的人就是米克·凯利。

这些自由的夏季的夜晚，她对音乐的见识疯长起来。小镇的富人区里，家家户户都有收音机，而所有的窗户都大开着，她听得一清二楚。很快，她就知道哪家的收音机里有她想听的歌曲。有一户人家总在收听美妙的交响乐，到了晚上，她就会跑到那所房子外面，溜进黑暗的院子里，静静地倾听。房子周围长满了美丽的灌木丛，她就坐在窗下的小树丛里听。歌曲结束了，她站在黑洞洞的院子里，把双手插入口袋中，长时间地回味着。这就是整个夏天那沉甸甸的部分——听收音机里传来的音乐，并细细地品味它们。

"先生，请先关上门。"米克说。

巴伯尔像带刺的玫瑰一样刻薄。

"小姐，请先帮个忙。"他回嘴。

在职业学校里学西班牙语其实是一件很棒的事情，能够说一门外语让她觉得自己很有见识。每天下午上课时，她都会愉悦地学说新的西班牙语单词和句子。刚开始，巴伯尔很吃力，她一边说外语，一边盯着巴伯尔的脸看，感到很有趣。但很快他就追上来了，他可以复述她说的每句话，也记住了他学的每个词。当然他还不知道那些句子是什么意思——这孩子学得真是太快了，她不得不放弃这个外语游戏，转而急匆匆地说一些自己造的词。但很快她的把戏就被揭穿了——还没人能骗得了老巴伯尔·凯利。

"我会假装自己是第一次走进这栋房子，"米克说，"这样我才能分辨那些装饰究竟好不好看。"

她走出屋子，站在前廊，又走回到门厅，站在那儿。整整一天的时间里，她、巴伯尔、波西娅和爸爸都在忙着装饰门厅和餐厅，为了接下来的派对。

她用手蹭了蹭额头，眯了眯眼睛。巴伯尔站在她的身边，模仿着她的每一个动作。

"我真希望派对能顺利。"

这是她举办的第一个派对——其实她参加过的也不超过四五个。去年夏天，她曾去过一次舞会，没有一个男孩子请她散步或跳舞，她一直站在果汁的旁边，等待着，直到所有的点心都吃完了，饮料也喝完了，她才回家。这次派对肯定不会像上次那样。几个小时后，收到她邀请的人就会陆陆续续来了，喧闹马上就要来了。

她实在想不起来派对的主意是如何钻到她的脑子里的。就在上职业学校不久，她突然有了这个主意。中学棒极了，处处都和语法学校不同——她得到了特许，可以上男孩们上的机械课。机械、代数和西班牙语都很美好，只是英语有点儿难。她的英语老师叫米娜小姐。大家都在说米娜小姐把自己的脑袋卖给了一个著名的医生，售价一万块，这样一来，等她死后，他可以把它切开，看看为什么她能这么聪明。

在写作课上，米娜小姐喜欢这样提问："说出八个当代有名的约翰逊博士""引用十句《威克菲尔德牧师》里的话"。她还会根据花名册点名。课堂上，她的成绩记录本一直是摊开着的。虽然她聪明，却为人阴沉。西班牙语老师去欧洲旅行过。她说，法国人会扛着面包棍回家；他们站在路上说话时，面包棍会直接撞到灯柱上；法国根本就没有水——大家只喝酒。

职业学校完美无缺。课间，他们在走廊里转来转去，午餐休息时，大家在体育馆里玩耍。但她因为一件事感到不安。走廊里人们总是三三两两地走在一起，每个人似乎都属于一个特定的圈子。她不是任何小圈子里的人。在语法学校时，她想和谁玩，随便就可以搭讪上，不用多费脑筋。但这里就不同了。

第一周，她一个人在走廊里踱步，脑子里思考着这件事。她想属于某个小圈子，她在这上面花的心思几乎和花在音乐上的一样多了。这两个念头在她的脑海里一直翻腾着，最后她想到了办派对。

对邀请对象的选择上，她严格极了。她没有选择语法学校的孩子，年龄不能小于十二岁——她只邀请了年龄在十三到十五岁之间的孩子。她邀请的都是在学校走廊里可以打招呼的人——对那些不知道名字的人，她也想办法打听到了名字。

她通过电话邀约。电话里她说的是同样的话，她让巴伯尔把耳朵贴过来一起听。

"这里是米克·凯利，"她说，如果他们没听清名字，她会不断地重复，直到他们明白，"星期六晚上八点我要举办一个舞会，我想邀请你参加。我住在第四街一〇三号 A 公寓。"A 公寓在电话里听上去挺时髦的，几乎所有被邀请的人都立刻答应了。几个难对付的男孩子想让自己显得聪明些，就反复追问她的名字。一个男孩想扮酷，就说："我不认识你"。但她马上回敬了一句："你吃屎去吧！"除了那个聪明的家伙，有十个男孩和十个女孩收到了邀约，她知道他们都会来。这是一个真正的派对，它和任何她去过或听过的派对都不一样，显然这个要好得多。

米克最后审视了一圈门厅和餐厅。她站在衣帽架前，她的前面她妈妈祖父的照片。他是美国内战时的一名少校，战死沙场。不知哪个孩子在照片上添上了眼镜和胡子，铅笔的印记被擦掉后，少校的脸脏得不像样子了。这张照片位于三联框的中央，左右两边是他的儿子们。他们看上去像巴伯尔那么大，身上穿着制服，脸上带着惊讶的表情。他们最后也死在了战场上——都是很久以前的事了。

"我想把它取下来，它和派对不配，看上去太普通了。你觉得呢？"

"我不知道，"巴伯尔说，"我们不普通吗，米克？"

"我当然不。"

她把相片放到了衣帽架下面。装饰没问题，房间显得空旷和安静。桌子收拾好了，准备摆上晚餐，晚餐过后就是派对了。她走进厨房，准备看看点心和饮料准备得怎么样了。

"你觉得一切都好吗？"她问波西娅。

波西娅正在做饼干，炉台上放着花生、黄油、果冻三明治、巧克力脆饼和果汁，三明治上盖着一块用潮湿的洗碗布。她偷偷地看了一眼，但没有尝一块。

"我已经说了四十遍了，没问题！"波西娅说，"等我一做完家里的晚饭，就会赶回来系上那条白围裙，好好地招待你的客人的。但我在九点半前必须走。今天是星期六，赫保埃、威利和我有别的安排。"

"当然，"米克说，"我只要你帮我把开头安排好就够了。"

她让步了，伸手拿了一块三明治，走到中间的屋子，留下巴伯尔和波西娅待在一起。她今晚要穿的裙子正平摊在床上。海泽尔和埃塔都表现得不错，把自己最好的衣服借给了她——她们并不打算参加这次派对。埃塔提供的是一件长长的蓝色双绉晚礼服，配上一双白色的细根浅口鞋，戴上一顶水晶王冠头饰——真的很难想象她穿上它们会是什么样子。

黄昏已经降临，阳光穿过窗户留下了长长的暗黄色的斜影。她预留了两个小时的打扮时间，所以最好从现在就开始。一想到要穿上这些漂亮的衣服，她就坐不住了。她慢慢走进卫生间，脱掉身上的旧短裤和衬衫，打开了水龙头。她仔细地搓洗身上粗糙的部位——脚后跟、膝盖，特别是胳膊肘——她洗了很长时间。

之后，她赤身裸体地冲进中间的屋子，开始穿衣服。她穿上了丝绸紧身内衣裤及长丝袜。她小心翼翼地穿上了裙子，把脚伸进了高跟鞋里——这还是她第一次穿晚礼服。她在镜子前站了很久——她太高了，礼服的下摆停留在脚踝处三四英寸以上；鞋也小了，很挤脚。她在镜子前站了很久，最后感觉自己要么像个小丑，要么就是个大美人——没有第三种可能了。

紧接着，她换了六种发式。额前一缕翘起的头发是个小麻烦，她弄湿了刘海，梳了三个狭长的小卷。最后她戴上水晶王冠，还涂上了厚厚的口红和胭脂。打扮完后，她像电影明星那样抬起了下巴，眼睛似睁似闭，她把脸慢慢地从一边转到另一边——她看起来美极了——就是这样。

她觉得自己是另一个人——一个完全不同于米克·凯利的人。离派对开始还有两个小时，她觉得让家人看到自己这么早就打扮成这样是很可耻的，于是，她又走回卫生间，把门锁上。她不能坐下，否则会把裙子搞乱，她就那么站在卫生间中央。四面封闭的墙好像把她所有的兴奋都挤压住，她感到自己跟过去的那个米克·凯利不一样，她知道它将比她生命中已经拥有的一切都更美好——这个派对。

"哇！有果汁！"

"裙子真棒啊！"

"嗨！你算出那道三角题了？"

"借过儿！别挡我的路！"

人们涌进了屋子，大门发出砰砰的声音。尖利和柔美的声音混在了一起，最后只剩下房间里喧闹的声音。女孩们都穿着漂亮的长礼服，三三两两地聚在一起；男孩们则穿着干净的帆布裤或军训服，也有的穿着崭新的秋季深色西装，他们在屋子里转来转去的。米克看不清任何一张脸。她站在衣帽架旁边，审视整个派对现场。

"每个人都拿着请柬，去邀约吧！"

屋子太吵了，什么也听不清。男孩们密密地围着果汁瓶，连桌子和装饰用的藤蔓都看不见了。她只能看见爸爸的脸，他笑着把果汁装到小纸杯里。她身旁的衣帽架上还放着糖果罐和两块手帕子。几个受到邀约的女孩子还以为今天是她的生日，给她带来了礼物。她表示了感谢，却没告诉她们还有八个月她才满十四岁。每个人都光鲜靓丽，和她打扮得差不多。他们身上的味道也很好闻。男孩子们几乎都往头发上抹了发胶，湿漉漉的。穿着五颜六色长裙的姑娘们站在一起，像一大团耀眼的花朵。派对的开头真棒！

"我有一部分苏格兰爱尔兰和法国血统……"

"我有德国血统……"

她去餐厅前高声叫大家拿好请柬。很快，大家开始在门厅里集合，手里拿着请柬，靠着墙三三两两地排着队——派对正式开始了。

突然，奇怪的事发生了——一片安静，男孩子们站在屋子的一边，女孩子们则站在他们的对面。不知为什么，大家同时停止了说话。男孩子们举着请柬，看着对面的女孩，大家都不说话。按理说，男孩们此时应该向女孩们邀约跳舞，可没人开口。寂静要令人窒息了，她参加过的派对太少了，现在完全不知道该怎么办。紧接着，男孩子互相用拳头击打对方，聊起天来；女孩子们则咯咯地笑。可怕的寂静消失了，但另一种紧张不安的情绪在屋子里蔓延。

过了一会儿，一个男孩走向一个叫多萝瑞斯·布朗的女孩。他邀约完她以后，其他的男孩子也开始行动起来。

就在此时，她注意到了哈里·米诺维兹。他住在她的隔壁，俩人算是青梅竹马，尽管他比她大两岁，可她长得比他快多了。夏天的时候，他们经常在街边的草地上摔跤、打斗。哈里看上去并不像个犹太人，他有一头浅褐色的直发。今晚他穿得很整洁，进门时，他把一顶成年人戴的巴拿马帽挂在了衣帽架上。

其实并不是因为他的衣服她才注意到他的。他的脸不同了——他今天没有戴以前常戴的牛角框眼镜，一粒下垂着的红红的麦粒肿从他的一只眼睛里冒了出来，可能是为了看清东西，他不得不把脑袋侧向一边，就像一只鸟。他细长的手指不停地摩挲着那颗麦粒肿，好像很痛。他想喝果汁，就愣愣地将纸杯伸到她爸爸跟前。她看得出他需要他的眼镜。除了她，他没有邀请别的女孩——因为这是她的派对。

所有的果汁都喝光了。爸爸怕她尴尬，和妈妈一起去厨房做柠檬汁了。有些人聚在前廊和人行道上。走出炎热明亮的房子，她很高兴，黑暗中，她闻到了即将到来的秋天的气息。

"我约了你。"哈里·米诺维兹假装正在读他的请柬，但她看到卡片上一片空白。她的爸爸来到前廊吹起了哨子，第一支舞开始了。

"好吧，"她说，"我们开始吧。"

沿着街区，他们开始散步。身上穿着长裙，她感觉自己非常时髦。

"你们看啊，那是米克·凯利！"黑暗中一个孩子在喊。她接着往前走，像没听见一样，但她知道这是斯伯尔瑞布斯的声音，她会教训他的。

她和哈里沿着黑暗的人行道走，他们走得很快，到了尽头，又拐到另一条街上。

"今年你多大了，米克，十三?"

"快十四了。"

她知道他在想什么——这也是一直困扰她的问题。五英尺六英寸高，一百零三磅，可她才十三岁！参加派对的女孩子在她身边像一个个营养不良的小孩子，除了哈里——哈里只比她矮几英寸。没有一个男孩愿意和比自己高那么多的女孩子跳舞——也许抽烟能让她长得慢一些。

"我去年一年的时间里，长了三点二五英寸。"她说。

"有一次，我在市场上见过一个女人，有八点五英尺高呢！不过你应该不会长那么高吧！"

哈里停在一株幽暗的桃金娘树丛前。周围空无一人。他从口袋里摸索出一样东西。她凑过去看，他正用手帕擦眼镜呢。

"对不起。"他边说边戴上了眼镜，她听见了他深深的呼吸声。

"你应该一直戴着眼镜。"

"嗯。"

"为什么不戴呢？"

夜晚安静又幽暗。过马路时，哈里一把抓住了她的胳膊。

"派对上有一个年轻的女士，她认为男人戴眼镜没有男子汉气概。这个人——好吧，也许我是……"

他话没说完，就突然绷紧了身子，朝前跑了几步，一跃而起够到了头上四英尺高的树叶。他的弹跳力相当好，他抓住了叶子，并把叶子放进了嘴里。她追上了他。

和往常一样，一首歌突然出现在了她的脑海里。她开始哼唱。

"你唱什么？"

"一个叫莫扎特的家伙。"

哈里自我感觉良好。他左右挪步，像一个快速出击的拳击手。

"听起来像德国人的名字。"

"我估计是。"

"是法西斯？"

"什么？"

"那个莫扎特是法西斯或纳粹？"

米克想了想："不是，他们是最近的事，那家伙死了。"

"那就好。"他又开始在黑暗中挥起拳头，他希望她能问他为什么这么做。

"我说那就好。"他又回答了一遍。

"为什么？"

"因为我恨法西斯。如果让我在路上碰到一个，我会杀了他的。"

她看了看哈里。树叶在街灯的照射下，他的脸上出现了恍惚而斑驳的影子。他很兴奋。

"为什么呢？"她问。

"天啊！你从来不读报纸的吗？你看，是这样的……"

他们又走回了这条街。家里一片喧哗声。很多人在人行道上跑着闹着。她的胃突然一阵痉挛。

"我们能绕着街区再走一圈。我不介意告诉你我为什么恨法西斯。我很愿意说的。"

这可能是他第一次有机会把这些想法详细地说给某个人听，但她显然没在意。她忙着观察房子前的场景。

"好吧，以后再聊吧！"她跟他的约会已经结束了，她准备四处看看，思考一下眼前的混乱。

她不在的时候，究竟发生了什么？她离开的时候，人们还穿着漂亮的衣服站在四周，那时候还是一个真正的派对。现在——仅仅在五分钟之后——这个地方就像一个疯人院。她不在时，那些躲在暗处的小孩子冲进了派对！他们敢！那个老彼得·威尔斯砰地一声把门带上，手里拿着一杯果汁冲了出来。他们奔跑着吵闹着，与被邀请的人混在一起——那帮穿着破旧的、邋遢灯笼裤和家常服的小孩子。

贝贝·威尔森正在前廊乱跑——不到四岁。每个人都知道她应该待在家里睡觉，就像巴伯尔那样。她逐级走下台阶，拿着果汁的手高高地举在头顶。她压根没理由来这儿。布瑞农先生是她的姨父，她随时能得到免费的糖果和饮料。她刚走到人行道上，米克就一把揪住了她的胳膊。"马上回家，贝贝·威尔森。现在就回家！"米克看着四周，想知道自己还能做些什么。她走向了萨克·威尔斯——他站在昏暗的人行道的另一头，手里拿着纸杯，用恍惚的目光看着周围。萨克只有七岁，穿着短裤，光着上身和脚。他没引起任何麻烦，可她看到他站在那儿，简直气得发疯。

她一把拽住了萨克的肩膀，开始摇他。开始他紧咬下巴，过了一分钟，他的牙齿才发出咯咯的声音。"给我回家，萨克·威尔斯！别在这儿晃了，这儿不欢迎你！"
她松了手，萨克沿着街道慢慢走掉了，但他没有回家。他走到拐角处，偷偷观察派
对，他以为她看不见他。

她松了一口气，但马上有了更烦心的忧虑——把事情弄得一团糟的是那些大孩
子们，那帮没有教养的野孩子们，他们喝光了所有的饮料，把一个真正的派对弄得
狼狈不堪。他们把大门开来关去，大声喊叫，彼此打闹。她走向彼得·威尔斯——
那个最恶劣的孩子，他戴着橄榄球帽，冲着别人撞了过去。他已经十四岁了，却还
留在七年级。她走向他，可他太大了，她没法像摇晃萨克那样摇晃他，她只能命令
他回家，他则快速做好准备，向她俯冲过来。

"我在六个州待过，有佛罗里达，有阿拉巴马——"

"那是用银色的布做成的，配有饰带——"

派对一塌糊涂，所有的人都在叽叽喳喳地大声说话。职业学校的朋友和邻居家
的小孩们都混在一块儿了，男孩和女孩们则泾渭分明地站着——没有人跳舞。柠檬
汁也快被喝完了，在果汁瓶的底部，只剩下一点儿汁水，上面飘着几片柠檬皮。她
的爸爸对孩子们太好了，只要有孩子把纸杯递给他，他都会帮着倒上一杯的。她走
进餐厅时，波西娅正在给大家分三明治，五分钟后，三明治就没了。她只分到一块
果冻三明治——粉红色的汁不断地从面包片里渗了出来。

波西娅待在餐厅里观察派对。"这里好热闹啊，我可不想走，"她说，"我已经让
人带话给赫保埃和威利了，让他们自己打发星期六晚上吧！我要待到派对结束再走。
这儿真兴奋！"

兴奋——对，就是这个词，她能在房间、前廊和人行道上都感受到这个词。她
自己也感到兴奋，衣帽架的镜子里映出了她漂亮的裙子、漂亮的脸、漂亮的腮红，
头上的水晶王冠，但她不仅仅因为这些兴奋，也许是因为屋里的装饰和所有来参加
派对的这些人，甚至加上这些挤在一起的小孩们。

"看她跑！"

"哎哟！停下来——"

"放规矩点儿！"

一群女孩子在大街上奔跑着，手里拽着裙摆，头发则在身后飘扬。有些男孩子

们则砍下了一株西班牙刺刀树的树干，作为武器拿在手上，追逐前面奔跑的女孩。

派对算是彻底结束了。这不过是一次普通的打闹，却是她度过的最疯狂的夜晚——是这些小孩造成的！他们就像传染病，混进派对，让所有人都忘了学校，忘了派对这件事。

派对——她是如何想象它的？她是如何想象职业学校里的新朋友的，还有她每天都梦想着加入的小圈子？重新回到学校的走廊时，她的感觉会变得不一样了——她知道他们没什么不同——这个被糟蹋了的派对——一切都结束了。

米克慢慢地走回了家。经过孩子们身边时，她没有说话，看也没看他们一眼。门厅里的装饰物已经被扯了下来，人们都走了，屋里显得很空旷。她走进卫生间，脱掉了蓝色的晚礼服。衣服边上被撕破了，她把衣服折了起来，破的地方就看不见了。水晶王冠不知被丢到哪里去了。旧的短裤和衬衫躺在原来的地上——她换上了它们。经过这次派对她已经长大了，不能再穿短裤了——今晚过后，不能再穿了。

米克站在门外的前廊上，脸色苍白，她把双手环在嘴边："都回家吧！派对结束了！"

安静而幽深的夜晚，她独自一人走出了门。还不算太晚——路边的窗子里透出黄色的光。她走得很慢，双手插在口袋里，脑袋歪着。她漫无目的地走了很长时间。

周围的房子越来越少了，院子里种着大树和黑色的灌木丛。她望了望四周，知道她来到了夏天来过很多次的房子旁边。她的脚像有主意，不知不觉地把她带到了这里。她站在房子前等了等，直到确认没人能看见她，这才穿过了边上的小院。

屋里的收音机像往常一样开着。她在窗下站了片刻，仔细观察屋里的人。秃头男人和灰头发女士正坐在桌边打牌。米克坐到地上，这是一个能隐蔽自己的好地方，四周长着厚厚的雪松，她藏在树中间，谁也看不见。今晚收音机播放的节目不太好——在唱流行歌曲，几乎都以同样的方式结尾。她感到一阵空虚，于是把手伸进了口袋，慢慢摸索着。口袋里有葡萄干、各种干果，还有一串珠子，她最后摸出了一根香烟和火柴。她点了烟，抱膝坐着。她身体里没有感情，脑袋里也没有思想。

一首歌接着一首歌，她漫不经心地听着，一边抽着烟，一边抓了一把草叶。一会儿后，播音员开始说话。她听到了贝多芬。她在图书馆里知道了这个音乐家——他的名字听上去有一个"a"字，拼写时则是两个"e"。他是一个德国人，和莫扎特一样。他活着的时候，说着外语，住在国外——她也想这样。播音员说马上要播放他的第三交响曲，她有些心不在焉，她想再走走，就在这时，音乐开始了——米克扬起脑袋，突然感到无法呼吸。

这是怎么回事？片刻间，音乐像天平一样，从一边晃到了另一边，像上帝在夜里神气活现地迈步。她周围的一切都冻结了，只有起始音乐在她的心里沸腾翻滚，她甚至听不见后面的曲调了。她坐在那里，握紧了拳头，浑身都僵住了。过了好一会儿，音乐又来了，更重，更响——这和上帝毫无关系；和她，和米克·凯利有关，白天行走，夜晚独自一人行走。在热腾腾的阳光下，在暗幽幽的黑夜中，这音乐就是她——完全的、真正的她。

她无法完整聆听全部音乐，但音乐已在她身体里沸腾——是哪一部分？牢牢地记住最精彩的部分，然后就能一遍遍回味，这样她就再也不会忘记——或者她应该放松，仔细去听每一部分，不去分辨，也不要努力记住？天啊！整个世界只剩下这支曲子，她却不能听个够。最终，音乐的起始部分又响起了，每个音符都如同攥得紧紧的重拳在叩击她的胸口——第一乐章结束了。

曲子不长也不短，再说，它也和时间无关。她紧紧抱住大腿，使劲地啃咬着自己又咸又湿的膝盖——她可能只听了五分钟，也可能听了大半个夜晚。

第二乐章是黑色的——缓慢的进行曲，并不悲伤，但整个世界似乎都死了，也没必要去回想这个世界死之前是什么样子的。一种号角式的乐器带出了悲伤清越的旋律，紧接着，音乐愤怒地扬起，激动的情绪在其间酝酿着，最后，黑色的进行曲又出现了。

也许交响乐的最后乐章才是她最喜欢的——那快乐的节奏，像世界上最伟大的人在奔跑跳跃，艰难又自由地跳跃。整个世界只剩下这曲交响乐，她觉得耳朵都不够用了。

一切结束了。她抱着膝盖，僵硬地坐在那里。现在全都结束了，只剩下一颗心，像兔子一样蹦跳着，还有这可怕的伤害。

收音机和屋里的灯光都沉寂了，夜晚漆黑如墨。米克突然开始用拳头猛击自己的大腿。她用尽全身的力气击打同一块肌肉，眼泪流了出来，但她的感觉已经麻木了。树丛下有尖锐的石子，她抓起一把，使劲蹭腿上同一块地方，直到手被磨出了血。她躺倒在地上，抬头看天。腿上巨大的疼痛令她心里感觉好受些了。她虚软无力地躺在湿湿的草地上，过了好一会儿，她的呼吸终于慢了下来，恢复正常了。

天空是弯曲的，好似巨大的玻璃球的内侧，深蓝色的天空里有着明亮的繁星点点。安静的夜晚，空气中有温暖的雪松的味道。她完全不想音乐的时候，音乐却自己回来了。她的脑子里响起了第一乐章，和她刚刚在收音机里听到的一模一样。她安静而缓慢地听着，像在解几何题一样思索着音符，好让自己牢牢记住它们。她似乎能清楚地看见声音的形状，她再也不会忘记它们了。

现在她感觉好多了。她自言自语："主啊，请赦免我，因为我不知道自己做了什么。"为什么她会突然想到这句话？当她想到以前她想象出来的上帝的模样时，只能看见辛格先生——身上披着长长的白单的辛格先生。

脑中的音符越来越缓慢，越来越轻柔，她感到自己的身体正在慢慢地下沉，沉入黑暗的地下。

米克惊醒了。空气变得寒冷，她快要醒来时梦见老埃塔·凯利把她身上所有的被单都拿走了。"把毯子给我！"她挣扎着说，突然睁开了眼睛。天空依然很黑，但所有的星星都不见了。草地湿漉漉的。她赶紧爬起来——爸爸要担心了。她又想起了那首曲子。她不知道现在是午夜还是凌晨三点，她急忙往回家跑。空气中满是秋天的味道了。音乐在她的脑子里轻快地响着，在通往自己家的人行道上，她跑得越来越快了。

2

十月到了。天空阴沉沉的，凉意阵阵。比夫·布瑞农脱掉了薄裤子，换上了深蓝色的厚裤子。他在柜台后装了一台热巧克力机。米克对热巧克力很上瘾，每周都要来三四次，每次至少要喝一杯。他只收她半价——五分钱，其实他是不想收她的钱的。她就站在柜台后面，他看着她，心里感到一阵焦虑和悲伤。他很想伸出手，摸摸她那被太阳晒焦的、乱蓬蓬的头发——不是摸其他女人的摸法。和她说话时，他的声音会变得粗糙而陌生。

他担心很多事。比如，艾莉斯的身体不好，但是她需要在楼下从早晨七点一直干活干到晚上十点，她行动缓慢，眼睛下有着深深的黑眼圈。工作中，她的病态表现是最明显的。有一个星期天，她用打字机打出了一天的菜谱，她在特价菜"鸡无霸"上标出的价格是两角而不是五角。直到有些顾客点完菜准备付钱了，大家才发现这个错误。还有一次，顾客给了她十元钱，她找给顾客两个五块和三个一块。比夫站在那儿，久久地看着艾莉斯，沉思着，揉了揉鼻子，眼睛半闭着。

他们没有就这件事展开讨论。晚上，他在楼下工作，她去睡觉。早晨，她一个人打理咖啡馆。他们在一起工作时，他会待在收银台的后面，负责厨房和餐桌，这已经成为一种习惯。除了谈谈生意上的事情，他们之间是很少说话的，但比夫会不时地观察她，脸上露出困惑的表情。

十月八日下午，他们睡觉的房间里突然传出呼痛声，比夫急忙上楼。一个小时之内，艾莉斯被送到了医院，医生从她体内取出了一个像新生婴儿那么大的肿瘤。

又过了一个小时，艾莉斯去世了。

比夫坐在医院的床边，长久地沉默着。她死的时候，他也在场。她的眼睛因为乙醚的作用显得雾蒙蒙的，随后，眼珠就变硬了，就像两块玻璃。护士和医生离开了房间，他继续盯着她的脸。他仔细地观察她，好像她不是长达二十一年的时间里每天和他生活在一起的那个女人。他的思绪慢慢转到一直存在心里的一幅画面。

冰冷的绿色大海，炙热的金色沙滩，小孩子们在充满着丝绸一样泡沫的大海边玩耍。健壮的褐色小女孩，瘦弱的小男孩，还有一些半大的孩子，他们跑着，用甜美、高亢的声音互相喊叫。有他认识的孩子，比如米克和他的外甥女——贝贝，还有一些谁也不曾见过的年轻的陌生面孔。

过了很久，他从椅子上站了起来，在房子中踱步。他听见小姨子露茜娅在外面走廊里走来走去。一只肥肥的蜜蜂在食品柜上爬来爬去，他灵活地抓住了它，放到打开的窗子外面。他又看了一眼躺在床上的她，带着一种丧偶的镇定，打开了通向医院走廊的大门。

第二天上午，他坐在楼上的房间里做针线活。为什么呢？两个相爱的人，有一个去了，剩下的那一个为什么不追随着自己的爱人而去呢？仅仅因为活着的要埋葬死去的吗？因为那必须完成的名目繁琐的葬礼？因为剩下的那个好像走到了临时舞台上，每一秒都膨胀到无限长，在许多双眼睛的注视下生活？因为他不得不履行一种职责？或者，因为爱，剩下的那个必须活下去，为爱人的复活而活——走了的那个因此并没有真正离去，而是在活着的那个人的灵魂里继续生存？为什么呢？

比夫俯下身子凑近手中的布料，同时思考很多事情。他缝得相当熟练，指尖上的老茧厚实，不需要顶针的帮助就能把针穿进布里。两套灰西装袖子上的黑纱已经缝好了，他正在缝最后一件。

明亮而炎热白天，秋天的第一批落叶已经在擦着人行道飞舞。他出门太早了，每分钟都那么漫长。在他面前，无限的空虚缓缓展开。他锁上了餐馆的门，在门外挂了一只百合花环。他先去了殡仪馆，精心地挑选棺材。他抚摸着棺木内侧的木料，掂量框架的承重。

"这种黑纱叫什么，乔其纱？"

殡仪员殷勤地回答了他。

"火化在你们的生意中能占据多大比例?"

比夫走回马路上,带着一种有分寸的仪式感。西边吹来的温暖的风,阳光明亮。他的手表停了,于是他掉头走向威尔伯·凯利家的那条街,那儿立了块修表的牌子,凯利正穿着一件打了补丁的睡衣,坐在工作台边。他的维修间同时也是卧室,米克放在童车里到处推着走的那个婴儿,此时正安静地坐在地板上。每分钟都如此漫长,有足够的时间发呆思索。他询问凯利手表里宝石轴承的具体功能。透过钟表匠的放大镜,他看到了凯利变形的右眼。他们谈论了一会儿张伯伦和慕尼黑后,眼看时间还早,他决定上楼去看看哑巴。

辛格正在为丧事准备服装。昨天晚上他收到了一封吊唁信,他需要在葬礼上做抬棺人。比夫坐在床上,他们一块儿抽了支烟。辛格睁着绿色的眼睛不时地观察他,他递给比夫一杯咖啡,比夫没有说话,辛格拍了拍他的肩膀,深深地看了他一眼。等着辛格穿好衣服后,他们一起走出门。

比夫去买了一条黑丝带,遇见了艾莉斯的牧师。一切安排就绪后,他回了家。一定要把事情安顿妥当——这是他脑子里一直回响的声音,他把艾莉斯的衣物打包好,准备交给露茜娅。他仔细地清理了衣柜抽屉,甚至重新整理了楼下厨房里的架子,把电扇上鲜艳的装饰带摘掉了。等这一切都结束后,他泡在浴缸里,上上下下洗了个遍——一上午就这样过去了。

比夫把线咬断,抚平了外套袖子上黑纱的褶皱。一个小时后,他到了露茜娅的小厨房,他翘着二郎腿,腿上放着餐巾。露茜娅和艾莉斯在各方面都不一样,很难看出她俩是姐妹。露茜娅又瘦又黑,正在给贝贝梳头。小家伙耐心地坐在餐桌上,双手交叉放在腿上。屋里的阳光灿烂温柔。

他们在又小又热的厨房里坐了一会儿,谁也没说话。露茜娅哭了起来:"我们好像从没像姐妹那样亲近过。我们不一样,也不经常见面。也许是因为我比她年轻得多。但血亲就是血亲啊,这样的事发生后……"

比夫轻声安慰她。

"我知道你俩的关系,"她说,"并不总是甜蜜的。可能这会使你现在感觉更糟。"

比夫把贝贝夹在胳肢窝下,一使劲贝贝就坐到了他的肩上。这孩子越来越重了,他小心地扛着她,走进起居室。他感到贝贝紧紧地贴着他,热乎乎的。她身上那小小的丝裙是白色的，映着他的黑衣。她的小手牢牢地揪着他的一只耳朵。

"姨父！看我劈叉。"

他把贝贝轻轻地放到地上。她的双臂高高举过头顶，她的双脚在打了蜡的地板上慢慢朝着相反的方向滑动。一瞬间，她已经坐在地上，一只腿笔直向前，另一只向后。她的双臂依旧高举，用来平衡身体；她斜视墙壁，脸上是一副悲伤的表情。

她噌地起身。"看我翻跟头。看我……"

"甜心，安静点儿，"露茜娅说，她坐到比夫身边，一个长毛绒沙发上，"她是不是让你有一点儿想到他——她的眼睛和脸？"

"见鬼，不！我不觉得贝贝和勒瑞尔·威尔森有任何相似之处。"

相对于年纪来说，露茜娅看起来太瘦，显得过于憔悴。也许是因为黑色衣服的缘故，加上她一直在哭？

"不管怎么说，我们不得不承认他是贝贝的父亲。"她说。

"你真的忘不掉那个男人吗？"

"我不知道。我想在……在这两件事上我一直是个傻瓜。我是说勒瑞尔和贝贝。"

比夫刚冒出来的胡茬在他苍白的脸上泛着青光，他的声音听上去很疲倦："你能不能把一件事想透？想清楚究竟发生了什么，后果又是什么？你就不能用用逻辑？如果之前的那些是前提，这就是你的结论？"

"关于他，我想我不能。"

比夫极度疲倦，眼睛快闭上了："你十七岁嫁给了这个东西，然后你们就闹个不停。你和他离婚了，然后两年后，你又嫁给了他……现在他又跑了，你现在不知道他人在哪儿……这些事应该能让你明白一件事——你们两个不合适。抛开个人的原因——不管怎么说吧，这家伙碰巧是这种人。"

"上帝知道我一直清楚他是个卑鄙的家伙——我只是希望他再也不要敲这个门。"

"你看看贝贝，"他交叉十指，举起手，"这是教堂，这是尖顶。只要打开门，就是上帝的子民。"

露茜娅摇头："你不必担心贝贝。我教会了她一切——她知道从 A 到 Z 的所有事。"

"那……如果他回来了，你会让他留下来，让他继续过着寄生虫一样的生活，爱过多久过多久——就像过去一样吗?"

"我——我想我会的。每次门铃一响或电话一响，每次听见门廊处传来的脚步声，我就会下意识地想到这个人。"

比夫摊开手掌，沉默了。

时钟敲了两下，房间又挤又闷，贝贝又翻了一个跟头，在打过蜡的地板上又做了一次劈叉。比夫把她抱到腿上，她小小的腿悬空了。她解开他的坎肩，小脸钻到他的怀里。

"听我说，"露茜娅说，"我想问你一个问题，你能保证会说真话吗?"

"当然。"

"不管我问什么?"

比夫摸了摸贝贝柔软的金发，手温柔地放在了她的小脑袋上："当然。"

"大约七年前，那是我们第一次结婚后不久，有一天晚上，他从你那儿回来，顶着满头包，他告诉我你揪住了他的脖子，拎着他往墙上撞。他编了一个谎话，解释你为什么要这么干，但我现在想知道真正的原因。"

比夫旋转着手指上的婚戒："我从没喜欢过勒瑞尔，我们打了一架——那时候的我和现在不大一样。"

"不对。你这么做肯定是有原因的。我们认识这么久了，我很清楚你做每一件事都会有原因。你的头脑总是跟着逻辑而不是欲望走。你保证过你会说真话的，我想知道。"

"现在再说这件事一点儿意义也没有了。"

"我一定要知道。"

"好吧，"比夫说，"那天晚上他来了，开始喝酒。喝醉以后，他说了一大堆关于你的屁话。他说，他一个月回一次家，每次都会把你打得鼻青脸肿，你还很受用。你挨完打后，会走到外面的门厅大笑，这样其他房间的邻居就会认为你俩刚才只是在打闹。这就是那天发生的事，你还是忘了它吧!"

露茜娅坐直了身体，脸红了："你看，巴塞洛缪，这就是为什么我一直要装作戴眼罩的原因，我不愿意去回忆或胡思乱想。我让自己记住的是，每天得工作，得做三顿饭，以及照顾好贝贝。"

"嗯。"

"我希望你也能这样，不再回忆过去。"

比夫的头低垂着，闭上了眼睛。这长长的一天，当他努力回忆她的脸时，眼前却是一片奇怪的空白。他脑子里唯一清晰的是她的脚——白白的，粗短，温软，还有那胖胖的脚趾头。脚底是粉红色的，左脚后跟处有一颗褐色的小痣。他们的新婚夜，他脱掉她的鞋和袜子，亲吻了她的脚。嗯，这个场景是值得回忆的，因为日本人相信这是女人最精致的部位——

比夫动了动，看了看手表——他们马上就该出发去教堂举行葬礼了。他在脑子里过了一遍仪式的流程。再然后呢？

"不管怎么吵闹，自己的亲姐姐还是跟旁人不一样的。"露茜娅说。

比夫抬起头："你为什么不再结婚呢？找一个没结过婚的善良的年轻人，会照顾你和贝贝的人？你只要忘了勒瑞尔，就会成为一个好男人的好妻子。"

露茜娅半晌都没作声。

半个小时以后，有敲门声传来。参加葬礼的车停在屋外，比夫和露茜娅慢慢地起身，他们三个人庄重而安静地走到了门外，一身白裙的贝贝走在最前面。

第二天，比夫停业一天。第三天清晨，他拿走前门上已经枯萎的百合花环，重新开业了。老顾客来了，面容悲伤，点菜前会站在收银台边和他聊上几句。几个常客都在——辛格、布朗特，以及各式各样的人：街区商店的工作人员和河下游工厂里的工人。午饭后，米克·凯利带着她的小弟弟来了，她把五分钱投进老虎机。当她输掉了第一个硬币时，用拳头敲击老虎机，不停地打开出钱口，看看是不是真的没有钱掉下来了。然后，她又投了一个五分币，这次似乎中了个一等奖。硬币哗啦啦地掉落下来，滚在地板上。她和她的小弟弟眼疾手快地在地上捡硬币，以防别人踩住。哑巴坐在中间的桌子旁，面前摆着他的午餐。杰克·布朗特则坐在他的对面喝着啤酒，说话——一切都和过去一样。过了一会儿，房间里烟雾弥漫，大家的声音也越来越大了。比夫很警觉，任何声音或动作都逃不过他的双眼。

"我到处走，"布朗特说，他急切地把身子往前靠，盯住哑巴的脸，"我总想到处走，不管我说什么，我都不能让他们看见真相。"

辛格点点头，用餐布擦嘴。他的午餐已经冷了，因为他不好意思打断布朗特的话，他始终无法低头吃饭。

在男人们粗哑的声音中，老虎机旁边两个孩子的说话声更显得清脆。米克正把五分钱放回老虎机里，她不时地往中间的桌子上瞅，但是哑巴背对着她，没看见她的动作。

"辛格先生要了炸鸡午餐，可他连一块都没吃。"小男孩说。

米克慢慢地摇下机器的杠杆。"别多管闲事。"

"你总是去他的房间或你知道他可能会去的地方。"

"你给我闭嘴，巴伯尔·凯利。"

米克摇晃着巴伯尔，摇得他牙齿咯咯响，然后拽着他转身往门口走去："你赶紧回家睡觉。我早说过，白天我就受够你和拉尔夫了，我不想晚上还和你待在一起，这个时候我应该是自由的。"

巴伯尔伸出他脏兮兮的小手："好吧，给我五分钱就听你的。"他把钱放进了衬衫口袋，然后回家了。

比夫的领带是纯黑的，灰色外套的袖子上有一块他缝上去的黑纱。他想走到老虎机边，和米克说说话，但有什么东西阻止了他。他猛吸了一口气，喝了一杯水。收音机里传来一曲管弦乐舞曲，他却不想听。过去十年中，所有的曲调都相似，他分辨不出它们。从一九二八年后，他就不再喜欢音乐了。其实他年轻的时候，弹过曼陀铃，也熟知每首流行歌的歌词和旋律。

他把手指放在鼻子边，歪着脑袋瞅。这一年米克长得太快了，马上就要比他还高了。米克穿着上学后每天都在穿的红色毛衣和蓝色百褶裙，褶子外翻，折边松垮垮地垂在她尖峭突出的膝盖上。她处在这样的年龄——看上去更像一个早熟的男孩，而不是女孩子。在这一点上，为什么连最聪明的人都难以发现呢？其实所有的人天生都是双性人，婚姻和婚床当然不是人生的全部。证据？青春和老年。老男人的声音经常变得细高而尖锐，走路时挪着碎步；很多老女人则是肥胖，声音粗厚，甚至会长出黑色的小胡子。他觉得自己已经亲自证明了这一点——他内心深处的某部分有时很渴望自己是个母亲，希望米克和贝贝是他的孩子。比夫从收银台边突然转过了身。

他从柜台下拾起一叠报纸，训练有素的眼睛从头扫到尾。明天他准备检查储藏室里的几叠报纸，看看能不能把它们重新归类。他还准备做些架子，用装罐头的结实箱子做一些抽屉。从一九一八年十月二十七日起，按照时间顺序梳理下来，用文件夹和贴在上面的标签标出历史事件。事件可以分成三类——第一是国际事件，从停战协议开始，直到慕尼黑协定；第二是国内消息；第三是当地消息，从莱斯特镇长枪杀妻子到哈德逊工厂失火——过去二十年中发生的重大事情都有目录、摘要，不会漏掉一桩。比夫摩挲着自己的下巴，脸上露出静静的微笑。可艾莉斯却想让他把报纸扔掉，把储藏室变成女卫生间——这就是她一直唠叨着要他做的事，但这次他成功挫败了她的企图——只有这一次。

比夫安静地沉浸到面前的消息中。他从容地读着，注意力集中，但习惯使然，他身体里的另一个自己仍对周围的一切保持着警觉。杰克·布朗特还在说话，不时用拳头敲击桌子。哑巴啜着啤酒。米克绕着收音机不安地走，一边盯着大家。比夫把第一页上的每个字都看了一遍，还在空白处加上了注释。

突然，他惊讶地抬起头。收音机开始播一首老歌，那还是他和艾莉斯订婚的时候。"黄昏时不过是一个小孩子的祷告……"某个星期天，他们坐车去老萨迪斯湖，还在那儿租了一艘划艇。太阳落山时，他弹曼陀铃，她唱歌。她戴着水手帽，他抱住她的腰，啊……艾莉斯……

比夫合上报纸，放回柜台下面。他单脚站立，最后，他对着房间那边的米克喊："你没在听吧？"

米克关了收音机："没有。今晚没东西。"

他不要想起过去的一切，他要把注意力放在别的事情上。他的身子靠着柜台，观察着一个又一个顾客，最后，他的目光落在了哑巴身上。他看见米克慢慢蹭到他面前，在他的邀请下坐了下来。看见辛格指了指菜单，于是女招待为她端来一杯可乐。除了像哑巴这样的怪人，没有别人会邀请一个妙龄少女坐在他和另一个男人的酒桌边。布朗特和米克都盯着辛格看。他们正在说话，哑巴的表情随着他的目光而变化，看上去很滑稽。原因——在他们身上还是在他身上？

有那么两次，比夫差点没忍住起身走到中间的桌子那儿，但他最后都克制了自己。直到他们走了之后，他还在想哑巴身上究竟有什么东西——直到黎明，他躺在床上，脑子里过了一遍又一遍问题和答案，还是不太满意。困惑在他心里生了根，在心灵深处困扰着他，他为此不安——一定有什么地方出错了。

3

考普兰德医生和辛格先生交谈过多次——他真的不像其他白人，他是个很聪明的男人，不仅如此，他能够理解其他白人不能理解的强烈的使命感，这简直不可思议。他倾听的时候，脸上带着温柔的表情，那时一种犹太式的，属于被压迫民族的人的理解力。有一次，他带着辛格一起去出诊，他们穿过寒冷狭窄的过道——那里充斥着灰尘、疾病和炸肥肉的味道，他请辛格观看了一次成功的面部植皮手术，那是一个脸部被严重烧伤的妇女。他还治疗了一个罹患梅毒的孩子，他也指给辛格看：手掌心里呈剥落状的疹子，空洞透明的眼膜以及倾斜的门牙。他们参观了只有两个房间的贫民窟，但那里塞进了十二个或十四个人。在一间房间里，橘黄色的炉火气息奄奄地烧着，一个老人因为肺炎呼吸困难。辛格先生走在他的后面，看着，也理解了，他塞给小孩子一些五分的钱币，因为他的安静和得体举止，他没像别的参观者那样打扰了病人。

天气严寒刺骨，正是变幻莫测的气候。镇上爆发了流感，考普兰德医生没日没夜地忙。他驾着道奇车穿越小镇的黑人区，这辆车已经陪伴了他九年，为了保暖，他把用鱼胶材料做的窗帘扣在了车窗上，他的脖子上紧紧围着一条灰色的羊毛围巾。这段时间，他没有见到波西娅、威廉姆或赫保埃，但是他还在挂念他们。有一次他出门了，波西娅来看他，借走了半袋面粉并留了一张字条。

某天晚上，他太累了，虽然还有几个地方需要继续出诊，他却喝了杯热牛奶，然后上床睡觉了。他浑身发冷，发着高烧，一开始难以入睡，刚有睡意时，一个呼喊的声音传来。他疲惫地爬起来,穿着法兰绒睡衣就去开门了。门外是波西娅。

"主耶稣救救我们,父亲!"她说。

考普兰德医生打着寒战,把睡衣紧紧地裹在腰间。他伸出手捂住喉咙,盯着她,等她说完。

"是我们家威利……真是个坏男孩!他给自己惹了大麻烦!但我们要做点事。"

考普兰德医生从门厅走到屋里,脚步沉重。他在卧室前停下来,找出浴衣、围巾和拖鞋,又回到了厨房——波西娅在那儿等着他。厨房冷冰冰的,毫无生气。

"好了!他做了什么事?究竟怎么回事?"

"等我一分钟。我要理一下思绪,把事情想透了才能说清。"

他把炉边的几张报纸弄皱,顺手拾起了几根点火棒。

"我来点炉子吧,"波西娅说,"你快坐下。等炉子热了,我们再弄杯咖啡喝,可能一切就没那么糟糕了。"

"没有咖啡了。我昨天喝完了最后一杯。"

他话没说完,波西娅开始抽泣。她将报纸和木柴粗暴地塞进了炉子,用颤抖的手点燃。"是这样的,"她说,"威利和赫保埃今晚去了一个地方,没干什么正事。你知道我当时有什么感觉吗?我总是不得不牢牢地看住我家威利和赫保埃,好吧,如果我人在那里,这样的麻烦压根儿不会有。但我那时候在教堂参加妇女聚会,男孩们就坐不住了,他们去了瑞芭夫人的'甜蜜幸福宫'。哦,父亲,你听这名字,这绝对是一个很邪恶的地方。他们找了一个在那儿卖票的男人——但也有一些大摇大摆的、搔首弄姿的黑人女孩,还有那些红缎子窗帘和……"

"女儿,"考普兰德医生打断了她的喋喋不休,他的手扶住了脑袋,"我知道这地方。长话短说吧。"

"乐芙·琼斯在那里——就是那个很坏的黑人女孩。威利喝了酒,绕着她跳摇摆舞,才一眨眼的工夫他就和人打起来了——他和那个叫约翰巴格的男孩为了乐芙打了起来。他们互殴了一会儿,然后约翰巴格掏出了一把刀。我们家威利没有刀,他一边大叫一边往客厅里跑。最后赫保埃递给威利一把剃刀——约翰巴格的脑袋差点被割了下来。"

考普兰德医生紧紧拽住围巾:"他死了吗?"

"那个坏男孩？他死不了——在医院呢，但很快就能出来了——麻烦就要来了。"

"威廉姆怎么样？"

"警察来了，把他关进了黑玛丽亚的拘留所——现在还关在那儿。"

"他受伤了吗？"

"哦，他的眼睛受伤了，屁股上被割掉了一小块肉——但对他来说这都不是个事。我想不通的是他是怎么和那个乐芙搞到一起去的。她至少比我要黑十个等级，是我见过最丑的女人。她走路的姿势就像两腿中夹着一枚鸡蛋，还生怕鸡蛋碎了那样。她还脏得很——而威利却因为她干了这么一件漂亮的事！"

考普兰德医生靠近了炉子，呻吟着，他咳嗽起来，面部僵硬。他用纸巾捂住嘴，纸巾上出现了斑斑血迹，他黝黑的脸上开始出现惨绿的苍白色。

"赫保埃马上就跑来告诉我了！你知道吗，我家赫保埃和这些坏女孩之间一点儿关系都没有——他只是陪着威利。他为威利感到难过，一直坐在拘留所外面的马路牙子上。"滚烫的泪水从波西娅眼睛里滚落，"你知道我们三个是怎么过的吗？我们以前从没出过错，甚至没为钱发过愁。赫保埃付房租，我买吃的，威利负责星期六晚上的活动——我们就像三胞胎一样。"

早晨到了，工厂早班的哨声传来，太阳出来了，挂在炉子上方墙上的洁净平底锅闪闪发亮。他们坐了很长时间，波西娅拽着耳坠，耳垂都被拽成了紫红色。考普兰德医生的手依旧捧着脸。

"我觉得，"波西娅最终说，"如果我们能找些白人联合写信帮帮威利，可能会有点用吧。我已经去找了布瑞农先生——他完全照我说的写了。这件事后，布瑞农先生还在咖啡馆呢，我去那里找到了他，说了这个事。我把信带回了家，放在《圣经》里，这样就不会弄丢或弄脏了。"

"那封信上是怎么说的？"

"就是照我说的写的。说威利三年来一直为布瑞农先生工作，威利是一个出色的黑人男孩，他以前从来没有惹过麻烦之类的话。信里说，如果换作别的黑人男孩，他是有很多机会偷咖啡馆里的东西的，还有——"

"哼！"考普兰德医生说，"说这些有什么用？"

"我们总不能什么也不做吧！威利被关在拘留所里。我家威利——多可爱的男孩啊——就算他今晚干了坏事——我们总不能什么也不做吧!"

"我们只能这样等着——没有别的办法。"

"啊!那可不行!"

波西娅从椅子上站了起来,她烦躁地环顾四周,像是在找什么——突然,她走向大门。

"等一下,"考普兰德医生说,"你要去哪里?"

"我要去工作。我得保住我的工作。我得待在凯利太太那儿,挣到每个星期的工钱。"

"我想去趟拘留所,"考普兰德医生说,"也许我能去看看威廉姆。"

"上班的路上我会经过拘留所的。我还要打发赫保埃去上班——要不,他会一个上午都坐在那儿,为威利伤心。"

考普兰德医生匆匆穿好衣服,追上了站在门厅的波西娅。他们走进了秋天凉爽蔚蓝的早晨里。拘留所的人态度粗暴,他们几乎没问出什么有用的信息。考普兰德医生随后去咨询了他以前打过交道的一个律师。接下来的日子很漫长,大家都充满了焦虑。三个月后,对威廉姆的庭审开始了,他被认定使用致命武器袭击罪,被判了九个月的苦力,并立刻被送到了本州北部的监狱服刑。

虽然强烈的使命总在考普兰德脑子里徘徊,可他没有时间去思索它了——他从一所房子走进另一所房子,工作是没有尽头的。一大清早,他就驾着汽车离开,呼吸了户外秋天清冽的空气后,屋子里污浊的热空气令他不住地咳嗽。门厅里的长条凳上坐满了耐心等着看病的黑人,有时甚至连前廊和卧室也挤满了病人。白天就不用说了,经常是半个夜晚他都在工作。因为疲倦,有时他很想躺在地上,痛哭一场。如果能休息,他的病会好起来的。他有肺结核,一天里要量四次体温,一个月得去拍一次 X 光。但他得不到休息——因为有一件比他的疲劳更重要的事——就是强烈的真正的使命。

他一定会想清楚这个使命的,他经常和辛格先生谈话,和他谈化学和宇宙之谜,谈论无限小的精子和成熟的受精卵,谈复杂的细胞分裂,谈生物的神秘性和死亡的简单性。他也和他说种族问题。

"我的同胞,从大平原和幽深的丛林里被带到了这里,"有一次他对辛格先生说,

"铐着锁链走向海岸的漫长旅途中,他们成千上万地死去,只有那些最强壮的才存活了下来。他们被锁在恶臭的船上,运到这里,又一批人死去,只有那些强壮又有意志的能吃苦的黑人活了下来。他们被链条锁住,遭到殴打,被拉到拍卖台上拍卖。经过艰难的岁月,最终,我的同胞中最强壮的站在了这里。他们的儿女,他们的孙辈,他们的重孙站在了这里。"

"我来借东西,请你帮我个忙。"波西娅说。

她穿过门厅,站在门口。考普兰德医生一个人在厨房里。自从威廉姆被送进了监狱,两个星期过去了,波西娅变了。她的头发不再像过去一样用发油梳得整整齐齐,现在,她的眼球充血,像长期酗酒之人。她的脸颊下陷。她悲伤、酱紫的脸看上去真像她的母亲。

"你知道你家那些好看的白碟和杯子吧?"

"你可以拿走,不用再还给我。"

"不,我只是想借用一下。另外,我还想请你帮个忙。"

"尽管说。"考普兰德医生说。

波西娅坐在她父亲的对面:"我最好先解释一下——昨天我收到了口信儿,外祖父全家明天都要来,和我们住一个晚上和半个星期天。他们因为威利的事着急上火,外祖父觉得我们应该重新聚一次——他是对的。我真想再见见亲人,自从威利走后,我太想家了。"

"你可以拿走碟子,还有这里别的你用得上的东西,"考普兰德医生说,"但是女儿,挺起胸膛,你的坐姿不对。"

"这将会是一个真正的团聚。你知道吗,这是外祖父二十年来第一次来镇上住——他这辈子只有两次住在外面——晚上,他总会起床喝水,还要去看看孩子们是不是盖好了被子,是不是一切正常。我有点担心外祖父住在这里会不习惯。"

"我的任何东西,只要你需要——"

"当然是由李·杰克逊带他们来这里的,"波西娅说,"也是因为李·杰克逊,路上要花费一整天的时间。我估计他们要到晚饭的时候才能到。当然外祖父对李·杰克逊总是很耐心的,他不会催促它的。"

"我的天啊!那只老骡子还活着?它应该整整十八岁了。"

"比这还要老呢，外祖父跟它在一起二十年了。他老说李·杰克逊就像是他的一个亲人。他理解它，爱它，就像对自己的孙子孙女一样。我还没见过谁能这么懂动物的想法的。他对所有能走能吃的东西都挺有感情的。"

"一头骡子一直工作了二十年，可真长啊！"

"没错！现在李·杰克逊老得厉害，但外祖父肯定会好好照顾它的。他们在火热的日头下犁地时，李·杰克逊头上会戴上一顶大草帽，就像外祖父一样——在耳朵的地方剪了两个洞。那顶骡子的草帽可真是个笑话——李·杰克逊犁地时没那顶草帽就不肯挪屁股。"

考普兰德医生从架子上取下了那些白色的瓷碟，再用报纸包上："你有足够的罐子和锅来烧这些人的饭吗？"

"够，"波西娅说，"我不想太劳神。外祖父，他自己考虑事情就很周到——一家人来吃饭时，他总会带些东西，我只需要准备足够的面粉、卷心菜和两磅重的上好鲤鱼就够了。"

"听上去不错。"

波西娅的黄手指紧张地扭在了一起："还有一件事没对你说，是一个惊喜：巴迪和汉密尔顿都要来。巴迪才从莫拜尔回来，他现在就在农场里帮忙。"

"我差不多有五年时间没见过卡尔·马克思了。"

"这就是我要问你的事，"波西娅说，"你记得我进门时说的，我除了来借东西，还想请你帮忙吗？"

考普兰德医生把关节捏得咔咔响。"嗯。"

"我想问你明天能不能来和我们聚一聚？除了威利，你的孩子们都到了。我觉得你应该加入我们。你要是能来，我会很高兴的。"

汉密尔顿、卡尔·马克思和波西娅——以及威廉姆——考普兰德医生摘下眼镜，手指按在了眼皮上。一瞬间，他清楚地看见了多年以前的这四个孩子。他抬起头，把眼镜架回了鼻子上。"谢谢你，"他说，"我会去的。"

那天晚上，他一个人坐在黑暗的房间里，守着炉火回忆往事。他想到了自己的童年。他母亲生下来就是奴隶，自由以后成了洗衣妇。他父亲是一个牧师，曾经和约翰·布朗有过交往。他们一周挣两三块钱，能攒下一点儿钱供他读书。他十七岁时，父母把他送去了北方，在他的鞋里藏了十八块钱。他在铁匠铺里打过工，也在旅馆里当过侍者。同时，他坚持学习、阅读和上学。他父亲死后，母亲也没活多久就去世了。经过十年的艰苦奋斗，他成了医生，他知道自己的使命，于是又回到了南方。

他结了婚，有了自己的家。他不停地走村串户，宣讲他的使命和真理。同胞们绝望的生活现状令他发狂，心里产生了难以抑制的邪恶的摧毁欲。有时他会喝烈酒，以头撞地，在他的内心有一股狂野的暴力。有一次他抓起炉边的火钳，把他的妻子打翻在地上。她带着汉密尔顿、卡尔·马克思、威廉姆和波西娅回了娘家。他的灵魂在挣扎，一直在与邪恶的黑暗暴力作斗争，但戴茜不肯再回到他的身边。八年后，她去世了，他的儿子也不再是小孩子了，他们也不肯再回到他的身边。他上了年纪，一个人孤单地住在一所空房子里。

第二天下午五点，他准时到了波西娅和赫保埃的住所。他们住在镇上一个叫糖山的地方，这栋房子只有一个门廊和两个房间，是一所狭小的棚屋。他站在门口，屋里传来嘈杂的说话声。考普兰德医生不自然地站在那儿，手上拿着一顶破旧的毡帽。

房间很挤，一开始谁也没注意到他。他不住地寻找卡尔·马克思和汉密尔顿的脸。在他们旁边是外祖父，还有两个坐在地上的小孩。他一直盯着儿子们的脸看，直到波西娅发现了他。

"父亲来了。"她说。

说话声停止了。外祖父转过了身。他很瘦，身体佝偻着，脸上有很多皱纹。他身上穿的还是那件三十年前参加女儿婚礼时所穿的衣服，一件带点绿色的黑西装。一条早已失去光泽的铜表链穿过了他的坎肩。卡尔·马克思和汉密尔顿互相看看瞅了瞅，又看了看地，最后才把目光转向他们的父亲。

"班尼迪克特·马迪——"老人说，"太久了，真的太久了。"

"可不是吗？"波西娅说，"这可是我们家这么多年来的第一次团聚。赫保埃，你去厨房拿把椅子吧！父亲，这是巴迪和汉密尔顿。"

考普兰德医生和他的儿子们握手。他们都长得很高大，显得强壮又笨拙。在蓝色的衬衫和工装裤下，他们的皮肤和波西娅一样，呈现出一种蜜褐色。他们不看他的眼睛，他们的脸上既没有爱也没有恨。

"有些人没能来真是可惜——萨拉姨妈和吉姆，还有旁的人，"赫保埃说，"不过今天还是大伙儿的好日子。"

"马车快挤死人啦，"一个小孩子说，"我们只好下车走了很久。"

外祖父用火柴棒掏挖耳朵："总得有人留在家里。"

波西娅紧张地舔着深色的薄嘴唇："我在想我们家威利。他可是任何派对和热闹场合的开心果。我忘不了我们家威利。"

房间里一片表示同意的小声低语。老人靠在椅背上，上下摇头："波西娅，小甜心，让我们读一会儿《圣经》吧。困难的时候，还是听上帝的话管用。"

波西娅拿起了桌子上的《圣经》："你想听哪一部分，外祖父？"

"它们都是神圣的主的福音。你的眼睛落在哪页上，就读哪页吧！"

波西娅开始念路加福音。她读得很慢，细长柔软的手指跟着字往前走。房间里很安静。考普兰德医生坐在人群的边缘，目光从屋里的一角漫游到另一角。屋子空气凝滞，令人难以呼吸，四面墙上乱七八糟地挂着日历和印刷粗糙的广告，壁炉架上还摆着一个花瓶，里面放着红玫瑰纸花。炉火燃烧着，墙壁上映出油灯摇曳的光影。波西娅朗读的节奏如此之慢，他昏昏欲睡。卡尔·马克思四仰八叉地躺在地上，和孩子们滚在了一起。汉密尔顿和赫保埃也开始打瞌睡了，只有老人似乎一边听一边琢磨话的意思。

波西娅读完了一章，合上书。

"我常常在思考这个。"外祖父说。

屋里的人从昏昏欲睡中醒来了。"什么？"波西娅问。

"你们记得耶稣将死人复活，治愈病人的那些话吗？"

"当然记得，先生。"赫保埃恭敬地回答。

"有很多次，当我犁地或干活时，"外祖父缓慢地说，"我推算过耶稣第二次降临的时间。因为我太渴望了吧，我觉得它会发生在我活着的时候。我研究了很久。我是这样计划的：我会带着所有的孩子，包括我的孙儿、重孙、我的亲戚朋友们一块儿站在耶稣面前，我会对他说：'主耶稣，我们都是悲伤的黑人'。于是，他就会把神圣的手放在我的头上，我们会马上变得像棉花一样白。这是我在心里想了很多次的计划。"

大家都沉默了。考普兰德医生拽了一下袖口，清了清嗓子。他心跳如擂，喉咙发紧。坐在房间的角落里，他感到一阵阵的愤怒和孤单。

"你们中有没有人收到过来自天堂的信号？"外祖父问。

"我有，先生，"赫保埃说，"有一次我得了肺炎，我看见上帝的脸从火炉里探了出来，就那么看着我。那是一张巨大的白人的脸，有白色的胡须和蓝色的眼睛。"

"我看见过鬼。"那个女孩说。

"有一次我见到——"小男孩开始说话。

外祖父举起手："你们小孩子别说话。你，塞莉亚——还有你，惠特曼——现在轮到你们准备好耳朵多听，"他说，"我只有一次收到了真正的信号。那是去年夏天，天气很热，我正在挖猪圈边那棵大橡树桩子的残根，我弯下了腰，突然不能动了，后腰一阵剧痛。我勉强站直了身子，眼前一阵发黑，我用手支着背，向天上望去，突然看见了一个小小的天使——一个小小的白人女孩——只有豌豆那么大——金色的头发，白色的袍子，在太阳周围飞舞。后来我进屋后就开始祷告，距离我再次下地劳动前，我整整研究了三天的《圣经》。"

考普兰德医生体内又升起了那熟悉的邪火，一些话窜到了他的喉咙，却没有说出来。他紧张而阴沉地坐着。

"这是一件奇怪的事，"外祖父突然说，"班尼迪克特·马迪，你是一个好医生，为什么我挖了一会儿地后，我的腰会那么痛呢？"

"你今年多大了？"

"七八十吧。"

这个老人看着他，带着胆怯的热切。

"多喝水，"考普兰德医生说，"尽可能地多休息。"

波西娅走进厨房准备晚餐。温馨的气味充满了房间，但考普兰德医生没有听，也没有说话。他不时地看看卡尔·马克思或汉密尔顿。卡尔·马克思在谈论乔·路易斯，汉密尔顿一直在说某次冰雹如何毁了庄稼。他们捕捉到父亲的目光，咧嘴笑了。他一直盯着他们，眼中含着愤怒的痛苦。

考普兰德医生紧咬牙关，他为他们想得太多了，为汉密尔顿、卡尔·马克思、威廉姆和波西娅，他为他们准备的真正的使命，但他们不会听，更不会理解。

他身体紧绷，每一块肌肉都僵硬了。他没有在听，也不去看周围的东西，他坐在角落里，像一个聋哑人。很快，他们走到了饭桌边，老人做了饭前祷告，但考普兰德医生却不肯吃东西。赫保埃拿出了一瓶一品脱的杜松子酒，他们笑着，用嘴对着瓶子喝酒，挨个儿传递，他也拒绝喝。他沉默地坐着，最后拾起帽子，一声不吭地离开了房间。如果不能说出全部的真理，他宁愿沉默。

整个夜晚，他彻夜难眠，僵直地躺在床上。第二天是星期天，他出了几次诊，然后去拜访了辛格先生。这次造访令他暂时忘却了心中的孤独感，当他说"再见"时，内心又一次获得了平静。

然而，当他迈出房间，这种平静又瞬间离他而去。他下楼时看见一个白人拎着一个大纸袋走了过来，他贴近扶手，好让两人能顺利通过。谁知这个白人一步跨作两步地向上爬，他俩狠狠地撞在了一起，考普兰德医生头晕眼花，难以呼吸。

"上帝！我没看见你。"

考普兰德医生死死地盯住他，没有说话。他见过这个白人一次，他认识这个矮小的、野蛮的身躯，还有这双巨大的、笨拙的手。带着职业兴趣，他仔细观察了白人的脸，他看到了奇怪的、孤僻的疯狂。

"对不起。"白人说。

考普兰德医生的手扶住楼梯扶手，向下走去。

4

"他是谁？"杰克·布朗特问，"那个又高又瘦的黑人是谁，刚才离开这里的？"小房间里很是整洁。桌上的一碗紫葡萄晶莹可爱。辛格坐着，手插在口袋里，眼睛望着窗外。

"我在楼梯上撞到他，他看了我一眼——哎呀，我还从没有见过那么恶毒的眼睛呢。"

杰克把一袋淡啤酒放在了桌上："我不是故意撞他的。他没理由那样。"

杰克打着哆嗦。尽管阳光明亮，屋里还是很冷。辛格抬起食指，走向门厅，拎着一筐煤和引火棒折了回来。杰克看着他跪在炉前生火。火苗微弱地颤动，房间里响起呼呼的燃烧声。报纸在燃烧，被吸到炉子里。一片橘黄色的火焰伴随着劈啪的响声，填满了炉子。

"我很久以前就认识一个女士，"他说，"你让我想到了她——克拉拉小姐——她在得克萨斯有一个小农场。在那儿，她把做好的胡桃糖卖到城里。她长得很高，也很壮，模样挺标致的，经常穿一件长长的、有很多口袋的毛衣和一双又大又重的鞋子，戴一顶男式的帽子。我认识她时，她已经是个寡妇了。但我渐渐明白：如果不是因为认识她，我永远都不会知道。我可能会像成千上万的旁人那样，成为一个什么都不知道的人。我可能只是一个牧师、一个棉纺工或一名推销员。我可能会虚度这一生。"

杰克惊奇地摇着头。

"要明白我说的话,你得知道我以前做了什么。你看,我童年是在加斯托尼亚城度过的。我是一个长着X形腿的矮冬瓜,我太小,没法在工厂上班,我只能去保龄球馆,在那儿负责把保龄球放到正确的位置,那儿管饭,却没工钱。后来我听说在不远的地方,有一个手脚利索的聪明男孩靠串烟叶能在一天里挣三角钱,于是我也去了。那年我十岁。我离开亲人,从不写信。他们很高兴我离开家了。除了我姐姐,家里没人识字。"

他挥舞着手,像要把什么东西从脸上赶走。"我指的是这个。我最初的信仰是耶稣。有一个家伙和我在同一个工棚里干活,他天天晚上布道,我去听,于是获得了信仰,我脑子里每天都是耶稣。空闲时,我会读《圣经》,我也祷告。某天晚上,我拿了把锤子,把钉子钉进了手心。"

杰克伸出手掌,掌心坑坑洼洼,还有惨白的疤。

"我想当一名传教士,想去全国各地布道,去召集培灵会。同时,我搬到了另一个地方。不满二十岁时我去了德克萨斯,我在离克拉拉小姐不远的一个山核桃林里干活,就那样我认识了她。有时晚上我会去拜访她,和她说说话。我工作只是为了攒钱,好让自己能不工作一段时间,有时间去学习,这就像重生一样。只有我们知道的人能明白它意味着什么。我们睁开了眼睛,我们看见了。"

辛格表示同意。他从储藏室里拿出一个锡盒,盒子里装着饼干、水果和奶酪,他挑了一只橘子,慢慢地把皮剥掉。他把橘瓣分开,和杰克分享了这个橘子。他们又开了两袋啤酒。

"像我们这样的人,在这个国家里有多少呢?也许一万,也许两万,也许有更多。我去过很多地方,但只遇到很少这样的'我们'。在他的眼里,世界是它本来的面目,他会一直追溯到几千年前,去思考世界的演变;他会观察资本和权力的缓慢集聚;美国在他的眼里就是个疯人院;他会发现人们为了生存如何打劫自己的兄弟;他能看见饥饿的儿童和为了填饱肚子不得不一周工作六十个小时的妇女;他看见了该死的失业大军,看见了几亿美元和几千公里荒芜的土地;他看见战争即将爆发;他看见人们受了太多的苦而变得丑陋不堪,他们身上的某些部分已经或正在死去;

但他看见的最重要的是：整个世界系统都建立在一个谎言之上。尽管这个谎言早已像照耀我们的太阳一样为人们所熟知——那些不明真相的人们一直生活在其中，他们看不见也不愿意看见真相。"

杰克的额头青筋毕现，他抓起炉子上的煤筐，把煤块像连珠炮一样地扔进了火里。他的脚麻了，他狠狠地跺脚，跺得地板直抖。

"我走遍了这个地方。我不停地说话，我努力解释，但这有什么用啊？主啊！"

他最初是做技工的，慢慢地，他的工作内容扩大了。他粗哑的叫喊声穿过嘈杂的人群，他的额头上有明晃晃的汗珠，他的胡子被啤酒浸湿了。他星期六的工作是在人群中维持秩序。他那矮胖结实的身体挤过人群。在紧皱的眉头下，他大睁的眼睛里闪现出一种疏离的情绪。

午夜十二点到一点间，他回了家。他的房子被隔成了四个房间，每间房租一块五角钱。后面有一个厕所，门廊处有一个水龙头。房间的墙和地板散发出一股酸潮的气味。窗户上挂着黑乎乎的廉价蕾丝窗帘。他把一件顶好的西装放在袋子里，把工装裤挂在了钉子上。房间里没火，也没有电，路灯的光在屋内照出一片惨绿的光影。他只有在看书时才会点亮床边的油灯。寒冷的屋子里，灯油燃烧时会发出令人作呕的气味。

他在家的时候，会不安地在地上走来走去。他会坐在凌乱的床边，疯狂地咬自己肮脏破裂的指甲尖。孤独感如此强烈，以至于他的内心充满了恐惧。

但他经常不会待在家里。他会走进狭窄无人的街道，黎明前的天空暗黑一片。有时工厂还在上班，亮着黄光的厂房里传出机器的轰鸣声，他守在工厂门口，等待换班。一会儿，穿着毛衣和印花裙子的年轻女孩从工厂走出来，一直走进黑暗的街道。男人们也走了出来，手上拎着些饭桶。有些人下班回家前，总会去街车咖啡馆喝点可乐或咖啡，杰克跟在他们身后。在嘈杂的厂房里，他们能听清每一个字，可是下班走出工厂后的第一个小时里，他们全成了聋子。

在街车里，杰克喜欢喝加了威士忌的可乐。冬天的黎明雾蒙蒙的，很寒冷，他用带着醉意的目光，注视那些男人憔悴的脸。当他经常被取笑时，会挺直自己矮小的身躯，用生僻的词责问他们。如果有人继续笑他，他可能会打上一架。他会狂暴地挥舞着自己褐色的大拳头，大声哭泣。

这样的清晨结束后，他会轻松地返回游乐场。在人群中挤来挤去能让他倍感轻松。噪音，恶臭的人群，还有肩膀的接触奇异地安抚了他紧张的神经。

小镇实行的是"蓝法"。殖民地初期的新英格兰六州的清教徒社团曾颁布了一条蓝色法规，禁止人们在星期日售酒、饮酒，进行娱乐活动等，于是，游乐场在安息日关闭了。星期天，他早早起床，从手提箱里取出那件西装。他走上主街，进了"纽约咖啡馆"，买一袋淡啤酒，然后去辛格家。尽管他认识镇上不少人，也知道他们的名字，但哑巴是他唯一的朋友。两人在安静的屋里打发时间，一边喝着淡啤酒。他自顾自地说话，终于可以轻快地释放出来了。

炉火熄灭了。辛格在桌边和自己下棋玩。杰克睡着了，突然，他紧张地抖了一下，醒了过来。他抬头转向辛格："嗯?"他好像在回答一个突如其来的问题，"我们中有些人是共产主义者，但不是全部——我自己——我不是共产党员，主要是因为我对斯大林和俄国不感冒。即便这样，我可能还是应该首先加入共产党——我不太确定——你觉得呢?"

辛格皱了下眉头，陷入了思考。他拿过铅笔，在纸上写下"不知道"。

"但问题是，你看，在清楚这些之后我们不能只安于现状，我们应该有所行动。有些人疯了——有太多要紧的事要做，但你不知道从哪儿开始——这种感觉让你发疯。即使是我——我做过一些事，回头看才觉得自己很不理智。有一次我创建了一个组织，挑了二十个棉纺工，和他们谈话，我以为他们懂了。我们的座右铭只有一个词：行动。我们想发动起义——尽可能地制造最大的麻烦。我们的终极目标是自由——但真正的自由，伟大的自由，只有靠人类灵魂上的正义感才能实现。"

过了一会儿，他接着说："宪章创建了，第一批追随者也有了——我搭便车到各地组织我们的分会。三个月内，我回来了，你猜你发现了什么? 第一个英雄的行动是什么? 是毁灭，谋杀，还是革命?"

杰克坐在椅子上，身子向前倾斜。停顿了一下，他满怀忧郁地继续说：

"他们从基金里偷走了五十七块三角钱，去买制服帽，去吃免费的星期六晚餐。我撞见他们正围坐在会议桌旁，一边掷着骰子一边吆喝。他们头上戴着帽子，面前放着火腿和一加仑的杜松子酒。"

杰克突然发出一阵大笑，辛格也胆怯地笑了。过了一会儿，辛格脸上的笑容消失了，而杰克还在笑，脸呈现出一种暗红色的。

辛格抬头看钟，指了指时间，已经到午饭时间了。

但杰克还在笑。他在屋里乱走，他口袋里的钢蹦儿叮当作响。他长而有力的手臂紧张而笨拙地摆动着。他开始念午餐的菜单。他每说一个字，都抬起上嘴唇，像一头饥饿的野兽。

"我要带卤汁的烤牛排。要大米、卷心菜和白面包。还要一大块苹果派。我饿疯了。哦，约翰尼，我听见北方佬正在靠近。说到吃的，我的朋友，我说起过克拉克·派特森先生吗，就是那个'阳光南部'游乐场的老板？他太胖了，胖到二十年看不到自己的下身了。他一整天都坐在拖车里，一个人玩纸牌游戏。"

杰克后退了一步，好让辛格离开房间。他们下楼时，他还在滔滔不绝地说着。他褐色的大眼睛始终盯着辛格。

下午暖和而温柔，他们待在屋里。杰克买了一夸脱的威士忌带回来，他没有说话，沉默地坐着，盯着床腿发呆。他不时弯下身，从地上的酒瓶里往出倒酒。辛格坐在窗边下象棋。杰克逐渐放松了。他盯着他的朋友下棋，感觉温暖的时光静静流淌，逐渐融合到苍茫的夜色里。炉火在墙上摇曳着它孤独的影子。

但一到晚上，紧张感又回到了他身上。辛格收起象棋，他们面对面坐着。杰克的嘴唇因为紧张而不规则地抽动着，为了让自己镇定下来，他喝了口酒，但不安和欲望又一次席卷而来。他喝光了威士忌，又开始对着辛格说话。话语在身体里膨胀，从嘴里喷薄而出。他从窗子那里走到床边，又走了回来——一趟又一趟。发酵的话语如洪水决堤，他醉醺醺地对哑巴强调：

"他们对我们做的好事！他们把真理变成了谎言。他们把理想变得肮脏、邪恶。我们就说耶稣吧。他是我们中的一员。他知道的。当他说富人进天堂比骆驼穿针眼还难时——他就是这么想的。但看看教会在两千年中都对耶稣做了什么？他们是怎么对待他的？为了自己邪恶的目的，他们故意歪曲了他说的每一个字。如果耶稣还在，他一定会被陷害，会被关进监狱。耶稣是真正的全知全能。如果我和耶稣面对面地坐在桌子边，我会看着他，他也会看着我，我们会懂得对方。如果我和耶稣还有卡尔·马克思一起坐在桌子边——

"看看关于自由，发生了什么事？革命女儿会和独立战争战士之间的区别，就像我和浑身带着香水味的大肚子小狮子狗的差别一样。关于自由，他们心口如一。他们为真正的革命而战。他们真的战斗了，也因此能有这样的一个国家，每个人都是自由平等的。那么这意味着每个人在大自然面前都是平等的——至少是有平等机会的。不是百分之二十的人有权力剥夺剩下的百分之八十的人生存；不是说一个富人为了变得更有钱，可以榨干一万个穷人的血汗；不是说暴君有权将国家置于某种困境中，无数人为了一日三餐和睡觉的地方，不择手段——欺骗，撒谎。他们亵渎了'自由'这个词。你听见了吗？他们把'自由'这个词弄得像臭鼬一样恶心。"

杰克额头的血管在疯狂跳动，他的嘴角抽动着。辛格警惕地坐直了身子。杰克还想努力地说，但话噎在了喉咙里，一阵战栗穿过他的身体。他在椅子上坐下，不得不用手指压住颤抖的嘴唇，然后艰难地说：

"就是这样，辛格。发疯是没有用的。我们能做的一切都没有用。我觉得生活就是这样子。我们能做的就是到处宣传真理。一旦无知的人们知道了真理，就不再需要战斗了。我们唯一要做的事就是让他们知道。但是怎么做啊？"

火焰的影子舔着墙壁，火浪摇曳，屋子像个移动迷宫。在孤独感的包围中，杰克觉得自己正在下沉，缓缓沉入阴暗的大海。在无助和恐惧中，他拼尽力气睁开眼睛，但他什么也看不见。最终，他看见了他正在找的东西。哑巴的脸很模糊，似乎也很遥远。杰克闭上了眼睛。

第二天早晨，他醒得很晚。辛格几个小时前就出门了。桌上放着面包、奶酪、一个橘子和一壶咖啡。吃完早饭后，他该上工了。他忧郁地穿过小镇回家，头垂着。当走进一条窄窄的街道时，他突然发现墙上有什么东西，模模糊糊地吸引了他。有人用鲜艳的红色粉笔在墙上写了一句话，字迹厚重，形状古怪："你应该吃强者的肉，喝大地之君主的血。"

他读了两遍，急切地抬头前后打量这条街。没有人。他困惑地思考了几分钟，从口袋里掏出一支粗粗的红铅笔，在这句话后面仔细地写下了如下字句：

"请上面这句话的作者明天中午十二点来这儿和我碰头。十一月二十九号，星期三。或后天。"

第二天中午十二点，他准时站在墙前等着，不时不耐烦地走到街角，左右打量。没有人来。一个小时后，他不得不赶去游乐场上班了。

第三天他又去了那里等。

星期五下了一场绵长的冬雨。墙壁湿透了，字迹全糊了，再也难以辨认。雨一直下，灰暗、寒冷。

5

"米克，"巴伯尔说，"我觉得我们快要被淹死了。"

没错，雨一直在下，像永远都不会停。威尔斯太太开着自己的车接送他们上下学，每天下午，他们只能待在前廊或屋子里。她和巴伯尔玩"帕奇塞"和"老处女"，前者是一种印度双骰游戏，后者则是一种抽对子的扑克牌游戏。他们还在起居室的小地毯上打弹子玩。圣诞节快到了，巴伯尔一直在念叨，他希望圣诞老人送他一辆红色自行车。雨滴不停地落在窗玻璃上，天空湿冷而灰暗。河面水位一直在涨，涨得那么高，一些工人为了安全不得不搬出自己的住所。当大家都觉得雨会没完没了地下时，天空却突然放晴了。某天早晨醒来，灿烂的阳光洒满大地。到了下午，天气就几乎和夏天时一样炎热了。放了学的米克和巴伯尔、拉尔夫、斯伯尔瑞布斯在屋前的人行道上徘徊。孩子们看上去都黏糊糊的，身上的衣服散发出一股酸臭味，天空则是完美的蓝色。

"我们等了你好久啊，米克，"巴伯尔问，"你去哪儿啦？"

她飞快地蹦上了台阶，把毛衣朝着衣帽架一抛："在体育馆练钢琴啊！"

她想学识谱。多蕾斯·布朗当了五年的音乐课老师，她省下午饭钱，用一周五角钱的价格请她给自己上课。但这让她整天都处在饥饿之中。多蕾斯弹了一些流畅的快节奏音乐——但她没法回答所有她想知道的答案。多蕾斯只教她一些不同的音阶、大小调和弦、音符的作用等知识，这些都是入门的规则。

米克满脸不悦："我们就吃这个？"

"甜心，我没法给你做出更好的啦！"波西娅说。

看着玉米面包和人造黄油，她只能一边吃，一边喝水帮助下咽。

"慢点吃，没人跟你抢。"

米克吃完了玉米面包，环顾四周，她想做点什么。哈里·米诺维兹正坐在前廊的扶手上看报纸。她突然就高兴起来了。她恶作剧般地把手臂向上前伸，做出一个纳粹欢呼的姿势，一边大声说："嗨！"

但哈里没觉得这是个玩笑。他走进门厅，关上大门。他受伤了。她感到很抱歉，因为近来她和哈里十分要好。当他们还是孩子时，就常和同一帮孩子一起扎堆儿玩，但最近三年他去读了职业学校，她又在念语法学校。似乎突然间他就长大了，再也不和那些小孩子在前后院一起玩闹了。有时她能看见他在卧室里读报纸，能看见他夜深时脱衣服上床睡觉。他是职业学校里数学和历史课上最聪明的学生。现在她也上了中学，他们时常在回家的路上碰见彼此，然后一起回家。现在他们选修了同一门机械课，有一次，老师还把他们分到了一组做实验。

"不知道哈里有没有金条。"斯伯尔瑞布斯说。

"什么金条？"

"每一个犹太男孩出生时，他的家人都会在银行里给他存一块金条。这是犹太人的习惯。"

"你弄混了吧，"她说，"你说的是天主教徒吧。天主教徒在婴儿出生时，会给他（她）买一把手枪。总有一天，天主教徒会发动一场战争，杀掉他们以外的所有人。"

"我觉得修女真滑稽，"斯伯尔瑞布斯说，"每当我在街上遇到 个，总会被吓一跳。"

她坐在台阶上，把脑袋枕在膝盖上。她进入了"里屋"。她把自己的身体划分为两个地方——"里屋"和"外屋"。她把每天在学校、家里发生的事放在"外屋"；她的计划和音乐则藏在"里屋"——当然那首交响乐也在"里屋"。而辛格先生在两个房间都有份。她喜欢一个人待在"里屋"。那天晚上，派对结束之后她听过的那首交响乐像在脑子里开了一朵巨大的花，慢慢地盛开。有时，白天某个时候或早晨一醒过来时，那首交响乐新的片段会突然响起。随后她就会沉浸在"里屋"，一遍一遍地听，努力把它拼成完整的一首曲子。"里屋"是一个非常私密的地方，她可以站在人声鼎沸的房子中，然后感觉自己是在一个人独处。

斯伯尔瑞布斯把他的脏手举到了她的眼前，此时她正盯着远处若有所思。她打了他一下。

"什么是修女？"巴伯尔问。

"就是信天主教的女士，"斯伯尔瑞布斯说，"她们穿着肥大的黑裙子。"

她不再想跟小孩子们一起玩了。她要去图书馆，去看看《国家地理》杂志上的图片。世界上所有外国风景的图片都能在那儿找到——法国巴黎，巨大的冰川还有非洲的原始森林。

"小家伙们，看好拉尔夫啊，可千万别让他上街。"她说。

巴伯尔把巨大的来复枪扛在了肩上："记得给我带本故事书回来。"

这孩子好像天生会读书。他才上二年级，却喜欢自己读故事书了——从不要求别人读给他听。

"你这次想看什么？"

"给我挑一些讲好吃的东西的故事。我喜欢一本写德国小孩子的书，里面说他们跑到森林里女巫用各种糖果造的房子里面去了。我喜欢这种讲好吃的东西的故事。"

"那我帮你找一本。"米克说。

"可我对糖果有点厌烦了，"巴伯尔说，"你帮我找一本里面有烤肉三明治的故事吧！如果没有，讲牛仔男孩的故事书也行。"

她正要走出去，却突然停下了，眼睛瞪得大大的。别的孩子也瞪大了眼睛。他们全都静静地站着，看着贝贝·威尔森从街对面房子的台阶上走了下来。

"贝贝可真漂亮！"巴伯尔温柔地说。

也许是因为连续下了好几个周的雨，现在突然雨过天晴，阳光灿烂。也许是因为在这样的一个下午，他们身上的深色冬装看上去是那么不合时宜的丑陋，而贝贝则穿得像个仙女，像是从电影里走出的人儿。她穿着去年社交晚会的行头——一件小小的粉红色薄纱裙，短而硬的裙摆大张，加上粉红的束腰和粉红的舞鞋，手里还拎着一个粉红的小手袋，金色的头发那么柔顺——那么小，那么洁净，看着就让人心疼。她矜持而缓慢地走过马路，小脸却没有朝他们看。

"过来，"巴伯尔说，"让我看看你粉红色的小手袋——"

贝贝沿着马路往前走，头扭向了一边。她打定主意不和他们说话。

人行道和马路之前有一块草地，贝贝站到上面时停顿了一秒钟，紧接着她翻了一个跟头。

"别理她，"斯伯尔瑞布斯说，"她总爱出风头。她是要去布瑞农先生的咖啡馆要糖吃吧！那是她姨父，她吃糖不要钱。"

没时间去翻《国家地理》了。差不多可以吃晚饭了。拉尔夫突然开始大哭，她把他抱下童车，放到了地上。整个夏天，贝贝出门时都穿着那件粉红色的晚装，站在马路中央跳舞。一开始，孩子们都围在她身边看着她跳，但很快，他们就失去了兴趣。巴伯尔成了她唯一的观众。他会坐在马路牙子上，看见有车来时就冲她大叫。他已经看过至少一百遍贝贝跳的晚会舞了，但对他来说，仍然像是第一次看表演。

"我真希望我也能有这样一件礼服。"巴伯尔说。

"你想要什么样子的?"

"一件真正的很酷的礼服。我想要圣诞礼物，还有一辆自行车。"

巴伯尔又把大枪扛到肩上，瞄准了对面的房子："如果我有一件礼服，我会穿着它跳来跳去。我每天上学都要穿它。"

米克坐在前面的台阶上，一边注意观察拉尔夫。巴伯尔才不像斯伯尔瑞布斯说的那样女气的，他只是喜欢漂亮的东西。她可不能让老斯伯尔瑞布斯轻易得逞。

"一个人必须为他得到的每样东西去奋斗，"她慢慢说，"我注意到很多次了，谁在家里的排行越小，谁就会越出色。小一点的孩子总是最强壮的。我很强壮，这是因为我上面有很多孩子。巴伯尔看上去身体挺弱的，他喜欢漂亮的东西，但骨子里他其实是很勇敢的。如果我想的没错，拉尔夫长大后肯定是一个非常强壮的家伙。他现在只有十七个月大，我已经在他脸上看到吃苦耐劳和强壮有力的迹象了。"

拉尔夫四处张望着，他知道有人在说他。斯伯尔瑞布斯坐在地上，拽掉了拉尔夫的帽子，拿在手里晃来晃去，逗弄着他。

"行了!"米克说，"如果你把他惹哭，你知道我会干什么的。你最好小心一点儿。"

一切都安静下来了。太阳藏在屋顶后面，西边的天空带着紫色和粉色。从另一条街上传来小孩子溜冰的声音。巴伯尔靠在树上，好像在想着什么。晚饭的香味从屋里飘了出来，很快要开饭了。

"看，"巴伯尔突然说，"贝贝又来了。她穿那件粉红色的裙子，可真好看啊！"

贝贝朝着他们慢慢地走了过来。她手里拿着一盒里面有奖品的爆米花糖，正把手伸进盒子里找奖品呢。她始终保持着矜持优雅的走路姿势。你能看出她知道他们都在盯着她瞧。

"来吧，贝贝——"她经过他们时，巴伯尔说，"让我看看你粉红色小手袋，摸摸你的粉红色裙子吧！"

贝贝嘴里哼唱着一首歌，并不理会巴伯尔。她走了过去，没让巴伯尔碰她。她只是猛地低下了头，朝他微微一笑。

那杆大枪仍旧被扛在巴伯尔的肩上。他发出一声响亮的"砰"声，假装在射击。随后他又对贝贝喊了一声——用那种温柔而悲伤的语气，就像在叫一只小猫："来吧，贝贝——到这儿来，贝贝——"

他的动作太快，米克甚至来不及阻止他。突然传来了一声可怕的"砰"声，她这才发现他的手扣在了扳机上。贝贝轰然倒在了人行道上。她像被钉在了台阶上，无法移动，也不能呼喊。斯伯尔瑞布斯的胳膊高高举过了头顶。

只有巴伯尔还不知道发生了什么："起来呀，贝贝，"他大喊，"我没有生你的气。"

这一切是在瞬间发生的。他们三个人同时跑到了贝贝身边。她的身体弯曲着，躺在肮脏的人行道上。裙子盖住了她的头，露出粉红的短裤和白白的小腿。她的两只手都张开了——一只手上拿着糖果盒里的奖品，另一只手上是那只手袋。她头上的丝带和金黄的鬈发上全是血。子弹击中了她的头部。

巴伯尔尖叫着扔掉了枪，跑走了。米克双手捂着脸，也在无助地尖叫。很多人跑过来了。她的爸爸是第一个赶到的。他把贝贝抱进屋里。

"她死了，"斯伯尔瑞布斯喊，"子弹穿过了她的眼睛。我看见她的脸了。"

米克在人行道上来来回回地走，她很想问问贝贝是不是已经死了，却一句话也说不出来。威尔森太太从她工作的美容院沿着大街一路狂奔回家。她走进了屋子，又走了出来。她在街上来来回回地走，一边哭，一边把手上的戒指捋下来又套回去。救护车来了，医生去看贝贝，米克一直跟在他身后。贝贝躺在前屋的床上。房子里安静得像教堂。

贝贝躺在床上，像一个漂亮的小洋娃娃。除了身上的血，她看上去似乎完好无损。医生弯下腰检查她的头部。检查结束后，他们用担架把贝贝抬到了外面。威尔森太太和她的爸爸跟在后面上了救护车。

房子里依然很安静。大家都忘了巴伯尔。他消失不见了。

一个小时过去了。她的妈妈、海泽尔和埃塔以及所有的房客都聚在前屋，焦急不安。辛格先生站在门道那儿。

过了很久，她的爸爸回家了。他说贝贝不会死，但她的头盖骨碎了。他问巴伯尔，但没人知道他去了哪里。外面很黑。他们在后院和大街上不断叫着巴伯尔的名字。他们让斯伯尔瑞布斯和别的男孩去找他，但巴伯尔似乎根本不在附近。哈里跑到一所房子前，他觉得他可能在那里。

她的爸爸在前廊不停地踱步："我从来没打过哪个孩子，"他不停地说，"我也从不相信打孩子有用。但我一旦见到这小兔崽子，一定要痛揍他一顿不可。"

米克坐在扶手上，望向黑暗的街道："我能教训巴伯尔。只要他一回来，我自己就能对付他。"

"你出去找找他吧，你比别人更有可能找到他。"

她爸爸一开口，她突然想到巴伯尔会在哪里了。后院有一颗大橡树，夏天时，他们在那里建了一个树屋。他们把一个大箱子放在树上，巴伯尔喜欢独自在树上的小屋里待着。米克离开了聚在前廊的家人和房客，穿过小径走到幽暗的后院里。

她在树干边上站了整整一分钟："巴伯尔——"她小声喊，"我是米克。"

没有回答的声音，但她知道他在。她可以闻到他的味道。她跃上最矮的树杈，慢慢向上爬。这孩子确实把她气疯了，一定要好好教训他。她爬到树屋又喊他——还是没有回答。她终于摸到了他。他缩在一个角落里，双腿在发抖。他一直屏着呼吸，她摸到他时，他的哭声和呼吸声立刻爆发出来。

"我——我没想着把贝贝射倒。她那么小，那么好看——我只是忍不住要对她射击。"

米克坐在树屋的地上："贝贝死了，"她说，"很多人在抓你。"

巴伯尔不哭了，他突然安静下来。

"你知道爸爸正在家里干什么吗？"

她好像能确定巴伯尔在认真听。

"你知道华顿·劳埃斯吧——你从收音机里听过他；你也知道辛·辛？嗯，我们的爸爸正在写信给华顿·劳埃斯，等他们抓住你，把你送到辛·辛时，爸爸求他能对你好一点儿。"

黑暗中，这些话传递出可怕的信息，她打了一个寒战，她能感觉到巴伯尔在颤抖。

"那里有小电椅——是适合你坐的尺寸。他们会打开电流，然后你就会像烤肉一样，接着你就会去地狱。"

巴伯尔在角落里缩成了一团，没有发出一点儿声响。她越过箱子，爬下了树："你最好待在这儿，警察还在院子里守着呢！也许再过几天，我能给你送点儿吃的来。"

米克靠在橡树干上。她想，这些话会让他吃不了兜着走的。她总能制住他，她比别人更了解这孩子。她从小就得照看他，她总得管教他。很快，她就会再回到树屋，然后把他带回家。从此以后，他别想再摸枪了。

房里仍是死一般的寂静。房客们都坐在前廊，既不说话，也没有任何动作。她的爸爸和妈妈在前屋。爸爸手里拿着一瓶啤酒，走来走去。贝贝会好起来的，所以焦虑并非由她而起。大家也不像是在担心巴伯尔，所以一定有别的事。

"巴伯尔那个小子！"埃塔说。

"怎么会发生这种事！我都不好意思出门了。"海泽尔说。

埃塔和海泽尔走进了中间的屋子，随后关上了门。比尔待在屋后自己的房间里。米克不想和他们说话，一个人在前厅绕来绕去的，想着这件事。

爸爸的脚步声停止了。

"他是故意的，"他说，"这不像小孩子摆弄枪，不小心走火了。每个看见的人都说他是瞄准后才射击的。"

"不知道威尔森太太什么时候来找我们。"妈妈说。

"有我们受的，肯定！"

"我想也是。"

太阳落山了，晚上非常冷，人们从前廊走进屋里，坐在起居室——但没人生火。米克的毛衣挂在衣帽架上，她穿上了它，想暖和一点儿。她想到巴伯尔正缩在寒冷漆黑的树屋里。他真的相信了她说的每句话。这是他应得的，他几乎杀死了贝贝。

"米克你想想，巴伯尔有可能去了哪里？"她爸爸问。

"他就在附近吧，我猜。"

她爸爸抓着空酒瓶走来走去，像一个盲人一样走着，脸上汗津津。

"可怜的孩子，他都不敢回家了。如果我们能找到他，我会好受点儿的。我从没碰过巴伯尔一个手指头。他不应该怕我的。"

她要再等一个半小时。这一个半小时的时间里让他对自己做的事反省。她总能管教好巴伯尔，一定要让他长记性。

过了一会儿，房子里一阵骚动。她爸爸又打了一次电话到医院，询问贝贝的情况。几分钟后，威尔森太太回了电话。她说她想和他们谈谈，她要来他们家。

她爸爸又喝了三瓶啤酒。

"现在这种情况，她可以把我们告得连底裤都赔掉。本来她最多也就是得到我们的房子——除了我们还没有付完的贷款部分，但现在，我们一点儿反驳的话也说不出来。"

米克突然想到一件事。也许他们真的会把巴伯尔扔到审判席上，把他扔进少年监狱；也许威尔森太太，也许他们真的会对巴伯尔做出可怕的事。她想立刻跑到树屋和他待在一起，告诉他不要害怕。巴伯尔这么小，这么纤弱，又这么聪明，谁让他离开这个家，她就会杀了谁！她想亲他咬他，她是如此爱他！

但她不能错过接下来发生的任何事情。威尔森太太几分钟后就会到，她一定要知道发生了什么。然后她才能跑出去告诉巴伯尔，她刚才说的话全是谎言。这样一来，他就会真正汲取这次大教训。

一辆出租车开近了人行道，大家都等在前廊，非常安静，也非常害怕。威尔森太太和布瑞农先生从出租车里走了出来。当他们走上台阶时，她甚至能听见她爸爸紧张的磨牙声。他们走进前屋，她跟在后面，站在门口。埃塔、海泽尔和比尔及房客们都没跟进去。

"我来是想跟你把这件事了结了的。"威尔森太太说。

前屋非常脏乱，她看见布瑞农先生注意到了周围的环境。拉尔夫玩的破旧的洋娃娃、念珠和不知道什么破烂玩意儿散落在地面上。她爸爸的工作台上放着啤酒，爸妈床上的枕套旧得发白。

威尔森太太看上去也有点焦虑，她不停地把手上的婚戒拽下来又套回去。她身边的布瑞农先生则很平静。他跷着二郎腿，青黑色的下巴，使他看上去像电影里的匪徒。

"不管怎么说，"威尔森太太开口了，"你的孩子是故意朝我的贝贝头上射击的。"

米克走到屋子中央："不，他没有，"她说，"我就在现场。巴伯尔用那只枪瞄准过我、拉尔夫和周围所有的东西。他只是偶然间对准了贝贝，手指不小心滑了一下。我就在那儿。"

布瑞农先生搓了搓鼻子，悲伤地看着她。她真恨他。

"我知道你们是怎么想的——所以我想开门见山地说。"

她妈妈把一串钥匙弄得哗哗作响，她爸爸则非常安静地坐着，大手悬在膝盖上方。

"巴伯尔没想会这样的，"米克说，"他只是——"

威尔森太太把戒指拽下来又套回去："等等。我可以起诉你们，让你们交出挣下来的每一个子儿。"

她爸爸脸上没有任何表情。

"我告诉你一件事，"他说，"我们赔不了多少。我们所有的家当是——"

"你听我说，"威尔森太太说，"我来这儿，但我没带上律师。巴托罗谬——布瑞农先生——我们在来之前讨论过了，关键问题上，我们已经达成了一致。首先，我想公正诚实地解决这件事；其次，我不想让贝贝的名字卷入一桩诉讼案件里，她还这么小。"

威尔森太太很紧张，点烟时她的手一直在抖。

"我不想起诉你们或是做出类似的事。我只想要公正。我不要求你们补偿贝贝经历的一切痛苦，她一直在哭喊，只有药物才能让她睡着。什么也补偿不了她遭受的这些。我也不要求你们补偿对她事业和我们已经制定的计划的损害。医生说，她要戴好几个月的绷带。她不可能在社交晚会上跳舞了。"

接着威尔森太太伸手摸到了手袋里，从里面掏出一张纸。

"我只要你们赔我们实际花的钱。贝贝在医院的单人间和请私人护士所花费的钱。这是手术室和医生的账单——我希望立即把钱付给医生。而且，他们把贝贝的头发都剃光了，你要付我那次带她去亚特兰大做电烫的费用；还有她的晚会服以及杂七杂八的费用。一旦我整理出所有的款项，会写一个清单。我会尽可能地公正。"

她的妈妈把膝盖上裙子的褶皱抚平，急促地吸了一口气："我觉得儿童病房比单人间强多了。米克得肺炎时——"

威尔森太太强硬地说："你们听到我的话了吧？是你们家小孩向我家贝贝开的枪，她当然应该享受最好的条件！"

"你有权如此，"她爸爸说，"上帝知道我们一无所有——但也许我能应对过去。我明白你没有乘人之危，我很感激。我们会尽力而为。"

她想留下来听他们说的每句话，但是巴伯尔在她脑子里盘旋。她一想到他正坐在黑暗寒冷的树屋里想着辛·辛，她的心里就很不安。她走出屋子，风在吹，院子里非常黑，风刮动了恍惚骇人的影子，在黑暗中悲鸣。

她站在橡树下。她刚想攀上第一个树杈时，一个可怕的想法抓住了她。她突然意识到巴伯尔不在了。她喊他的名字，没有回应。她像猫一样爬得又轻又快。

"回答我，巴伯尔！"

她不需要摸箱子就知道他不在里面。为了确认，她还是进入了箱子，摸遍了所有的角落。这孩子跑了。肯定是她前脚离开，后脚他就走了，像巴伯尔这样聪明的孩子，你不知道去哪儿找他。

她从树上爬下来，跑回前廊。威尔森太太正要离开，他们一起送她走向前廊的台阶。

"爸爸！"她说，"我们得为巴伯尔做点儿什么。他跑了。我肯定他离开我们家所在的街区了。我们都出去找找他吧。"

没人知道去哪儿找，从哪儿开始。小镇这么大，这孩子这么聪明，大家都不知道该怎么办。

也许他去了波西娅在糖山的住所。她走到厨房，波西娅正坐在桌旁，用手捧着脸。

辛格先生在厨房餐桌上发现了一支铅笔和一张纸。字迹饱满而潦草，这个聪明的孩子只拼错了一个字，纸条上写着：

亲爱的波西娅：

我去佛罗里达了。告诉大家。

你真诚的

巴伯尔·凯利

他们感到吃惊和惶惑。她爸爸焦急地检查了一下门道，大家都准备上车，朝向南的高速公路出发。

"等一等，"米克说，"虽然巴伯尔才七岁，可也不会笨到告诉大家他要去哪里，如果他真想逃跑，那个佛罗里达一定是一个圈套。"

"圈套？"她爸爸问。

"是的。巴伯尔只对两个地方特别熟悉，一个是佛罗里达，另一个是亚特兰大。我、巴伯尔和拉尔夫经常去亚特兰大公路。他知道怎么走，他肯定去了那里。"

他们走向外面的汽车。她正想爬上后座时，波西娅抓住了她的胳膊肘："你知道巴伯尔干了什么吗？"她低声说，"别告诉别人，从我的梳妆台里拿走了我的金耳坠。我想不到我的巴伯尔会做出这样的事。"

布瑞农先生发动了汽车。他们开得很慢，沿路寻找巴伯尔，车子驶向了亚特兰大公路。

没错，巴伯尔身上的确有一股强横和卑劣的品质。他的行为方式和过去真的不一样了。前一刻他还是一个安静的小家伙，从来没做过真正卑劣的事。到底为什么，他能干出今天所有这些事情呢？

他们慢慢地开在亚特兰大公路上。路上他们一直停车问有没有人见过巴伯尔。

"有没有看见一个赤脚的小孩，穿着灯芯绒的灯笼裤？"

已经开出十英里了，还是没有人见过他。冷风呼啸，夜色已深。

他们开得很慢，离开小镇半里之外，突然间她看见了巴伯尔。他走在路边，伸出大拇指试图拦车。他的皮带上还别着波西娅的厨刀，在宽广而漆黑的大路上，他显得那么小，看上去只有五岁而不是七岁。

他们停了车，他跑过来准备上车。她的爸爸揪住了他的衣领。他拳打脚踢。随后把厨刀握在了手里。爸爸及时把刀夺了下来。他困兽犹斗，最终还是被弄进了车里。回家的路上，爸爸一直把他抱在腿上，巴伯尔僵硬地坐着。

他们不得不把他拖进屋里，所有的邻居和房客都出来看热闹。他的拳头握得紧紧的，斜着眼睛一个个看过去，像是要和所有的人宣战。

进屋后，他一句话不说，突然开始大叫："是米克干的！我没做！"

"你们抓不到我！没人能抓到我！"他一直在喊。

米克摇晃他的肩膀，告诉他她说的话都是瞎编的。最后他似乎听懂了，但还是不肯闭嘴。

"我恨所有的人！"

当他终于安静下来时，他脸朝下趴在床上哭了。长长的巨大的抽泣让他浑身颤抖。他哭了一个小时，所有的人都无法入睡。比尔搬到了起居室的沙发上，米克跑到巴伯尔的床上。他不让她靠近。又哭了一个小时后，他睡着了。

黑暗中，她紧紧地抱着他，不住地亲吻他。她心中的爱是如此强烈，她不会再打他，甚至不会再逗他了。一整夜，她都用胳膊抱着他的头。早晨她醒来时，他已经不在了。

但是那晚过后，她并没有多少机会逗他了，别人也一样。他枪击贝贝后，再也不是以前的那个小巴伯尔了。他总是一言不发，不和任何人玩。他藏起了自己的弹子球和折刀，不让任何人碰他的故事书。

那晚以后，没人再叫他巴伯尔了。附近的大孩子开始喊他"贝贝杀手"，他似乎对任何事都无动于衷。家人开始叫他的真名——乔治。起初米克还是叫他巴伯尔，可奇怪的是，一周后，她也像别人那样自然地喊他乔治了。他变成了另一个孩子——总是一个人晃来晃去，没有人，甚至她，也不知道他到底在想什么。

圣诞夜她和他睡在一起。他躺在黑暗中不说话。"别这样，"她对他说，"我们聊聊荷兰小孩圣诞节的玩法吧——把木鞋放在外面，而不是把袜子挂起来。"

乔治不回答。他睡着了。

早晨四点她起床了，把全家人都叫醒。爸爸在前屋生了火，让他们钻进圣诞树找礼物。乔治的礼物是一套印度服，拉尔夫的是橡皮娃娃。她的礼物是一双褐色牛津鞋和一盒草莓糖。

天还黑着，她和乔治跑到人行道上，砸开巴西坚果，一边放鞭炮，一边吃光了一盒双层装的草莓糖。天亮了，他们实在吃腻了，也玩累了。她躺在沙发上，闭上了眼睛，走进了自己的"里屋"。

6

早上八点，考普兰德医生坐在办公桌前，在窗外射进来的微弱的光线下，开始研究起一沓文件。他的旁边是一株雪松，深绿色的厚厚的叶子蔓延至屋顶。打他行医第一年起，每逢圣诞节，他都会举办一次派对，眼下一切准备妥当。一排排凳子和座椅靠在前屋墙边。新烤出来的面包以及热气腾腾的咖啡的香味充斥着整个屋子。办公室里，波西娅和他紧挨着坐在靠墙的长凳上，身子几乎弯成两折，双手托着下巴。

"爸爸，早上五点的时候你就在办公桌旁了，没什么事的话别起那么早，你应该等排队开始的时候再起床的。"

考普兰德医生伸出舌头舔了舔嘴唇。他满脑子都是事儿，顾不上波西娅。她在身边反而让他感到心烦意乱。

随后，他不耐烦地对她说："你在我旁边愁眉苦脸的做什么？"

"我只是担心，"她回答道，"首先，我担心我们家威利。"

"威廉姆？"

"他每个星期天都给写信我。一般周一或周二信就能到。可上周他却没写。不过我并不是很急。威利性格那么好，讨人喜欢，我知道他不会有事的。他刚从监狱转到了链囚队，要去亚特兰大北边那一带服苦役。他两周前写给我的信中说，今天会参加教堂的一个活动，让我给他送衣服和红领带过去。"

"他就说了这些？"

"他还说 B. F. 梅森先生也在监狱。他还遇到了巴斯特·约翰逊——威利在那结识的一个男孩。威利还让我把口琴送给他，没有口琴吹，他会很不开心。我都送过去了，另外还送了一副跳棋和一些白奶油蛋糕。再过几天，应该就能收到他的信了。"

考普兰德医生眼中流露出兴奋的神色，手足无措。"孩子，咱们后面再谈这些，现在晚了，先不说了，你去厨房看看安排的怎么样了。"

波西娅便起身，努力让自己的脸看起来精神奕奕。"那个五块钱的奖金，你决定了吗？"

"我还不能判断哪个最好。"他有些慎重地说。

他有一个黑人药剂师朋友，每年会拿出五块钱，奖励一名写出最佳命题作文的中学生。药剂师委托考普兰德医生全权决定获胜者，并在圣诞派对上宣布。今年的作文命题为"我的野心：我如何让黑人种族获得更好的社会地位"。其中仅有一篇作文值得真正关注，但作文内容有些幼稚，不太明智，如果把奖给它，可能欠缺考虑。

考普兰德医生戴上眼镜，又细心地读了一遍。

这就是我的野心。我想去塔斯克奇大学，可我不想成为像布克尔·华盛顿或卡佛博士那样的人。毕业后，我想做一名好律师，像为"斯考茨保罗男孩"辩护的律师那样。我只接黑人诉讼白人的案子。如今，我的黑人同胞们无时不刻，在任何方面，以每种方式，被迫感觉到自己是劣等的民族。绝非如此，我们是一个正在上升的民族。我们决不能一直受白人种族的压迫，我们不能总是付出却无收获。

我渴望像像摩西一样带领以色列儿女逃离备受压迫的土地。我梦想建立一个"黑人领导和学者秘密组织"。所有的黑人被领导者组织起来，做好暴动准备。其他民族，若有感于我们的苦难，以及愿意看到美国分裂，都会帮助我们。黑人们聚集起来，发动一场革命，最终就能占领密西西比东部和波托马克河南部的所有领土。我会在"黑人领导和学者组织"的管理下，建立一个强盛的国家。任何白人都得不到签证——如果他们进入我们的领土，不会得到任何法律保护。

我对白人种族无比痛恨，我会一直抗争下去，直到我们黑人为自己所受过的苦难复仇成功。这就是我的野心。

考普兰德医生热血沸腾。办公桌上滴滴答答响着的钟表声让他感到心烦。这个奖怎么能发给有如此疯狂想法的男孩呢？他究竟该怎么办？

可其他孩子写的文章大都空洞，毫无实质内容，只描写自己的野心，忽略掉命题的后半部分，意义乏善可陈。二十五个孩子写的作文，有九个开头都是："我不想成为奴仆。"紧接着别写希望成为飞行员、职业拳击手、牧师或者舞蹈家。其中一个女孩的唯一的梦想是对穷人友善。

这篇让他感到困扰的作文，作者叫兰斯·戴维斯。在翻到最后一页的签名之前，他就已经知道了作者的身份。他曾和兰斯打过一些交道。他的姐姐十一岁那年做女仆，被年过中年的白种主人强奸。在那之后一年，他作为急诊医生，治疗过兰斯。

考普兰德医生来到位于卧室的档案柜，他所有病人的资料都在里面。他抽出一张标着"丹·戴维斯太太及全家"的卡片，浏览注释，找到了兰斯的名字。是四年前的记录，用墨水写就，比其他人的记录要详细："十三岁——已过发育期。自我阉割未遂。性欲过旺、甲亢。两次探病期间身无疼痛却大哭大闹。滔滔不绝——爱说话，有妄想狂。除了一条外，成长环境正常。参看露茜·戴维斯——母亲是洗衣妇。聪明，值得观察和尽可能的帮助。保持联系。收费：一元（？）。"

"今年我很难选择，"他对波西娅说，"可我还是想奖给兰斯·戴维斯。"

"如果已经决定了，我们可以说说这些礼物。"

礼物都在厨房。杂货和衣物的纸袋上附有红色圣诞卡。所有想来参加派对的人都获得了邀请，那些打算来的人，早在门口的签名簿上写下了名字（或是朋友代写）。堆在地板上的纸袋大约有四十个左右，大小则取决于收礼人的需要。有的礼物只有一小袋干果或葡萄干，有的则是笨重的箱子。厨房里堆满了各种各样的好东西。考普兰德医生在门口站定，感到骄傲，鼻翼翕动着。

"今年做的真好，大伙儿都好。"

"哼！"他说，"远不到真实需要的百分之一呀。"

"爸爸，你看看，你又来了，你其实心里高兴着呢。你只是不善于表现，而且故意发点牢骚。我们有豌豆四配克，面粉二十袋，肋肉，鲤鱼大概十五磅，还有六打鸡蛋，足够的燕麦粉，罐头西红柿和桃子。又有苹果，两打橘子，还有衣服，两个床垫和四床毛毯。我的天！"

"微不足道。"

波西娅指着角落上里的一个大箱子："这个该怎么处理呢？"

箱子里都是垃圾——断了头的洋娃娃，脏蕾丝和一张兔子皮。考普兰德医生细心查看着。"别扔——每一样都还有用，有的客人拿不出更好的礼物，送来的这些——以后没准能用得上。"

"看看那些箱子和袋子吧，我要打包一下。厨房都快满了。一会儿，人们就要进来吃喝了。我要把礼物收起来放在后面的台阶上和院子里面。"

清晨的太阳已经升起来了，将是晴朗而寒冷的一天。厨房弥漫着食物的香气。炉子上的洗碗盆里装着咖啡豆，奶油蛋糕摆满碗柜的一架。

"这些东西都是黑人送的，没有一件来自白人。"

"不，"考普兰德医生说，"不全是这样，辛格先生送了十二元钱的支票，让我们用来买煤。今天我请了他。"

"神圣的耶稣！"波西娅说，"十二块！"

"是应该请他的，他和别的白人不一样。"

"没错，"波西娅说，"可我心里一直想着威利。多希望他也在场！我多么希望能收到他的信，我无法放下这样的想法。咱们不能聊下去了，抓紧准备吧，派对即将开始了。"

趁还有时间，考普兰德医生仔细地洗了个澡，穿好衣服。他心里盘思着大家到来时他应当说的话，却因为心里的期待和不安而无法集中精神。第一批客人在十点时到了，不到半个小时，所有人都到齐了。

"圣诞快乐！"开口的是邮差约翰·罗伯茨。他在拥挤的房间里高兴地转来转去，两个肩膀一高一低，手里拿着一款白手帕擦着脸。

"圣诞快乐！"

房子前面挤满了人。客人们堵在门口，庭前院里三五成群地站着。虽混乱，却颇有秩序，没有拥挤和推搡。朋友间互相问候，陌生人们也彼此介绍着握手致意。年幼的和年轻的人们聚在一起，向厨房走去。

"圣诞礼物！"

考普兰德医生在前屋中央的圣诞树边站定。一时头脑眩晕，他晕晕乎乎地忙着和大家握手，打招呼。有的礼物用精美的丝带包装着，有的用报纸包着，都塞进他的手中。他几乎找不到可以放置礼物的地方了。气氛变得热烈起来，声音也越来越吵。只感到各种面孔在自己面前旋转着，他都认不出谁是谁了。等稍微镇定下来，他将怀里的礼物都找地方安置下来。终于，不再那么眩晕了，眼前的一切也清晰起来，他睁了睁眼睛，开始打量起四周

"圣诞快乐！圣诞快乐！"

药剂师马歇尔·尼克斯身穿长燕尾服，和他开垃圾车的女婿正聊着天。"极圣升天教堂"的牧师也来了，一起来的还有其他教堂的两个执事。赫保埃穿着醒目的格子西装，在人群里自如地转来转去。身材健硕的花花公子们向身穿亮丽长裙的年轻女人鞠躬示意。有带着孩子的母亲，有郑重其事的老人，朝着精美的手帕里吐痰。房间里一片温馨而吵闹的氛围。

很多人盯着站在门口的辛格先生。考普兰德医生忘了自己是否和他打过招呼。哑巴自己站在那里，他的脸和斯宾诺莎的一幅画像有点像。那是一张犹太人的脸，看见他挺高兴。

门窗大开。风穿过房间，火焰熊熊燃烧。吵闹声安静下来。四下座无虚席，年轻人就地而坐，大厅、前厅甚至院子里都是沉默的客人。轮到自己讲话了，可是应该说些什么呢？心里只有恐慌，他感到喉头发紧。大家都在等他开口。等约翰·罗伯茨作了一个手势，人们都停止了说话。

"同胞们。"考普兰德医生茫然地说。他稍作停顿，所有的话都涌到了嘴边。

"大家同处一室庆祝圣诞，到今年已是第九年了。我们的同胞最早听说耶稣诞生时，还是在那个黑暗的时代。我们的同胞在这里的市政广场被人当做奴隶而买卖。那之后，我们无数次地听说、讲述他们的故事。因此，今天我们要讲一个不一样的故事。

一百二十年前，另一个人在大西洋彼岸，遥远的德国诞生了，他和耶稣一样全知全能，但他的思想无关天堂或来世。他的使命是为了活着的人——为那些工作、受苦以及工作到死的劳苦大众，为那些洗衣工、厨子、摘棉花的人，为那些在工厂滚烫的染缸边工作的人——他的使命是为了我们所有人，他就是卡尔·马克思。

卡尔·马克思是一位智者。他一直学习和工作，理解身处的世界。他将世界分为两个阶级——穷人和富人。一千个穷人在为一个富人工作，让富人越来越富。他

没有将世界按照黑人、白人或是中国人来划分——对他来说，身处穷人阶级还是富人阶级，要比他的肤色更重要。卡尔·马克思的使命是让人人平等，平均财富，消除贫富差距。这是卡尔·马克思留给我们的戒条之一：'各尽所能，按需分配。'"

大厅里有一只苍老发黄的手怯怯地举起。"他是《圣经》里的马可吗？"

考普兰德医生对此作出解释，他拼写了两个名字，并说明了出生日期。"其他人还有问题吗？希望大家能够自由地提问和讨论。"

"马克思先生是基督教会的人吧？"牧师问道。

"他对人类灵魂的神圣性深信不疑。"

"他是白人吗？"

"是的。可他从不认为自己是白种人，他说'全人类都是我的朋友'，他将自己看作全人类的兄弟。"

考普兰德医生停顿许久。所有人仍在等待。

"我们在商店里购买的任何产品，它的价值是什么？价值只取决于一样东西——那就是制造或者培植它所需要的劳动。一幢砖房比一棵卷心菜价格高的原因就在于造一所砖房所需花费的劳动——很多人们要制砖和灰泥，为了地板的木条，人们要砍树。有人使房屋的建造成为可能，有人要运送材料到建筑工地，有人造手推车和卡车来运材料，最后则是造房子的工人。一幢砖房需要很多很多人的劳动——而我们中的任何人都可以在自己的后院种卷心菜。砖房的价格远远超出了卷心菜是因为它需要更多的劳动。所以一个人买房子时，他支付的是制造它的劳动力。但是利润最后归谁了呢？不是那些劳苦大众，而是那些支配他们的老板们。如果你们再进行详细的研究，就会发现老板上面还有老板，而上面还有更大的老板——因此真正支配这些劳苦大众的人，其实少之又少。大家明白了吗？"

"明白了！"

但是他们明白吗？他将说过的话复述了一遍，有人开始提出新的问题。

"可造砖用的泥土也需要花钱不是吗？租土地种庄稼不也需要花钱吗？"

"很好，"考普兰德医生说，"土地、泥土、树木都是天然资源。人类不参与制造这些资源，而只是在劳动中对它们进行开发。所有人和组织都没有私自占有它们的权利，一个个体怎么能占有庄稼生长需要的土壤，雨水和阳光呢？一个人怎么能私自占有这些东西而不允许他人分享呢？因此马克思认为天然资源属于每一个人，不能被分割，而是根据各尽所能的原则被人各取所需。就好比一个人死了，留给四个儿子一头骡子，儿子们不希望把骡子分割为四块，一人拿走一块。他们会集体占有和使用骡子。这就是马克思认为天然资源应该被占有的方式——不是被一部分富人，而是被世界上所有劳动者集体分享。

"在屋子里的所有人，大家没有私有财产。也许其中有一两个人拥有自己住的房子，或者有一两块钱的积蓄——但我们拥有的只是生活的必需品。我们拥有的只有我们的身体。每一天我们活着都是在出卖身体。我们早上出工，我们整天劳动，这都是在出卖身体。我们被迫着，随时随地为了任何目的以任何价格出卖自己的身体，所得的收入却仅够保存劳动力，以更长久地为他人支配，为他人创造利润。我们虽然没有被摆在拍卖台上，没有站在市政广场上被出售，但是我们活着的每个小时，都在被迫出卖着我们的劳动，我们的时间，我们的灵魂。我们刚从一种奴隶制中脱离出来，却踏入了另一种奴隶制。这是自由吗？我们自由了吗？"

前院传来一声低沉的喊声。"这是真理！"

"事实如此！"

"我们在这种奴隶制里并不孤单。还有成千上万，各种肤色，各种种族，各种信仰的人，和我们一样。我们要牢记这点。我们的同胞中有很多人憎恨那些白种穷人，他们也恨我们。镇上那些住在河边的工人，他们也一样饥寒交迫。这种憎恨是巨大的邪恶，其中产生不了善意。我们必须记住卡尔·马克思的话，根据他的教诲来认识真理。这种分配的不公正必须让我们团结起来，而不是分离我们。我们必须记住我们大家因为自己的劳动而创造了地球上有价值的东西。我们要牢记卡尔·马克思所说的真理。

"亲爱的同胞们！所有屋子里的人，大家还有一个只属于我们自己的使命。我们心中有一个强烈的真正的使命，一旦我们失败，将万劫不复。这个特殊使命的实质是什么？"

考普兰德医生将衣领松了松，他感到喉咙快要窒息了，心中无法承受这种沉痛的爱。他看了看屋子里沉默的客人。他们在等待着他开口。院子里和前厅的人群也像屋里的人一样，沉默而专心地等待着。一个耳朵失聪的老者身子前倾，将手拢在耳朵上。一个妇女用橡皮奶头哄着吵闹的婴儿。辛格先生站在过道上，专心地听。兰斯·戴维斯混在多数年轻人中间坐在地板上。他嘴唇苍白而紧皱，手臂紧紧环抱着膝盖，年轻的脸上布满阴郁之色。屋子里所有人都紧盯着考普兰德医生，目光中流露出渴望真理的热切的神色。

"那五元钱的奖金，今天我决定颁给作文写得最好的那名中学生，作文题是'我的野心：我如何能让黑人种族获得更好的社会地位'。获奖者是兰斯·戴维斯。"考普兰德医生从口袋里掏出一个信封。"显然，这个奖的价值不仅在于它的奖金——而在于它体现的神圣的信任和诚意。"

兰斯笨拙地站起来，阴郁的嘴唇在发抖。他领了奖金，鞠了躬。"希望我把这篇作文朗读一下吗？"

"不，"考普兰德医生说，"但我希望这周你能找我谈一谈。"

"好的，先生。"房间再次陷入安静。

"'我不想成为奴仆！'我在这篇作文中一次次读出这样一层愿望。奴仆？我们一千个人中只有一个被允许成为奴仆。我们没有工作！因此我们没有服务的机会！"

房间里发出不自然的笑声。

"安静！我们这些人中，五个中只有一个修路工或是环卫工，或在锯木厂和农场工作，只有一个找不到任何工作，可大多数是剩下的那五分之三。许多人在为那些没有能力给自己准备食物的人做饭。很多人为了一两个人的快乐，一生都做花匠。许多人为豪宅的地板打上光亮可鉴的蜡，为那些懒得自己开车的富人们当司机。我们的一生都浪费在了这些毫无意义的工作上。我们劳作着，可所有的劳作都是一种浪费。这是服务吗？不，这是奴役。

"我们劳作着，可所有的劳作都是一种浪费。我们没有服务的机会。今天来这里的学生，你们代表了少数的幸运者。我们的大多数同胞从没机会上学。几十个年轻人中几乎只有一个会写自己的名字——像你们这些幸运的少数。我们被剥夺了学习和获得智慧的机会。

"'各尽所能，按需分配。'大家都感受过饥寒交迫的痛苦。这是极大的不公，但还有一种更为严重的不公——那就是被剥夺了各尽所能的工作的权利。一辈子浪费在无用的劳作中，从没有服务的机会。我们被那些富人们夺走了头脑和灵魂，这远远比从我们的钱包里抢钱更可怕。

"所有来到这里的年轻人们,你们当中可能有的想当老师、护士或你们种族的领袖,但是你们中的大多数人都被剥夺了那样的机会。你们为了能够生存下去,将不得不为了一个无用的目的而出卖自己。你们将遭遇挫折和失败。有的本来能成为化学家,却在摘棉花;本来能成为作家,却没有机会识字;本应成为教师,却成为被熨衣板捆绑的奴隶。我们在政府里没有代表,我们没有选举权。我们是这个伟大国家中,最底层的人。我们不能高声讲话,因为我们的舌头根本没机会使用,它们就这样烂在我们嘴里。我们内心一片空洞,失去了为使命奋斗的力量。

"亲爱的同胞们!我们身上具有人类精神和灵魂的所有财富。我们献出了最珍贵的礼物。我们的付出却被报以嘲笑和蔑视。我们的礼物被践踏在泥浆里,变成垃圾。我们不得不无目的地进行劳作,比动物还低贱。黑人同胞们!我们是时候站起来了,重新凝聚在一起!我们必须获得自由!"

房间里一阵低语。歇斯底里的情绪在高涨。考普兰德医生激动得说不出话,握紧了拳头。他感到自己正在膨胀成巨人。那些心中的爱使胸膛变成了发电机,他想大声喊叫,让声音传遍整个小镇。他想跪在地上发出惊人的呐喊。房间里充满一片悲叹声和喊叫声。

"救救我们吧!"

"伟大的主!请指引我们走出死亡的荒原!"

"哈莱路亚!救救我们,主!"

他努力控制着自己,最终得以自制。他将叫喊声压在心底深处,找到了一种真正有力的声音。

"大家注意!"他喊道,"我们只能自己拯救自己,但不是通过悲痛的祷告,不是通过无所事事和烈酒,不是通过服从和谦卑,而是通过自尊,通过尊严,通过成为强健的人。我们必须为了我们真正的使命而积聚力量。"

他突然停下来,挺直身体。"每年的这个时候,我们会用自己小小的方式来展示卡尔·马克思的第一个戒条。来到这里的每个人,今天都事先准备了礼物。为了减轻他人的贫困,你们中的许多人都放弃了自己的舒适。你们中的每一个人都各尽所能,却不曾考虑你们得到的回报。我们很自然地和别人分享一切。我们明白给予比得到更使人幸福。卡尔·马克思的教诲我们要铭记在心：'各尽所能，按需分配。'"

考普兰德医生沉默良久。随后又说道：

"我们的使命是充满力量和尊严地走过遭受耻辱的日子。我们要更加自尊，因为我们知道人类精神和灵魂的价值。我们必须教导我们的孩子。只有我们做出牺牲，他们才能获得学习和智慧的尊严——为了未来——总有一天我们身上的财富不会再被投以嘲笑和蔑视，总有一天我们会被允许服务，总有一天，我们的劳作不再是一种浪费。我们的使命就是用力量和信仰等待这一天的到来。"

话讲完了。在场的人有的鼓掌，有的在地板上和冬天坚硬的地面上跺脚。厨房里飘出滚热的浓咖啡的香气。约翰·罗伯茨叫着卡片上的名字，负责发放礼物。波西娅把咖啡用长柄勺从洗碗盆里舀出来，马歇尔·尼克斯负责分发蛋糕块。考普兰德医生在一小群人的簇拥下，穿梭在客人中间。

有人碰碰他的胳膊肘："你的巴迪就是随了他的名字吧？"他回答是。兰斯·戴维斯跟着他问问题；他对所有的问题都回答是。他心中快乐，如同醉酒，向他的同胞传道授业解惑——让他们明白，最好的事情莫过于说出真理，被倾听。

"今天的派对，我们真的很高兴。"

他站在门厅里与客人道别，一遍遍地握手。他重重地靠在墙上，只有眼睛在动，因为他很累。

"我非常感激。"

辛格先生最后一个离开。他真是一个好人，他是一个有智慧和真正知识的白人。他身上没有一丝卑鄙的傲慢。所有的人都走了，他是唯一留下来的。他等着，似乎在等他最后说一句什么。

因为嗓子很疼，考普兰德医生用手捏住喉咙。"教师，"他沙哑地说，"这是我们最迫切的需求。还有领袖——团结和引导我们的人。"

派对过后，屋子内显现出空荡而破败的景象。室内很冷。波西娅在厨房里洗杯子。圣诞树上银色的雪花落在地板上，上面有被人踩过的痕迹，已经有两个装饰物被弄破了。

虽然身体很累，考普兰德医生兴奋得无法安静下来。他从卧室开始一间间地收拾起屋子。档案柜最上面有一张快要掉出的卡片，那是兰斯·戴维斯的病历。那些想对他说的话开始有了眉目，他很难受，因为无法现在就把它们说出来。这个男孩阴郁的脸充满了情感，他无法把它从脑子里赶走。他打开档案柜上面的抽屉，将那张卡片重新放好，A、B、C……他的大拇指紧张地翻过这些字母。随后，他的视线停在了自己的名字上：考普兰德·班尼迪克特·马迪。

文件夹里有几张肺部的 X 光片和简短的病历。他就着灯光看起了 X 光片。左上部的肺有一处明显的像星星一样的钙化点，下面是一大块阴影，它沿着右肺向上伸展成两倍。考普兰德医生迅速将 X 光片放回到文件夹。那份为自己写的简短病历仍在手中，字迹大而潦草，几乎无法辨认。"1920——钙化。淋巴腺——淋巴管门有明显的加厚。病灶得到了控制——功能恢复。1937——病灶再次活跃——X 光片显示——"字迹已无法认清。一开始根本无法辨认，后来他可以清楚地辨认出，却又不明白是什么意思。最底下写着三个字："预后不定。"

他的内心又升起那种熟悉的狂野的情感。他弯腰打开档案柜最底部的抽屉，里面的信件杂乱无章，有来自"黑人进步协会"的信件，有戴茜寄来的发黄的信，还有汉密尔顿找他要的一块五角钱的便条。他在找什么？双手不断地在抽屉里翻动，终于僵直地站起身。

一个小时就这么浪费过去了。

波西娅在厨房的桌边颓然地削着土豆，看起来很悲伤。

"打起精神来，"他生气地说，"别无精打采的，你总是要么无精打采，要么太过兴奋，真让我难以理解。"

"我只是想念威利罢了，"她说，"再过三天就能收到信了。但他不能如此让我担心啊。他不是那样的孩子，我对此感到很奇怪。"

"孩子，你要耐心点。"

"也只能如此了。"

"我得出去给人看病去了，一会儿就回来。"

"好的。"

"一定没事儿的。"他说。

中午的阳光明亮而冷清，他的快乐好像消失殆尽，满脑子都散乱无章地的充斥着病人的各种病痛，有脓肿的肾、脊髓脑膜炎、鲍特的病……他将汽车后座上的曲柄扶起。通常他会喊路过的黑人帮他用曲柄发动引擎，他们总是很乐意提供帮助，但今天他自己调整曲柄，使它有力地转了起来。脸上渗出汗水，他用外套袖口擦了擦，便坐到方向盘前启程赶路。

今天说的话，有多少人能够理解呢？这些话又有多少是有意义和价值的？他回忆着自己的用词，可它们已经褪了色，仿佛失去了力量。那些他没有说出口的话，反而堆积在胸口，越来越重。它们漂浮到他的唇边，令人无比烦躁。黑人同胞们不断膨胀的面孔在他眼前旋转。他沿着马路缓慢驱车前行，心脏随着这愤怒和焦虑的爱而晕眩。

7

小镇很久没这么冷过了，门窗结满了冰，屋顶一片雪白。冬日的下午光线灰暗，街上各种倒影发出惨淡的光芒。小灰坑结上了一层薄冰，听说圣诞后第二天，小镇北部十余里的地方下了雪。

辛格变了。他经常散很久的步，安托纳帕罗斯走后的几个月，他总是这样。他的通常散几里地的步，走过小镇的四面八方。他穿过河边稠密的住宅区，自从今年冬天工厂进入萧条期后，这里比往常更脏了，很多人的眼里都流露出孤独的神情。人们只好闲下来，每个人身上都带着某种焦虑感，心里都有了新的信仰。一个染布工声称被一种伟大神圣的力量支配了，他说他的职责便是传播主的一套新戒条。这个年轻人开设了一所临时神堂，很多人每天晚上来到这里，在地板上躺着打滚，互相摇晃着身体，他们相信得到了某种超人的力量。还发生了一起谋杀，一个女人因为忍饥挨饿，认为工头克扣了她的工分，将刀扎进了工头的喉头。那是一条最为阴沉的街道之一，有一家黑人搬到了它的尽头，引起了极度的抗议，人们烧了他的房子，邻居们殴打了他。但这都属于小插曲，并没有根本的变化。黑人们嘴上总是挂着罢工，可终究不能团结起来，一切都和往常一样。即便是最冷的夜晚，"阳光南部"游乐场仍然开放。人们仍旧如往常一样做梦、打架、睡觉。为避免第二天继续陷入黑暗，他们像过往一样不去多想。

辛格走过分散在小镇四周的黑人聚集的街区，那里散发出难闻的臭味，充满了暴力。巷子里弥漫着杜松子酒强烈的香气。温暖的，使人昏昏欲睡的炉火染红了窗子。几乎每天晚上教堂都有布道会。小屋点缀在褐色的草坪上——辛格也走过这里。这里有更健康的孩子，他们对待陌生人很友好。他走过富人区，那里有雄伟的老式房屋，周围竖起白色的圆柱和复杂的铁篱笆。他走过高大的砖房，汽车停在车道上，喇叭揿得很响，烟囱里慷慨地冒出一缕缕浓烟。他走向从小镇通向杂货铺的马路尽头，农民们星期六晚上聚在杂货铺，围坐在火炉边。他经常漫步在四个主要商业区，那里灯火通明，然后穿过商业区后面荒芜黑暗的巷子。小镇的每一个角落，辛格都清清楚楚。他看过几千扇被灯火照亮的窗户。冬天的夜晚是美丽的。天空是清冷的蔚蓝色，星星十分明亮。

他常常在散步时被人叫住聊天，也得以和各种各样的人认识他。遇到陌生人，他就掏出卡片，说明自己为什么沉默。小镇上的人便都知道他是哑巴。他散步时手插口袋，肩膀挺直，灰色的眼睛仿佛将一切尽收眼底，脸上永远是平静的表情——像那些极度智慧或极度悲哀的人所有的表情。如果有人想和他聊天，他都会开心的停下来，因为他只是在漫无目的地散步。

小镇上有了关于哑巴的流言。过去和安托纳帕罗斯一起时，他们经常走在上下班的路上，除此之外的时间两个人总是关在房间里。没人注意过他们——即使有人多看他们几眼，也是因为那个胖希腊人。过去的那个辛格是被人遗忘的。

谣言多种多样。犹太人说他是犹太人。主街上的商人说他继承过一大笔遗产，是个有钱人。在一个被打压的纺织协会里，人们交头接耳说哑巴是工联大会的组织者。一个孤独的土耳其人，多年前流浪到小镇，软弱无力地和家人缩在卖亚麻的小店里——他对妻子充满激情地声称哑巴是土耳其人。他说哑巴听得懂他的土耳其语。他说这话时，声音变得很热烈，也忘了和孩子们逗嘴，他脑子里全是计划和行动。一个农村的老人说哑巴来自离他家不远的地方，哑巴的父亲经营全郡最好的烟草园。关于他，有这些流言。

安托纳帕罗斯！辛格经常回想起他的伙伴。晚上睡下时，伙伴的脸就出现了，带着智慧和温柔的笑意。他们在梦中总在一起。

他的伙离开他一年多了。他感觉时间过的既不快也不慢，只是脱离了正常的时间感——就像一个人喝醉了或是半梦半醒。每一个小时的背后，都有他的伙伴。他的周围在发生变化，他和安托纳帕罗斯一起的隐秘生活也在变，在延续。刚开始那几个月，他总想着安托纳帕罗斯被带走前恐惧的几周——他生病后的麻烦，他被抓走，他艰难地阻止伙伴的怪念头。他想到过去他和安托纳帕罗斯不开心的时刻。他多次想到很久以前的一个场景。

他们也有其他的朋友，有时也和别的哑巴见面——十年中他们和三个哑巴很熟悉，但总有变故发生。其中一个在相识一星期后就搬到了另一个州，另一个结婚了，生了六个孩子，不再用手交谈。伙伴走后，辛格经常想起的是他们和第三个人的关系。

这个哑巴名叫卡尔，是一个面黄肌瘦的年轻工人，眼珠淡黄，牙齿脆薄透明，看起来也是淡黄色，蓝色的工装裤无精打采地悬在骨瘦如柴的小身子上，就像蓝黄碎布拼的洋娃娃。

他们请他吃晚饭，让他先去安托纳帕罗斯的店铺等着。他们俩到时，希腊人还在忙着。他正在店后的厨房制牛奶焦糖。金黄的牛奶糖在长长的大理石桌面上泛着光泽。空气里洋溢着浓厚的香甜气味。安托纳帕罗斯很喜欢卡尔看他——他用刀滑过热乎乎的糖果，把它们切成小块。他递给新朋友沾在油腻的刀刃上的一小块牛奶糖。他想取悦于人时，总是表演一个小把戏——他指了指炉子上沸腾的糖浆缸，扇了扇脸，斜眯着眼睛表明它有多烫，然后他把手浸入冷水，再猛插到沸腾的糖浆里，迅速地把手放回到冷水。他的眼珠鼓出来，舌头翻卷，好像承受了很大的痛苦。他扭紧自己的手，单腿在地上跳着，房子被他震得直抖。突然他笑了，伸手表示只是一个玩笑罢了，随手用手拍拍卡尔的肩膀。

一个暗淡的冬夜，他们互相挽着胳膊走在街上，嘴里哈出一团团白汽。辛格走在中间，有两次自己进去商店买东西，把他们扔在路上。卡尔和安托纳帕罗斯拎着大包小包，辛格紧紧地挽着他们的胳膊，回家的时候，他笑了一路。他们的屋子很舒适，他在房间快活地走动，一边和卡尔聊天。吃过晚饭后，他们两个人说话，安托纳帕罗斯在边上看，露出缓慢的笑容。胖希腊人经常蹒跚到储藏室旁，倒上杜松子酒。卡尔坐在窗边，安托纳帕罗斯把酒杯递到他跟前，他才喝，一小口一小口地喝得郑重其事。辛格想不起伙伴以前对陌生人这么热情过，他想象着卡尔以后经常来看他们的情形，心里高兴起来。

午夜过后，突然发生了一件事，把过节般美好的派对的氛围毁了。安托纳帕罗斯愤怒地从储藏室出来，坐在床上后怒目瞪着自己的朋友，是那种带着冒犯和恶意的眼神。辛格尽力想说话，掩饰希腊人奇怪的举止，但希腊人不肯放弃。卡尔缩在椅子里，摸着自己干瘪的膝盖，被希腊人的表情搞得不明所以。他红着脸胆怯地咽着酒。辛格对此不能视而不见了，他问安托纳帕罗斯是不是胃痛或者心情不好，问他是不是想睡觉。安托纳帕罗斯摇头。他指着卡尔，做着很多的下流动作，脸上是可怕的憎恶的样子。卡尔吓作一团。希腊人咬牙切齿地从椅子上站起来。卡尔慌忙拿起帽子跑了。辛格跟着卡尔下楼。他不知道如何对这个卡尔解释伙伴的行为。卡尔站在楼下的门廊上，像霜打的茄子，尖尖的帽子遮住了脸。两人握了对方的手后，卡尔离开了。

安托纳帕罗斯告诉辛格，卡尔趁他们不注意时跑进储藏室喝光了所有的杜松子酒。辛格再怎么解释也无法说服安托纳帕罗斯，喝光酒的是他自己。希腊人坐在床上，脸上阴云密布显然仍在责怪。大滴的泪珠慢慢地流到内衣领上，让人不忍安慰。等他终于睡着后，辛格却睡不着了。那之后，他们再也没能见过卡尔。

几年后，安托纳帕罗斯开始从壁炉架上的花瓶里拿走房租，去玩老虎机。夏天的午后，安托纳帕罗斯光着身子下楼拿报纸，暑气把他折磨坏了。他们分期付款买了一台冰箱，安托纳帕罗斯便一直吸着冰块，睡觉时也干脆让冰块化在床上。安托纳帕罗斯喝醉时，当着他的面把一碗通心粉扔了。

刚开始几周，这些不快的记忆就像地毯里的烂线一样穿过他的思绪，后来这些记忆消失了，所有的不快也都被遗忘了。一年过去了，他对伙伴的思念不断加深，一个只有他一个人了解的安托纳帕罗斯在他心中扎下了根。

这就是他的伙伴，他可以对他说出所有内心所想。这就是安托纳帕罗斯，除他之外，没有人知道他有多聪明。一年过去了，他的伙伴在占据了他整个脑子，他的脸从黑暗中沉重而微妙地显现出来。他对伙伴的记忆发生了改变，想不起任何他的不好——都是关于他的好。

他看见安托纳帕罗斯坐在他面前的椅子上，一动不动地坐着。那疯狂的面容让人难以理解，嘴角带着一丝狡黠的微笑，眼睛仿佛深不可测。他注视着别人对他所说的事物。他心领神会。

这他脑海里时常出现的安托纳帕罗斯。他想将发生的一切告诉他的伙伴——

年来发生的所有事——他一个人留在了陌生的国度。他睁开眼睛，无法理解周围发生的许多事。他感到困惑。

他观察着他们的口形。

我们黑人需要一个机会最终得到自由，而自由只是奉献的权利——我们想服务，想分享，想工作，消费我们应得的回报。但你是我遇到的唯一的白人，能意识到我的同胞们迫切的需要。

辛格先生，你知道吗？我心里一直有一种音乐。我会成为一个真正的音乐家——哪怕现在我一无所知，但我二十岁的时候一定会懂，辛格先生，你知道吗？到时候我想去有雪的国外旅行。

让我们喝完这瓶酒，我打算来一小杯。我们正思索着"自由"（freedom）。这个词钻在我脑子里，就像蠕虫一样。是？不是？多大程度？多小程度？这个词召唤的是强盗、偷窃和狡诈。我们会自由的，成为最聪明的人，然后会奴役他人。但"自由"（freedom）这个词还有别的一层含义（意指"自由"（freedom）这个词除了不受人约束的权利的含义外，还有特权的含义。作者在这里思考了"自由"的界限问题，追求"自由"的过程中很可能被人蛊惑、欺骗，将自己的"自由"凌驾于他人的"自由"之上，最后走向"自由"的反面）。它是所有的词中最危险的一个——我们必须警惕起来！这个词让我们感觉良好——一个伟大的幻想！骗子们正是利用了这个幻想，为我们编织起最丑陋的网。

最后的一个人揉了揉鼻子，提问道……他话不多，也不常来。

这七个多月以来，这四个人经常来他这里，但总是单独来，从没一起来过。他每次都在门口微笑着欢迎他们，心里一直渴望安托纳帕罗斯的到来——就像他刚走的前几个月那样——和别人在一起总好过自己独处。这就像多年前他向安托纳帕罗斯保证（甚至写下了保证书，把它贴在在床头的墙上）——他决定戒一个月的烟酒和肉。刚开始很难受，无法安静下来，便总去果品店找安托纳帕罗斯，查尔斯·帕克每次看见他就很不耐烦。完成手上的雕刻活后，他会跑到店铺的前面，与表匠和售货小姐们待在一起，或者逛到冷饮机那儿喝一杯可口可乐。那些时候，他和任何陌生人在一起，都比一个人时刻想着烟酒和肉要好过。

他刚开始无法理解这四个人。随着时间的流逝，他们越说越多。他渐渐明白了他们的口型，也理解了他们说的每个字。这之后，不等他们开口，他就知道他们要说的话，因为他们表达的总是一种意思。

他的手片刻不肯休息，永远折磨着他。它们在梦中抽搐，醒来后也总是发现它们正在眼前打着梦话的手语。他不想看自己的手，也不愿去想它们，哪怕这双手修长而强健。以前他也细心呵护着这双手，冬天为防止皲裂，为它们抹油，经常打理角质层，齐着手指头锉平指甲。他喜欢洗手和护理它们。现在他只是一天用刷子粗粗地刷两次，重新把手插回到口袋里。

他在房间里来回踱步，老是把指关节捏得咔咔响，猛地拽疼手指。有时他会用一只拳头击打另一只手掌。当想到安托纳帕罗斯时，他的手会不知不觉地打出手语。回过神来，又觉得自己像一个大声自言自语的人，忽然被人发现了一样，好像自己做错了什么事，内心升起一种羞愧和悲伤，他只好将双手放到身后。但它们仍然不让他安宁。

灰蒙蒙的傍晚，辛格站在他和安托纳帕罗斯住所前的马路上。西边出现了一道道淡黄色和淡玫瑰色条纹。灰蒙蒙的天空下，一只乱蓬蓬的冬雀"表演"着它的飞行动作，最后停在了"人"字屋顶上。街道无比荒凉。

辛格的目光落到了二楼右边的一个窗户上。那是他们的前屋，后面是安托纳帕罗斯用来做饭的大厨房。透过窗内的灯光，他看见一个女人在房间里来来回回穿行。她在灯光下显得大而模糊，系着围裙。一个男人坐着，手里拿着晚报。一个孩子手拿面包，走到窗子旁，把鼻子压在玻璃上。辛格看见房间里的布置仍和以前一样——安托纳帕罗斯睡的大床和他自己睡的折叠床，以及鼓鼓囊囊的大沙发和折叠椅。被打破的糖钵现在做了烟灰缸，天花板上有漏雨的湿印，墙角是堆放洗衣物的箱子。像这样的傍晚，厨房里往往不会有灯光，只有大煤油炉的几个灶眼发出的火光。安托纳帕罗斯总是把油芯调小，探到灶里才能看见参差不齐的金黄和蓝色的火苗。房间是温暖的，弥漫着晚饭的香气。安托纳帕罗斯用他的木勺品尝每道菜，他们一起喝红酒。火苗照在炉前的亚麻油毡上，闪着明亮的映像——五个小金灯笼。乳白色的黄昏，光线越来越暗，这些小灯笼越来越清晰，夜晚来临时，它们鲜明地燃烧了。那时晚饭已经好了，他们打开灯，靠着饭桌拉近椅子。

辛格看向黑乎乎的大门，回想起两人清晨一起出门，晚上一起回家。有一块路面坏了，安托纳帕罗斯在一处坏了的路面上绊过一跤，肘部受了伤。还有一个邮箱，供电公司的账单每个月都寄到那里。他的手指上还残留着伙伴胳膊温暖的感觉。

现在街道很黑了。他再次抬头看那扇窗，他看见陌生的女人、男人和孩子围坐在一起。空虚感席卷了他的全身。所有一切消失不见——安托纳帕罗斯走了，他不在这里了，这里不是回忆他的地方——安托纳帕罗斯的记忆在别处。他闭上眼睛，尽力想象疯人院和安托纳帕罗斯今晚睡的房间。他想起了狭窄的白床，角落里玩纸牌游戏的老人。他紧闭双眼，可房间的样子却没有变得清晰。他心中一阵空虚，过了一会儿，他再次抬头看那扇窗，然后沿着曾经无数次走过的路离去了。

这天晚上是周六。主街上人很多，穿着工装裤的黑人们冻得发抖，在一角钱店窗前徘徊。看电影的人在电影院售票处排着队，年轻的男孩和女孩们盯着电影院外面贴的海报。为了避开车流，他等了很久才过了马路。

路过那家果品店时，他看见窗内摆满精美的水果——香蕉、橘子、鳄梨、鲜艳的小金橘，还有一些菠萝。查尔斯·帕克在里面招呼一位顾客。他觉得查尔斯·帕克的脸很丑陋。有几次查尔斯·帕克不在店里，他走进去逗留了好一会儿。他还走到后面安托纳帕罗斯制糖的厨房，查尔斯·帕克在时，他从来不会进去。自从安托纳帕罗斯离开后，他们两人都小心地回避对方，每次在路上碰到时，总是掉过头，不打招呼。要是想给他送土波罗蜜，也总是通过邮件从查尔斯·帕克那里订购，刻意避免见到他。

辛格在窗前站定，看着查尔斯·帕克接待着顾客。周六晚上的生意往往不错。安托纳帕罗斯有时要忙到晚上十点。门口立着庞大的自动爆米花机。有店员把一份玉米粒倒进机器，玉米粒瞬间就像巨大的雪粒一样翻腾起来。店铺里散发出一种温暖而熟悉的气味，一些花生壳被踩碎在地板上。

辛格沿着街道走着，小心地穿过川流不息的人群，以不至于被人撞到。因为过节的缘故，街上到处挂着红红绿绿的电灯。人们结伴而立，时而爆发出笑声，互相拥抱着。年轻的父亲照顾着肩膀上冻得哭闹的婴儿。街角有一个救世军的女孩，头戴红蓝色的童帽，上面的铃铛摇晃着发出响声，她看看辛格，让他感觉自己必须得投一个硬币到她身旁的小罐里。还有黑人和白人乞丐，伸出帽子或粗糙的双手。行人脸上布满霓虹灯广告投下来的橘黄的光。

他来到一个熟悉的角落，他和安托纳帕罗斯在八月的一个下午，曾在这里撞上一条疯狗。他经过陆海军店，那是安托纳帕罗斯每个发薪日都会来拍照的地方。他口袋里眼下就带着不少照片。他转向西边，向河边走去。有一次，他们去了桥对面的野地里用餐。

辛格沿着主街走了将近一个小时，在人群中显得那么孤单。他掏出手表，转向自己的住处。他希望今晚有人能来看他。

他寄给安托纳帕罗斯一大箱子圣诞礼物，给四个人每人都送了一份礼物，还给凯利太太送了礼。他为大家买了一台收音机，放在窗前的桌上。考普兰德医生没注意到它。比夫·布瑞农一眼就看到了它，疑惑地扬扬眉头。杰克·布朗特在时总让收音机开着，调在同一个台上。他说话的声音简直要盖过收音机的音乐，额上的血管暴起。米克·凯利看到收音机时，有点不知所措。她红了脸，不断地问他是不是真是他的，她可不可以听。她调了好几分钟，终于找到了她想听的台。她前倾着身子坐在椅子里，双手搭在膝盖上，嘴巴大张，太阳穴上的脉搏激烈地跳动着。她喜欢能听到的一切声音。她坐着听了一个下午，湿着眼眶对他微笑致意，随后用拳头擦了擦眼睛。她问他，她能不能偶尔在他上班时过来听收音机，他点头表示同意。随后几天，每次他一开门，准会看见她守在收音机旁。她用手打理着头上的短发，脸上是他从未见过的表情。

圣诞后不久的一个晚上，这四个人碰巧同时来找他，这是以前从没有过的情形。辛格在屋子里忙活着，用饮料款待他们，脸上挂着微笑，尽着地主之谊，他想让客人们感到自在，可还是感到有些不对劲。

考普兰德医生始终不肯落座。他站在走道上，手里拿着帽子，对其他人冷淡地点点头。他们看着他，好像对他身处此地感到很讶异。杰克·布朗特打开带来的啤酒，喷出的泡沫就溅在了衬衫的前胸上。米克·凯利在听收音机放的音乐。比夫·布瑞农坐在床上，跷着二郎腿，扫视眼前的几个人，随后眯起眼睛安定下来。

辛格有些困惑。他感觉所有人都有话要说，可真聚在一起，却又都沉默不语。在他们进来时，他就预感到会发生什么。他模模糊糊地祈祷着不要发生什么事了，但屋子里只有紧张的气氛。他紧张地打着手语，好像要把空气中看不见的东西拽出来，再绑到一起。

杰克·布朗特站在考普兰德医生旁边。"我见过你——我们以前见过一次——在外面的台阶上。"

考普兰德医生一字一顿地答道，好像这些话是用剪刀精准地剪出来的。"我想不起来我们见过。"他说。他的身体僵直，仿佛在缩小，向后一直退到门槛外。

比夫·布瑞农安安静静地抽起烟来，烟雾升起在屋内。他转头看米克，他的脸红了。他半闭着眼睛，瞬间脸上血色全无。"你现在生意怎么样?"

"你指的是什么生意?"米克警觉地问。

"就是生活中的那些事啊，"他说，"功课之类的。"

"我想，还可以吧。"她说。

每个人都有些期待地看着辛格。他感到困惑，一边给他们递着饮料，一边微笑。

杰克擦了擦嘴，不再打算和考普兰德医生交谈，他紧靠着比夫坐到床上。"你知道是谁在工厂那边的墙和篱笆上写的那些字吗? 用红粉笔写下血淋淋的警告。"

"不知道啊，"比夫说，"什么血淋淋的警告?"

"主要内容抄的是《旧约》。我对此好奇很长时间了。"

每个人看起来都在对着哑巴说话。他们的想法都交汇在他的身上，仿佛辐条指向轮轴那样。

"今天冷的有些异样，"比夫开口了，"我曾查看过资料，一九一九年气温降到过华氏十度，可今天的气温只有十六度，自那年以来，今年是最冷的一年了。"

"储煤室的屋檐今天早晨也挂了冰柱了。"米克说。

"上周我们收入很低，发不出工资了。"杰克说。

随后他们又谈论了一会儿天气，人人都盼着别人早点离开。他们不约而同的同时起身，离开房间。考普兰德医生走在最前面，别人跟着他离开。他们离开后，辛格独自站在房间里，既然无法理解今天这种情形，倒不如忘记它。那天晚上，他终于决定写信给安托纳帕罗斯。

尽管安托纳帕罗斯不识字，但辛格还是写信给他。他也一直清楚伙伴不识字，但随着时间的流逝，他怀疑自己错了，没准安托纳帕罗斯对所有人隐瞒了自己识字的真相。另外，疯人院应该也有识字的聋哑人，他们可以把信读给他听。他想了好几个写信的理由，每当他困惑或悲伤时，就非常想写信给伙伴。可写是写完了，就是从没寄出过。他每周都剪下晨报和晚报上的连环漫画寄给伙伴。每月寄一张邮政汇票。那些信件堆积在口袋里越来越多，最后不得不烧毁掉。

那四人离开后，辛格穿上暖和的灰外套，戴上灰毛毡帽，出了门。他习惯在店铺写信。况且他答应明天一早要交货，因此为了不使耽误，想着尽快完成。夜风凛冽，有霜冻。一轮满月挂在天空，周围镶着金边。星光闪闪的天空下有黑色的屋顶。他一边走路一边想着信的开口，等到了店铺，词儿还没想好。他开了门，走进黑暗的店铺，开了灯。

工作地点位于店铺的最后面。他与店铺其他部分被一块布帘隔开，留给他一个狭窄的私人空间。在工作台和椅子周围，角落里是一个沉重的保险柜；一个装有一面发绿的镜子的洗手间，以及放满箱子和旧钟的货架。辛格将工作台升高，将明天要交给顾客的银唱片从毛毡盒里取出。店铺里面很冷，可他还是脱掉了外套，卷起衬衫的蓝条袖口，以方便自己干活。

他在唱片中间的花押字母上花了很长时间，小心翼翼地用刻刀在银上走笔。干活时，他的目光里透出难以理解的灼人的饥渴表情。他在构思着给安托纳帕罗斯的信。等做完手头的活，已经过了午夜。他收起唱片，额头激动地渗出汗来。清理完工作台，他便着手开始写信。他喜欢那种在纸上写字的感觉。他小心翼翼地写着信，好像这张纸是银器。

我独一无二的朋友：

我从杂志上了解到社团今年要在梅岗开会。那时候会有人发言，还会有四道菜的一场盛宴。此刻我正在想象着这个时刻，你还记得吗，我们一直计划要参加一次会议，可从来没有如愿。我多么希望我们参加过啊，这次我们一定得去，我想象过这次会议的样子。不过要是没有你，我也不会去的。那些人来自各个州，怀揣着很多心里话以及各自的梦想。教堂里还设置了专门的礼拜仪式。有竞赛活动，获胜者可以得到一枚金牌。我给你写信，告诉你我能想到的一切，我想了，可又什么都没想。我的手太过生疏，无法确切地想出它的样子。在我的脑海中，所有参加这次会议的人，都像你一样，我亲爱的朋友。

我又一次在你家门口驻足，可是现在里面住的却是别人。你还记得门前的那棵大橡树吗？为了不影响电话线的架设，它的树枝被剪断，导致树死了。树枝干枯了，树干中间形成了一个空洞，我店里面那只你经常抚摸的猫也死了，它吃了有毒的东西，实在令人伤心啊。

辛格停下笔来，身子直直地停顿了许久，没有继续写下去。他站起来，点起一支烟，房间里太冷了，散发出一股臭味，那是煤油、擦银剂和烟草混和而成的气味。他穿上外套，戴好围巾，犹豫地写下去。

还记得我去看你时，和你提起过的那四个人吧，我为你画过像：一个黑人，一个年轻女孩，一个留着小胡子的人，还有"纽约咖啡馆"的老板。我要告诉你一些关于他们几个的事，可不知从何说起。

他们都是大忙人，你很难想象得到。我的意思是，他们并非一刻不停地工作，而是他们脑子里都装着事，导致他们无法很好地休息。他们到我家来找我谈话，我难以想象有人竟然可以不知疲倦地一直开口讲话。（"纽约咖啡馆"的老板和其他人有些不同，他留着浓黑的络腮胡，每天得刮两次。他有一把电动剃须刀。他喜欢观察。其他人都有憎恨的东西。他们也都有除了吃喝睡和交友以外更喜欢的东西，这就是他们总是这么忙的原因。）

那个留着小胡子的人，我认为不太正常。有时讲起话来非常清楚，像我多年前学校的老师，可有时却说些我听不懂的话。有时候他西装革履的，可再见时竟然全身臭烘烘的，满是污垢，穿的也是干活时的工装裤。他总是挥舞着拳头，讲一些肮脏的醉话，我就不给你说了。他认为我和他拥有一个共同的秘密，我却不知道它是什么。让我告诉你一些难以置信的事。他能喝掉三品脱的"幸福日子"威士忌，然后站在那里不停的说话，不肯上床。你可能不太相信，可这是真实的。

我一个月花十六元，从那个年轻女孩的母亲那里租了房间。女孩以前喜欢穿男孩子才会穿的短裤，但现在她穿蓝色的裙子和一件罩衫。她甚至还算不上年轻女士呢。我喜欢她来找我。我给他们买了一台收音机如今她经常来我这里。她喜欢音乐。我希望能了解她喜欢听给的音乐。她知道我听不到声音，但她认为我懂音乐。

那个黑人身患肺结核，可就因为他是黑人，这里没有他可以去的好医院。他是医生，比我认识的任何人都勤奋。他说起话来一点都不像黑人，一般黑人说的话我都听不大懂，他们的舌头发音很别扭。这个黑人有时让我害怕。眼睛总是灼热而明亮。他举办过一个派对，邀请我，我也去了。他虽然有很多书，但没有一本是关于侦探的，他从不喝酒，不吃肉，也不看电影。

啊，自由和掠夺者。啊，资本和民主党，那个留着小胡子的丑男人说着这些。随后又自相矛盾地说，自由是最伟大的理想。那个女孩说，她需要一个机会，写下最好的曲子，成为音乐家。黑人医生则说，他们没有服务的机会。"纽约咖啡馆"的老板说，那是黑人同胞们神圣的需要。他算是一个喜欢思考的人。

他们来找我谈话时就是这种语气。因为心里憋着这些话，他们一刻也安静不下来，显得很忙。你大概以为他们在一起时，会像这周参加梅岗大会的社团的人——不是这样的。今天他们同时来到我的房间，他们坐在那儿，就像来自不同城市的人。他们甚至很无礼——你明白我常说不顾及他人感受是不对的。正是如此，也正因为我不明白这点，我才写信给你，因为我认为你会明白。我感觉关于他们的描写已经够多的了，你快要感到厌烦了吧，我也是。

你离开已有五个月零二十一天了，这些天来我一直孤零零地生活着。唯一值得期盼的便是，将来还有和你在一起的机会。如果不能立即看到你，我该怎么办呀？

辛格趴在工作台上休息了一会。工作台木板的气息，和蹭着脸的那种光滑感觉，使他感觉仿佛回到了学校的那些岁月。他闭上眼睛，感受到一点不舒服，满脑子都是安托纳帕罗斯的脸，他是如此的想念他，他不由得屏住了呼吸，随后坐直身子，伸手拿笔继续写道。

圣诞礼物没有及时寄到你那里。我希望它立刻就到，我相信你会喜欢这份礼物的，会很开心。我总是能记得我们在一起时候的一切。我怀念你以前经常做的那些食物。"纽约咖啡馆"和以前比差远了，前不久我喝汤喝出一只煮熟的苍蝇！它混在蔬菜和面条里，就像一个黑字。不过这也不算什么。我离不开你，我实在孤独得难以忍受。过不多久，我会再去看你的。我还有六个多月才有假期，不过我可以提前去的。只能这样了，我不应如此孤单，我不能没有你——我亲爱的朋友。

你永远的朋友

约翰·辛格

回到家时，已是凌晨两点。房子虽大，却拥挤不堪，黑乎乎的，为了不至于摔倒，他小心翼翼地摸索着上了三层台阶。他掏出口袋里随身携带的卡片、手表和圆珠笔。他细心地叠好衣服，放在椅背上。他换上灰色的暖和柔软法兰绒睡衣，将被单拉到下巴，片刻进入梦乡。

灯笼散发出暗黄色的光芒，点亮了一段石阶。安托纳帕罗斯正跪在石阶的最上面，光着身子，笨拙地摸着举在头顶的一个东西，凝视它，好像在做祷告。他自己跪在台阶的中间。他光着身子，感到冷，他无法把视线从安托纳帕罗斯和他头上的东西移走。在他身后的地面上，他感觉到他们：留着小胡子的人，那个女孩，那个黑人和剩下的那个人。他们赤裸地跪在地上，他感觉到他们在看他。在他们身后，是无数黑暗中跪着的人。他的手像巨大的风车，他心醉神迷地盯着安托纳帕罗斯举着的无名之物。黑暗中黄色的灯笼晃来晃去，此外一切都静止不动。突然间有了一阵骚动。骚乱中，台阶塌了，他感到自己在坠落，随后便惊醒了，只见清晨的曙光照亮了窗户，他不由感到一阵恐慌。

伙伴离开这么久，可能出了些状况。安托纳帕罗斯从没写信给他，因此他不知道。没准他摔伤了。不管付出什么代价，他都想立即能见到他。

一天早上，他在邮局信箱里发现一张通知，说是他寄的包裹到了。这是他订的迟到的圣诞礼物。这是一件很好的礼物。是他分期两年多付款买的。那是一个私人用的电影放映机，里面有半打安托纳帕罗斯喜欢的《米老鼠》和《大鼓眼》喜剧片。

那天早晨，辛格最后一个来到店铺，他给珠宝商老板递上一封请假信——周五和周六两天请假。虽然那周会有四个婚礼，珠宝商还是同意了他的请假。

他没将这次旅行告诉给任何人。临走时，他在门上定了一张纸条，说要离家几天。晚上便出发了，等黎明的曙光亮起时，火车到来了。

下午，离探视时间尚有一会儿，他出发向疯人院走去。他双手拎着电影放映机的部件和为伙伴买的一篮水果。他直接走向上次探视过的安托纳帕罗斯的病房。

走廊、大门，以及一排排床，都还是他记忆中的那样。他站在门口，焦急地寻找他的伙伴。但他一眼看到：安托纳帕罗斯并不在椅子上坐着的那些人里。

辛格放下行李，在卡片底部写道"斯皮诺斯·安托纳帕罗斯在哪？"刚好一个护士走进房间，他便把卡片递给她。她没有看明白，于是摇摇头，耸耸肩。他走到外面的走廊上，把卡片递给遇到的每一个人。还是没人知道。他随即感到一阵恐慌，开始打起手势。最后他遇到一位穿白衣的实习医生。他扯了扯他的胳膊，给他卡片。实习医生仔细地看了一遍，带着他走过几个大厅，来到一个小房间，一个年轻女人正坐在桌子边，面前是一堆文件。她读了卡片上写的字，随后在抽屉里查找档案。

辛格的眼睛里涌出了紧张和恐惧的泪水。年轻女人在便笺簿上认真地写着什么，他忍不住扭过身子，想立即看清楚女人写了些什么。

安托纳帕罗斯先生转医务室了。他得了肾炎。我安排人给你带路。

经过走廊时，他停了下来，拿起留在病房门口的行李。除了其他的箱子原封不动，水果篮被偷走了。他跟着实生医生出了大楼，穿过一片草地后来到了医务室。

到达病房时，他第一眼就看到了安托纳帕罗斯。屋子中间是他的床，此刻他正靠着枕头坐在床上，身上穿着一件大红晨衣和绿绸睡裤，手上戴着绿松石戒指。他的皮肤暗黄，目光呆滞，眼睛乌黑，太阳穴处的黑头发上蘸了银粉。他正在编织着什么，胖胖的手指慢慢地摆弄着长长的象牙针。他一开始还没有看见他的朋友，等辛格站到他面前时，他露出了安静的笑容，没有丝毫的惊讶，他伸出戴着宝石戒指的手。

一种前所未有的羞涩和拘谨，立刻占据了辛格的内心。他在床边坐下，十指交叉放在床罩边缘。他的视线一刻不停地盯着伙伴的脸，那是死一样的苍白。伙伴身上鲜丽的衣服令他感到吃惊。那都是他陆陆续续寄给他的，他没想过伙伴将它们穿在身上时会是什么样子。安托纳帕罗斯比他所想的要胖了。丝绸睡裤下露出了肚子上肉乎乎的褶皱。他巨大的脑袋靠在白色枕头上，脸上是深不可测的平静的表情，好像并没意识到身边的是辛格。

辛格胆怯地打着手势说话。熟练有力的手指饱含爱意，精确地打出手势。他为他讲述起独自一人度过的漫长而寒冷的冬天。他谈起旧事，死去的猫，店铺，以及他住的地方。每有停顿，安托纳帕罗斯都充满温情地点点头。他讲起那四个人以及他们长时间的逗留。伙伴的眼睛湿润乌黑，他在里面看见了自己小小的长方形影子，这影子他曾看到过不下千次。他的脸又有了温暖的血色，他的手加快了速度。他详细地描绘那个黑人、留着小胡子的人和那个年轻女孩，手势越打越快。安托纳帕罗斯慢条斯理地点着头。辛格急切地靠近他，深长地呼吸着，眼睛里满含晶莹的泪水。

突然，安托纳帕罗斯用自己肥肥的食指在空中缓慢地划了个圈，他向辛格划过来，戳戳朋友的肚子。胖希腊人笑容满面，伸出粉红的胖舌头。辛格大笑，用疯狂的速度打着手语。他的肩膀笑得颤抖，脑袋向后仰着。他不明白他为什么会大笑。

安托纳帕罗斯转动着眼珠。辛格继续疯狂地笑着，直到笑岔了气，手也抖了起来。他努力抓住伙伴的胳膊，想让自己平静下来。他的笑声渐渐变成一种低闷而痛苦的声音。

还是安托纳帕罗斯先安静了下来。他的小胖脚弄散了床脚的罩单。他收起笑容，不屑地踢着毯子。辛格连忙去整理罩单，但安托纳帕罗斯皱了皱眉，向走过病房的护士庄严地竖起食指。她把床铺成他喜欢的样子后，胖希腊人刻意地低着头，他的姿势更像做礼拜时的祝福，而不只是简单的点头表示谢意。然后他把脑袋庄重地转向他的朋友。

辛格说话时，感觉不到时间在流逝。护士给安托纳帕罗斯拿来放在托盘上的晚饭，他这才意识到天色已晚。病房里的灯亮了，窗外几乎已经全黑了。别的病人面前也有晚饭的托盘。他们放下了手中的活（有的人编篮子，有的人做皮匠活或编织），都无精打采地吃起饭。除了安托纳帕罗斯，其他人看着都病得不轻，面无血色。其中大多数都该理发了，都穿着破破烂烂的灰睡衣，背部裂开了一道细长的口子。他们都惊讶地看向这两个哑巴。

安托纳帕罗斯揭开盖子，认真检查着饭菜。有鱼和蔬菜。他用手拿起鱼，就着灯光仔仔细细地检查了个遍，便津津有味地吃了起来。他边吃边用手指着房间里的其他人。他指着角落上的一个男人，做了一个要呕吐的鬼脸，那个男人向他咆哮。他指着一个年轻男孩，向他微笑点头，挥挥他的胖手。辛格太高兴了，甚至来不及感觉尴尬。他将地上的行李拾起来放在床上，想吸引伙伴的注意力。安托纳帕罗斯拆掉包装，但对这台机器没有产生丝毫的兴趣，接着吃他的晚饭。

辛格给护士递上一张纸条，为她解释这个电影机。她叫来了一名实习医生，随后又来了一名医生。三人一边商量着什么，一边好奇地看着辛格。到后来病人们知道了电影机的事，都兴奋地用胳膊肘支着下巴，只有安托纳帕罗斯依旧无动于衷。

辛格之前已经试过这台电影机。他把屏幕升高，从而让其他的病人也能看到，接着他开始摆弄起放映机和胶片。护士把晚饭托盘端出去，关上了病房里的灯，屏幕上呈现出了喜剧《米老鼠》。

辛格看向安托纳帕罗斯，他起初有些吃惊。为了能尽量看得清楚些，他将身子努力挺直，要不是护士制止了他，他简直要从床上跳起来了。他的脸上露出灿烂的笑容。病人们相互大喊大笑起来，等护工和护士们进来时，病房里早已一片喧哗。《米老鼠》放完后，辛格换了《大鼓眼》。这个片子放完后，他觉得娱乐的时间足够久了。他打开灯，病房重新恢复了安静。实习医生把机器放到安托纳帕罗斯的床下，安托纳帕罗斯的目光狡猾地扫过病房，好像要让每个病人都明白这台机器属于他。

辛格又开始打手语了。他明白自己很快就得离开了，可是脑子里还有很多话没来得及说出来。他不得不用极快的手势比划着。病房里有一个老人，头因为中风而抖，颤颤巍巍地拔弄眉毛。他甚至妒忌这个老人，因为他能天天和安托纳帕罗斯在一起。如果可以，辛格愿意和他互换位置。

安托纳帕罗斯在胸前摸索着什么。那是他总戴着的小小的铜十字架。脏兮兮的绳子换成了红丝带。辛格想到那个梦，他把它告诉了伙伴。匆忙中他的手势有时含糊不清，他不得不摆摆手，从头再来。安托纳帕罗斯乌黑、懒洋洋的眼睛在注视他，身着鲜艳华贵的服装，他一动不动，像传说中某个智慧的国王。

负责病房的实习医生答应辛格多待一个小时。最后他伸出多毛的细手腕，给辛格看手表。病人们准备睡了。辛格的手"结巴"了。他牢牢抓住伙伴的手臂，专注地望进他的眼睛，正像过去每天早晨上班前分手时的目光。后来辛格后退着走出房间。站在门口，他打了一个伤心的再见手语，随后紧紧握住拳头。

在一月的每一个月夜，只要有时间，辛格仍旧会在小镇街道上散步。很多关于他的流言四起，越来越神秘。一个黑人老妇告诉很多人说，他知道死人的灵魂回到人世的方式。一个计件工表示他曾和哑巴在州里另外一家工厂工作过——他会讲很神奇的故事。富人们觉得他是富人，穷人们觉得他和他们一样穷。这些流言无法被证明是假的，因此也就变得精彩绝伦而且非常真实。人人都按照自己的意愿和理解来描述这个哑巴。

8

怎么会这样？

这个问题总是萦绕在比夫的心头，就像流淌在血管里的血液那样。他想到人、物以及思想，便产生了这样的问题——每个午夜、清晨以及中午——那些关于希特勒和战争的谣言，猪里脊肉的价格和啤酒税。另外，尤其是关于哑巴的谜团。比如，为什么辛格坐火车离开，可当人们问他去哪里时，他却假装听不懂问题？为什么每个人都坚信哑巴是他们心中希望的那个人——而这极有可能完全是一个误会。辛格每天要来这里三次，每次都坐在中间的桌子边，不论放在他面前的是什么，他都吃——除了卷心菜和牡蛎。在一片喧闹和嘈杂中，只有他保持沉默。他最喜欢吃的是一种烂烂的绿色小扁豆，他将它们整齐地堆在叉子尖上，又将饼干浸在它们的卤汁里。

比夫也联想到死亡。发生过这么一件奇怪的事，有次他在卫生间的储藏室翻找东西，发现了一瓶"佛罗里达"花露水，在给露茜娅送去艾莉斯的化妆品时，他把它遗漏了——他沉思着把香水瓶握在手中——她死了已有四个月了——每个月对他来说都是这么漫长，简直度月如年。他很少会想起她。

比夫拨掉了香水的瓶塞，光着上身站在镜子前，在自己毛发旺盛的腋窝处喷了一点香水。那气味让他直直地僵住了。他注视镜中一动不动的自己，用一种非常隐晦的目光。他的某种记忆被香水唤起了，不是因为记忆的清晰，而是因为这些记忆汇总了漫长的岁月，成为一个完全的整体。比夫搓了搓鼻子，斜眼看着镜中的自己，仿佛看到了死亡的边界。他想起了和她在一起的每一个时刻，现在他们的生活又归于完整了——假如以前的岁月可以完整——比夫突然转过脸去。

卧室收拾得干干净净，现在独属于他了。此前的卧室杂乱无章，毫无生气，总有袜子和破了洞的粉红色人造纤维灯笼裤，挂在横穿房间的晾衣绳上。铁床锈迹斑斑，配着肮脏的蕾丝枕头。一只骨瘦如柴的猫不时从楼下蹿上来，弓着背，哀怨地蹭着污水桶。

他改变了卧室里的一切。他将铁床换成一张多用沙发，地板上铺上了厚厚的红地毯，墙上挂上了一块漂亮的中国蓝布，盖住墙面上越来越大的裂缝。他拆掉壁炉，在上面铺上松木。壁炉架上是贝贝的一张小小的照片，以及一个身着天鹅绒、手握球的小男孩的彩画。角落上的玻璃柜里存放着他收藏的珍宝——一个蝴蝶标本、一支古箭头和一块人形奇石。沙发上铺有蓝丝绸垫子，为了缝制深红色的窗帘，他向露茜娅借来她的缝纫机。他爱着这个房间——既稳重又奢华的房间。桌上放着一个日本小宝塔，风穿过房间，塔上的玻璃饰品发出奇怪的音乐般的声音。

房间里没有什么东西能让他想起她。但他总会拔掉"佛罗里达"花露水的瓶塞，用瓶塞碰触自己的耳垂和手腕，在这种气味中渐渐陷入沉思。他想起了过去的时光，记忆如同建筑一般构造起来。他在存放纪念物的盒子里偶然看到了他们婚前的老照片，艾莉斯坐在一片雏菊地里，那是与他在河中泛舟游玩的艾莉斯。纪念物里还有一个他母亲的骨制大发卡。他小时候喜欢看母亲梳头和盘起长长的黑发。他总认为，发卡的弧度正是模仿了女人的体形，因此他总把它们当成洋娃娃来玩。从前他有一个存放各种小物件的雪茄盒，他喜欢精致的棉布的手感和颜色，他会坐在餐桌底下，和他的各种小物件玩上很久。在他六岁那年，母亲把他的小物件收走了，她是一个高大强壮的女人，和男人一样充满责任感——她最爱的是他。事到如今，他常常会梦到她。她的那一枚磨旧了的金婚戒，至今仍在他的手上戴着。

除了"佛罗里达"花露水，他在储藏室里还发现了一瓶艾莉斯过去经常用的柠檬洗发水。有一次他也用了一下，这种洗发水使他夹杂白发的浓黑色头发变得蓬松又厚密，他很喜欢。那之后他扔掉了以前用的防秃油，开始使用柠檬水。他嘲笑过的艾莉斯的某些怪念头，到如今变成了他自己的了——怎么回事呢？

楼下的黑人男孩路易斯每天早晨都会给他端来一杯咖啡，让他在床上喝。他经常背靠枕头，做够一个小时才肯下床。他点上一支雪茄，对着阳光投在墙上的图案陷入了沉思，食指在长而歪的脚趾头间游走着——他在回忆往事。

从中午起到第二天清晨五点，他就在楼下工作。星期天一整天生意在亏损。多数时间里生意惨淡。但每到吃饭的点，这里就会坐满人，他每天守在收银台后面，能看见上百张熟悉的面孔。

"你老是站着，想什么事儿呢？"杰克·布朗特问他，"你就像德国的犹太人。"

"我有八分之一的犹太血统，"比夫说，"我母亲的祖父是阿姆斯特丹的犹太人。我其他的亲戚都是苏格兰人和爱尔兰人混合的后裔。"

星期天的早晨，顾客懒洋洋地坐在桌旁，房间里弥漫着烟味和报纸翻动的哗哗声。一些男人坐在角落的隔间里掷骰子，但并不很吵。

"辛格去哪了？"比夫问，"早晨你打算找他吗？"

布朗特的脸色一沉。他的头向前探了探。他们吵架了吗？——哑巴怎么会吵架？不，以前发生过这样的事。布朗特有时在这里待上一会儿，他的举止好像在和自己争论着什么。但不久他就会离开，他总是这样——他们两人会一起进来，布朗特说着话。

"你这日子过得不错呀。站在收银台后面，两手摊开，什么事儿都没有。"

比夫没在乎他说的话。他用胳膊肘支着身子，眼睛眯成一道缝。"我们好好谈谈吧。你到底想要什么？"

布朗特将手砸向柜台。他的手胖乎乎的，温暖而粗糙。

"啤酒。再来一小袋花生酱夹心奶酪饼干。"

"我不是这个意思，"比夫说，"不过我们回头再说吧。"

这是个谜一般的男人。他总在变。他喝酒很厉害，但不像像其他男人那样被酒精摧垮身体。他的眼圈红红的，他有一个紧张的习惯：惊讶地扭头向后看。他的脑袋在细长的脖子上巨大而沉重。他是那种被小孩子取笑，连狗都会追着咬的人。每当人们取笑他，他就感觉像是伤口上被撒了烟——像个小丑一样，声调变得粗鲁和高亢。而且他时刻都怀疑别人在笑他。

比夫慎重地摇了摇头。"嗨，"他说，"你为什么总是待在那个游乐场？你本可以找更好的一份工作，我可以安排你在这里兼职。"

"神圣的基督！你就是把这个破地方整个儿给我，我也不想守在那个收银箱后面。"

他总是这样，令人不高兴。他没有一个朋友，也没法和别人相处。

"你可别乱说，"比夫说，"严肃点。"

有顾客交了张支票，比夫找给他零钱。这里依旧很安静，布朗特却骚动不安。比夫感觉到他要走，便想留住他。他从柜台架子上取下两支 AI 雪茄，给布朗特递上一支。他小心翼翼地抛出了一个又一个问题，最终问道：

"假如你能自由选择自己生活的年代，你会选哪一个？"

布朗特伸出大而湿润的舌头，舔了舔胡子。"做一个呆板的人和永不发问的人，两者之间你会选哪个？"

"问题很明白啊，"比夫坚持说，"你好好想想。"

他把脑袋歪向一边，目光穿过鼻子向下看去。他喜欢听人们聊这个话题。他选的时代是古希腊，那样人们可以脚穿凉鞋漫步在蓝色的爱琴海边，宽松的袍子环绕在腰间。还有那些孩子，那些大理石浴室和神庙里的冥思苦想。

"应该会选择和印加人在一起。秘鲁。"

比夫盯着着他，那目光简直是要剥光他的衣服。他看见布朗特被太阳晒成了深深的红褐色，脸上光滑无毛，前臂上戴着一只黄金和宝石制成的手镯。他闭着眼睛，幻想眼前的男人是一位英俊的印加人。当他睁开眼时，画面消失了，那是因为和他的脸不相匹配的紧张的胡须，以及他颤抖着肩膀的姿势，脖子上的喉结，还有口袋一样的裤子——不仅因为这些。

"也许会选择在一七七五年左右吧。"

"那是一个美好的年代。"比夫表示认同。

布朗特蹭着脚，显得很不自在。他阴沉着脸，好像很不高兴。他要走了。比夫敏捷地留住他。"你告诉我，你究竟为什么来这个镇上？"随后他认识到这个问题有些欠缺考虑，对自己感到失望。可这个男人到底是怎么来到这个镇上的呢，这确实很奇怪。

"这是连我自己都不知道的上帝的真理。"

他们倚在柜台上，静静地站了一会儿。角落的骰子游戏已经结束了。第一份晚餐是特价菜长岛鸭，送到了 A&P 店经理的桌上。收音机此刻调到了教堂布道和摇摆乐的频道之间。

布朗特突然凑近了比夫，对着他的脸闻起来。

"你喷了香水？"

"是剃须液。"比夫镇定地说。

布朗特要走了。比夫再也留不住他。再过些时候，他总是会和辛格一道出现。他想引布朗特说出一切，这样他就能明白自己心中的疑问，但布朗特好像从来没有说过什么真实有意义的事情——除了对哑巴——这是最令人感到奇怪的地方。

"谢谢你的雪茄，"布朗特说，"再见。"

"再见。"

比夫看着布朗特迈着水手步，摇摇晃晃走出大门。紧接着，他也开始了自己的工作。他检查了橱窗里的展览品。玻璃窗上贴了一整天的菜单，摆好附有花色配菜的特价晚餐，招徕着顾客，不过那看上去真够脏的，鸭子上的卤汁流进酸果调味汁里，一只苍蝇正叮在甜点上。

"嗨，路易斯！"他叫嚷着，"把这东西拿走。把那个红瓷碗和那些水果拿来。"

他按照色彩和图案重新摆放了水果，直至使自己感到满意。他去厨房和厨师谈了谈，揭开罐子的盖，闻了闻罐子里的食物，他对这些其实没什么兴趣。以前艾莉斯总是如此，他却不喜欢这么做。每当看到洗碗槽底下泛着一层油腻肮脏的剩饭菜的残渣，他的嗅觉就变得更灵敏。他写好第二天的菜单和订餐后，高高兴兴地离开了厨房，重新站到收银台后。

露茜娅和贝贝来吃礼拜日午餐。这孩子不像以前那么漂亮了，头上的绷带还没拆掉，医生说要等到下个月，纱布盖住了原来的黄鬈发，使她的脑袋看上去光秃秃的。

"向比夫姨父问好，宝贝。"露茜娅提醒孩子。

贝贝显得很烦躁，昂起脑袋，不以为然。"向比夫姨父问好。"她生气了。

露茜娅想替孩子脱掉礼拜日外套，贝贝开始闹了。"听话点，"露茜娅不停地说，"赶紧脱下来，要不一会出门后你该得肺炎了。你给我听话。"

还是比夫控制了局面。他付出一只软糖球的代价，成功把她的外套从肩膀上脱了下来。在和大人搏斗的过程中，贝贝的裙子已经不成样子了。比夫整理着贝贝的衣服，使过肩在胸部对齐。他重新为她系好腰带，用手指将蝴蝶结捏成完美的形状，随后他拍了拍贝贝娇小的后背。"今天我们这里有草莓冰淇淋。"他说。

"巴托罗谬，你会是很好的母亲。"

"谢谢，"比夫说，"这是表扬我。"

"我们刚才去了主日学校和教堂。贝贝，给比夫姨父念念刚学的《圣经》上的句子。"

这孩子畏缩不前，噘着嘴。"耶稣哭了。"她终于开口道。这几个词里带着嘲弄的语气，使它听起来挺可怕。

"想去找路易斯吗?"比夫问，"他就在后面的厨房。"

"我想找威利。我想听威利吹口琴。"

"嗨，贝贝，你总要和自己较劲，"露茜娅不耐烦地说，"你明明知道威利不在。威利被关进监狱了。"

"路易斯怎么样，"比夫说，"他也会吹口琴。他会给你准备好冰淇淋，再给你吹首曲子。"

贝贝拖着一只脚向厨房走去，露茜娅把帽子放在柜台上。她的眼睛里流出泪水。"你记得吧，我常常说:如果小孩总是被收拾得干净漂亮，被照顾得很好，就会很可爱，很聪明。如果孩子总是又脏又臭，你就不能指望太多了。我想说的是，贝贝对自己没了头发，对自己头上的绷带，感到很羞耻，这就让她啥也不想做了。她不练习说话的措词——她啥也不干了。她感觉糟透了，我简直管不了她。"

"如果你以后可以不这么对她大呼小叫，我想她就会正常起来。"

比夫把她们安顿在靠窗的一个隔间里。露茜娅面前摆的是特价菜，贝贝面前的则是切得很细的鸡胸脯、小麦糊和胡萝卜。她玩着自己的食物，把牛奶溅到了童衣上。他一直陪她们坐着，直到客人越来越多，他不得不走来走去，招呼着应付起来。

大家都在吃东西。人人大张着嘴巴，将食物塞进去。生活是什么呢? 前不久他刚读到过这么一句话:"生活只不过是吸收、补给和再生产的过程。"这里很拥挤。收音机此时放着摇摆乐。

终于，比夫等待的两个人来了。辛格身着整洁的礼拜日西装，率先进来，看起来优雅大方，布朗特紧随其后。他们走路的样子让他感觉有些异样。他们坐在桌子边，布朗特边说话，边津津有味地吃东西，辛格却礼貌地看着他吃。吃完饭后，他们在收银台前停了几分钟。他们出门时，他再次注意到：为什么每次看到他们走在一起，他就会不自觉地自问呢？这究竟是什么原因呢？忽然之间，记忆深处埋藏的东西涌了出来，他大吃一惊。那个聋哑的胖痴呆儿，就是以前有时候会和辛格一起走在上班路上的那个人，帮查尔斯·帕克做糖果的邋遢的希腊人，他们在一起时，希腊人总走在前面，辛格跟在他后面。以前他们从不来这里，因此很少引起他的注意。但为什么他之前没有想到呢？他所有心思都在哑巴身上，因此遗漏了这一点。他看见了全局，却漏了细节，但这重要吗？

比夫眯起眼睛。对他来说，辛格的过去并不重要，重要的是布朗特和米克尊他为"自产"的上帝的方式，因为他是一个哑巴，他们能把希望他具有的品质都强加在他身上——是的！但为什么会发生这种奇怪的事呢？为什么？

店里进来一个独臂人，比夫请他喝了一杯威士忌。可他不愿意和任何人聊天，因为礼拜日午餐是家庭聚会，因此那些平时晚上独自饮酒的男人，星期天都带着妻子和孩子来了。店里的高脚椅老是不够用。现在已经两点半了，桌边坐满了人，午饭也差不多快结束了。比夫已经站了四个小时，累了。以前他站上十四甚至十六个小时都不觉得累，看来如今还是老了，这在很大程度上是无须怀疑的事情。也许"成熟"这个词会更恰当，而非变老——当然是这样，他还没老呢。嘈杂的人声在他耳边涨起来又落下去——对，是成熟。他的眼睛有了刺痛感，内心的过度兴奋使得他周遭的一切都看起来那么明亮刺眼。

他对一个女服务员喊道："来顶替我一下，我得出去一趟。"

星期天的街头空荡荡的。太阳格外耀眼，却冷冷清清的，没有热度。比夫将衣领收紧。一个人站在街道上，他感到有些不合时宜。一阵冷风从河边吹来，他觉得自己应该回到店里去，没有任何理由去他想去的地方。以往四周，他总是如此，他在有可能看见米克的街区散步，可这件事总的来说是有些不对劲的地方，是的，不对劲。

他沿着她家对面的人行道慢慢散步。之前的星期天，她在前面的台阶上坐着读连环画。今天他迅速地向那所房子扫了一眼，没能发现她。比夫将毡帽边向下拉了一下，以遮住自己的眼睛。没准过一会她就会出现。她常常在星期天的晚饭后到咖啡馆喝上一杯热可可，然后在辛格的桌边停留一小会儿。她星期天的装扮和平时不太一样，平日里她穿的是蓝裙子和毛衣，礼拜日的服装则是酒红色的绸裙，配有黑色的蕾丝衣领。有一次她穿了有些脱丝的长袜。他总想给她准备点什么东西，不只是圣代或甜点——而是真正意义上的东西——这就是他自己要的——给她什么。比夫感觉嘴有些发麻。尽管没做错什么，可自己内心还是有一种罪恶感。怎么会这样？所有男人心中的罪恶感都是无法说清楚、道明白的。

回家的路上，比夫隐隐约约在街沟的垃圾里发现了一枚分币。他敏捷地捡起来，用手帕擦了擦，装进随身带着的黑钱包里。等回到店里，已经四点钟了。店里没什么生意，所有顾客全都走了。

五点时分，又有了生意。他近期雇的一个做兼职的男孩，早早地来了，他叫哈里·米诺维兹，和米克及贝贝住在同一个街区。回复报纸上广告的应聘人足有十一个，但哈里看起来是最靠谱的那个。他有着和年纪不相匹配的成熟，并且很整洁。比夫在面试他的时候，注意过他的牙齿。牙齿是一个人最好的标志。他的牙齿大而洁净。哈里戴着眼镜，但这并不妨碍他的工作。他是家里的独生子，母亲在街上的一家裁缝店打工，每周挣十块钱。

"嗯，"比夫说，"哈里，你在这里也有一周的时间了。你喜欢这份工作吗？"

"当然了，先生。我当然喜欢。"

比夫转动着手上的戒指。"我想一下。你放学时在几点？"

"三点，先生。"

"好的，有几个小时供你娱乐和学习。这里干活是从六点到十点。你能睡得够吗"

"够了，我睡不了多久。"

"孩子，你这个年纪得保证九个小时的睡眠，那样有益于你的健康。"

他突然感觉有些不好意思。也许哈里觉得这和他并无相干，这怎么也算不上他的事。他把脸转过一边，想起了另外的事。

"你上的是职业学校？"

哈里点了点头，用袖口擦了擦眼镜。

"我想一下。那个学校有不少我认识的男孩女孩。我认识埃尔瓦·理查德的父亲。还有麦琪·亨利，还米克·凯利——"他感到耳朵发烫。他突然觉得自己傻，想转身离开，但却依旧微笑着站在那里，用大拇指按着自己的鼻子。"你认识她吗?"他有些胆怯地问道。

"当然，我们是邻居。我上三年级，她还是新生。"

比夫将仅有的这一丝信息牢记心中，以便独自一人时再仔细回想。"现在客人不多"他匆忙说道，"我把餐馆交给你。你现在知道该怎么做。留意着点客人喝酒，记住他们喝了多少，这样你不必问他们或依赖于他们自己报的数。找零时注意点，看着点周围的情况。"

比夫把自己关在楼下的房间里，那是他存放文件的地方。房间只有一个小窗户，窗外是一条小路。冷空气散发着霉味，厚厚的一叠叠报纸堆到了天花板上，自制的文件柜遮住了一面墙。靠近门的地方摆着一把老式摇椅，一张小桌子，桌子上放着一把剪刀，一本字典和一个曼陀林。房间里面堆满了报纸，因此无论朝哪边走都迈不出两步。比夫坐在摇椅里，懒洋洋地拨弄着曼陀林的琴弦。他闭上眼睛，放声悲歌:

> 我去了动物园。
>
> 那里有鸟和野兽，
>
> 月光下一只老狒狒
>
> 正在梳金棕色的毛。

他以弦乐部的和声结束，尾音在冷空气中颤抖着，直至结束。

收养几个三四岁的小孩——一个男孩，一个女孩，这样他们就会感觉他是真正的父亲。小女孩最好像米克小时候（或者贝贝），圆脸颊，灰眼珠，亚麻色的头发。他想为她做这样的衣服——粉红的双绉童衣，过肩和袖口上织有精致的刺绣，为她做短丝袜和白色的鹿皮鞋。冬天时，为她做一件小小的红天鹅绒外套、帽子和皮手笼。小男孩最好黑皮肤，黑头发，跟在他身后模仿他的动作。夏天，他带着他们去海湾边的小房子，给他们穿上防晒服，小心地带着他们去浅滩中玩耍。等他老了，他们会像鲜花一样开得正好。他们会问他很多问题，他会一一作答。

为什么不呢?

比夫捡起曼陀林。"塔姆——踢——踢姆——踢——踢，踢——踢，彩妆洋娃娃的婚——礼。"曼陀林模拟着迭句，他从头到尾把歌词唱了一遍，一边用脚打拍子。然后他弹了"凯——凯——凯——凯蒂"和《爱的甜蜜旧曲》。这些曲子就像"佛罗里达"花露水一样，勾起了他的回忆，勾起了他回忆中的每一件事。第一年他很幸福，她好像也很幸福。后来三个月内床塌了两次，他们也随着掉在地上。他不知道的是，她的脑子里总在想着如何攒下五分或一角钱。他和芮欧或其他女孩，在她的床上。基普、玛德琳和罗。再后来突然没有了。他不能和任何女人躺在一起。圣母玛丽亚！因此，从一开始，一切都似乎消失了。

露茜娅能够理解所有的这些事。她明白艾莉斯这样的女人。她应该足够了解她。露茜娅劝他们离婚。她尽最大努力让他们免于纠纷。

比夫疼痛的身体往后缩了一下，将自己的手从曼陀林琴弦上松开，乐声戛然而止。他僵直地坐在椅子上，突然对自己轻轻地笑了一下。他是怎么想起这些的啊？神圣神圣的主！在他二十九岁生日那天，露茜娅叫他看过牙后去她的公寓找她。他期待得到一个小小的纪念品———一盘草莓馅饼或一件漂亮衬衣。她在门口迎接他，还没等他进门就蒙住了他的眼睛。她说她马上就来。在无声的房间里，他倾听她的脚步声，等她到了厨房后，他放了一个屁。他站在房间里，眼睛蒙着放屁，然后他立刻恐慌地意识到房间里还有别人。这时传来一阵窃笑，接着便是鸣雷般的震耳欲聋的笑声。露茜娅回来了，将他眼睛上的蒙眼布松开。她手中端着一个放着焦糖蛋糕的盘子。比夫这才发现房间里全是人，其中有勒瑞奥，当然还有艾莉斯。他恨不得找个地缝钻进去。他就那样站在原地，满脸涨得通红。他们都在寻他的开心，接下来的一个小时，他简直就像母亲去世了那样痛苦。那天晚上，他喝了一夸脱的威士忌，而且随后又连续喝了几周——圣母玛丽亚！

比夫冷笑起来。在曼陀林上拨了几个弦，唱起一曲韵律轻快的牛仔歌。他闭起眼睛唱着圆润的男高音。房间几乎全黑了。空气潮湿而寒冷，他的腿因为风湿而疼痛。

后来，他将曼陀林放好，在黑暗中随着摇椅慢慢地摇动身子。他想到了死亡。有时候他觉得死亡就在这间屋子里，就在他的身边。他不停地摇动着身体。他能明白什么呢？什么也不明白。他能走向哪里去？哪里也去不了。他想要得到什么什么？求知？求什么？一个意义。为什么呢？始终是一个谜。

破碎的画面像散乱的拼板玩具一样躺在他脑海中。艾莉斯在浴室里打着肥皂。墨索里尼的脸。米克推着童车。橱窗里的烤火鸡。布朗特的嘴。辛格的脸。他感觉自己在等待。房间已经彻底黑了。他听见路易斯正在厨房里唱歌。

比夫起身，用力按住摇椅，使它停止摇动。他打开门，外面的大厅温暖明亮。他想起米克也许会来，于是整了整衣服，将头发向后抹平。他的身体重新焕发暖意和活力。餐厅依旧充满喧哗。礼拜日晚餐开始了。他来到收银台后，向哈里微笑，目光像一道套索一样环顾四周。四下很拥挤，喧闹声四起。橱窗里的水果盘看起来很高雅，充满艺术感。他盯着门口，继续用训练有素的目光扫视房间。他警觉而专心地等待着。终于，辛格来了，用银铅笔写下自己想要汤和威士忌，因为他感冒了。但米克没有出现。

9

她手头连五分的零花钱都没有。他们实在太穷了。钱是第一位的。不论什么时候，钱都是最重要的。他们为贝贝·威尔森的单人间，以及私人护理付了老鼻子钱。可这只是其中的一项。别的需要钱的地方接踵而至。他们欠了两百块钱的账，必须得立刻还，因此他们失去了房子，银行也收回了贷款，他们的爸爸从银行只拿回来一百块钱，接着又不得不从银行借了五十元，辛格也在借条上签了担保。后来他们每个月都在为房租发愁，而不是税。他们和工厂的工人们一样穷。只不过没人能看不起他们。

比尔在一家装瓶厂上班，每周能挣十块钱。海泽尔在美容厅当帮手，每周挣八块钱。埃塔在电影院卖票，每周挣五块钱。他们每人得拿出一半的工资作为伙食费。房子共有六个租客，每人承担五块钱的租金。辛格先生总能准时交房租。加上他们的父亲筹到的钱，一个月差不多能有二百块——用这些钱，他们必须养好六个房客和整个家，付房租，以及支付家具的分期付款。

乔治和她快吃不起午饭了。她只好停了音乐课。波西娅将中午的剩饭留好，让她和乔治放学后回家吃。他们总是在厨房里吃饭。比尔、海泽尔或埃塔和房客一起吃还是在厨房吃，取决于有多少食物。厨房里的早餐有粗燕麦粉、黄油、肋肉和咖啡。晚餐也一样，加上餐厅里能剩下的任何食物。每当必须在厨房吃饭时，大孩子们显得很不高兴。她和乔治有时候会忍饥挨饿两三天。

　　这一切都发生在"外屋"，无关于音乐、外国以及她的计划。冬天很冷，窗玻璃上结了冰。晚上起居室的火劈劈啪啪作响，暖烘烘的。全家人和房客们都坐在火边，这样她就能够独自待在中间的卧室里。她穿两件毛衣，裤子是比尔穿小了的灯芯绒裤，内心的兴奋使她感到一些温暖。她从床底拿出一个秘盒，开始坐在地上工作。

　　秘盒里有她在政府开设的免费艺术课上画的画——她把它们从比尔房间里拿出来了。盒子里还有爸爸送给她的三本侦探书，一个装有镜子的小粉盒，一盒手表零件，一条水晶项链，一把锤子以及几个笔记本。一个小本本上面用红蜡笔标着——"私密。请勿入内。私密"——用线拴着。

　　她整个冬天都在这个小本上作曲。晚上不做功课，她有了更多的时间花在音乐上。她写一些很短的旋律，没有歌词，甚至连低音符都没有。确实是很短的旋律。不过尽管曲子很短，她还是给它们命了名，并在下面写上自己名字的缩写。里面的旋律没有一首算得上是真正的音乐作品，只是她随时想起来的乐曲而已。她根据它们带给她的联想为这些旋律命名——"非洲""激战"和"暴风雪"。

　　她不能将脑海中的曲子全部记下来，只能把它们简写成一些音符；否则她就乱了，无法继续进行下去。她对谱曲了解的太少了。不过假使她学会如何快速记下这些简单的旋律，她就能完整地谱出脑子里的乐曲了。

　　她在一月份着手谱写了一首美妙的乐曲，叫《我要什么，我不知道》。歌曲美妙绝伦，曲调柔美优雅。她想写一首与之相配的诗，却找不到合适的主题。写到第三行诗，她想不出与"什么"压韵的词。这首新歌让她激动而悲伤。这种美妙的乐曲是很难谱出来的。任何曲子都难写。她在两分钟内哼出的歌，却需要花费一周的时间才能在笔记本上成形——在她琢磨出音阶、节拍和每个音符之后。

　　她必须努力集中注意力，反反复复地唱。她声音嘶哑，爸爸说是因为她小时候哭得太多了。她还是拉尔夫那么大时，爸爸每天夜里都得起来抱着她走。他总说，只有捅储煤室的气窗和唱《颂南方》才能让她闭嘴。

　　她习惯趴在冰冷的地上思考。她幻想着，等她二十岁时，会成为世界著名的大作曲家。她会拥有一支完整的交响乐队，并亲自指挥所有自己的作品。她将站在舞台上，面对一大群听众。在指挥乐队时，她要穿真正的男式晚礼服或者饰有水晶的红裙子。舞台的幕布是红色的天鹅绒，上面印有 M. K. 的烫金字样。辛格先生也会到场，完事后他们会一起到外面吃炸鸡。他会崇拜她，把她当成最好的朋友。乔治会到舞台上为她献上大花环。她会去纽约或是国外的某个城市。那些名人们也都会议论她——卡罗尔·隆巴德、阿托罗·托斯卡尼尼和艾德米罗·拜尔德。

她可以随时演奏贝多芬的交响乐。她秋天听到的这首曲子有些奇怪，这曲交响乐好像存在于她的身体里，并且不断生长着，原因就在于她将整个交响乐记在了脑海中——不可能不如此——每个音符她都听见过，在她的记忆深处，整个曲子完好地存留着，和刚听到的时候没什么两样。可她就是没办法将其完全哼出来。她能做的只有等待，等待着某些片段涌现出来，等待它们像春天的橡树叶那样，在枝头上慢慢生长。

"里屋"里除了音乐，还有辛格先生。她每天下午在体育馆弹完钢琴，就会沿着主街走到辛格工作的店铺。他工作的地方在店铺的后面，被帘子遮住，从前面的窗户没法看见。但她望着他每天工作的地方，看到了许多他认识的人。每天晚上，她都会在前廊等待着他回家，有时还会跟着他上楼。她坐在床上，看着他将帽子收好，解开领扣，梳头。出于某种原因，他们好像共同守护着一个秘密，又好像互相等待着彼此告诉对方从未说出的话。

他是"里屋"里唯一的人。很久以前还有别人。她回想在他来之前的情形。她想起上六年级时一个叫塞莱斯特的女孩。女孩有一头金色的直发，鼻子挺拔，脸上生有雀斑。她穿一件红色羊毛连衫裤，身上是一件白色的罩衫，走路有点内八字。她每天课间休息时，总会拿出一个橘子吃，午餐装在一个蓝色的锡盒里。其他孩子总是在课间将食物狼吞虎咽掉，不一会儿就又饿了，可塞莱斯特从不这样，她剥掉三明治的硬皮，只吃中间柔软的部分。她总带一枚煮得老到塞了馅的鸡蛋，把它捧在手中，用大拇指压一下蛋黄，上面留下她的指印。

塞莱斯特从没和她说过话，她也没和塞莱斯特说过——尽管她很想说。晚上她躺在床上睡不着，想着塞莱斯特。有时幻想她们是最好的朋友，幻想着两人一起回家、吃晚饭、过夜。但这是从没发生过的事。她对塞莱斯特的感觉使得她无法鼓起勇气和她交朋友，她对她无法像对别人那样。一年后，塞莱斯特由于转学，搬到了小镇的另一个区。

后来又出现了一个叫巴克的男孩。他身体强壮，脸上长着疹子。八点半列队行军时，她站在他旁边，他身上有一股很难闻的气味——仿佛他的裤子该好好晾一下了。巴克有一次用头撞了校长，被勒令退学。他笑起来的时候，上嘴唇抬起，全身颤抖。她对他的感觉就像对塞莱斯特那样。后来又是一个为感恩节抽彩会卖票的女人。还有七年级的老师爱格琳小姐。还有电影中的卡罗尔·隆巴德——所有这些人。

辛格先生是独特的。她对他的感觉是慢慢产生的，可她想不起来这种感觉是如何产生的。辛格先生不像常人那样平庸。第一次见他时，他按响门铃询问房间，她盯着他看了很久。她打开门，看了他递给她的卡片，然后她去叫妈妈。她走进后面的厨房，告诉波西娅和巴伯尔他的事。她跟着他和妈妈上了楼，看他把垫子放到床上，看他卷起窗帘，检查它是不是坏的。他搬来的那天，她坐在前廊的扶手上，看他从一角钱出租车里走出来，拎着手提箱和棋盘。后来她听他重重地在屋里走来走去，她想象他，渐渐产生了其他的感觉，直到现在，他们之间有了这种秘密的情感。她对他说过的话，要比过去对任何人说的都多。要是他也能开口说话，估计也有很多话对她讲。他像一位伟大的老师，只不过他是哑巴，无法上课而已。晚上睡觉时，她幻想着自己是个孤儿，和辛格先生生活在一起，当然，只有他们两个人，住在国外的一所房子里，那里的冬天会下雪。也许是瑞士的一个小镇，四周被高大的冰川和山脉包围，所有的屋顶上面都是岩石，怪石嶙峋。也可能是在法国，人们从商店里买了面包——没有来得及包好就带回家。也可能是在灰色的冰洋边的挪威。

早上醒来，她第一个想到的就是他。还有音乐。穿衣服时，她就开始想新的一天会在哪里碰到他。她喷了埃塔的香水或一滴香草精，要是他们在大厅遇见，她身上闻起来就会香喷喷的。为了能看到他下楼去上班，她故意很晚才上学。要是下午和晚上他在，她从不离开家。

对于她来说，新了解到的每一件关于他的事都是重要的。他将牙刷和牙膏放在桌上的玻璃杯里。原来她把牙刷放在卫生间的架子上，现在她也把牙刷放在玻璃杯里了。他不喜欢卷心菜，那是为布瑞农先生打工的哈里告诉她的。如今她也不吃卷心菜了。了解到一些新东西时，或者当她对他说话，他用银铅笔写了几个词时，她会走到一边，一个人长久地琢磨。和他在一起时，她主要的念头是记住正在发生的一切，以便重新回味，并永远铭记在心。

然而，"里屋"里的音乐和辛格先生并不代表一切，"外屋"也发生着很多很多的事。比如，她曾从楼梯上摔下来，并将一个门牙摔破。米娜小姐的英语课给了她两次很低的分。她在一片空地上竟然丢了二角五分钱，后来和乔治找了三天还是没找到。

发生了这样一件事：

有一天下午，她正在后面的台阶上复习英语备考，哈里在篱笆的另一边砍柴，她于是向他叫喊。他过来后，用图解法和她讲了几个句子。哈里的眼珠在牛角框眼镜后面转得很快。在对她讲解了英语后，哈里站起身，手不停地在短夹克衫口袋里进进出出。他总是那么活力四射，简直有点神经质，好像无时不刻得说点什么，或是做点什么。

"世界上只有两件事。"他说。

他总是说一些令人惊讶的话，有时她不知如何回答他。

"这是真理，现在我们眼前只有两件事。"

"什么事？"

"好战的民主党或法西斯主义。"

"你不喜欢共和党吗？"

"呸，"哈里说，"我说的不是这个意思。"

这天下午，他为她详细地解释了什么是法西斯分子。他讲到纳粹如何逼迫犹太小男孩趴在地上啃草，并透露给她自己暗杀希特勒的计划。他为此做了一个周密的计划。他说在法西斯主义里没有任何正义和自由可言。他说报纸上都是蓄意的谎言，人们根本无法得知世界上正在发生的事情。人人知道纳粹很可怕。他们一起研究如何杀死希特勒，要是有四五个人合力就好了，一旦有人倒下，其他人也会将希特勒杀死，即便所有人都死了，也都会成为英雄。做一名英雄和做一名伟大的音乐家本质上是一样的。

"非此即彼。哪怕我不相信战争，我也愿意为了自己的理想而战。"

"我也是，"她说，"我也愿意和法西斯主义作战。我可以打扮成男孩子的样子，剪短头发之类的，没人能认出我来。"

那是一个冬天的明亮的下午。湛蓝的天空下，后院的橡树枝愈发显得黑黢黢、光秃秃的。太阳明媚而温暖，这种情形下，她觉得浑身充满了力量。她的脑海中涌现出一些旋律。为了让自己有点儿事干，她捡起一枚钉子，将它重重地敲进台阶里。爸爸听到锤子的声音，穿着浴袍跑出来，站了一会儿。树下有两支锯木架，小拉尔夫忙着来来回回地把石头放在一个架子上，又挪到另一个架子上。他张开双手，使身体保持平衡。他弓着腿，尿布拖到了膝盖。乔治正在打弹子。他该理发了，脸显得又瘦又长。他的嘴里已经长出了一些小小的恒齿，看起来又小又蓝，就像刚吃过黑莓一样。他趴在地上，为弹子画了一条基线，接着向第一个洞瞄准。爸爸抱着拉尔夫回到了自己的工作台边。过了一会儿，乔治一个人跑进那条小路。自从他射中贝贝后，他就再不和任何人一起玩了。

"我得走了，"哈里说，"六点前我还得工作。"

"你在咖啡馆干得怎么样？有没有免费吃的好东西？"

"当然。那里各式各样的人都有。这份工作比我以前干过的都好。薪水多。"

"我恨布瑞农先生。"米克说。即便他从没对她说过难听的话，但他说话的方式总是那么粗鲁可笑。他肯定早就知道她和乔治偷过一盒口香糖。为什么他会问她的生意怎么样——上次他在楼上辛格的房间这样问过她。可能他认为他们经常偷东西——可并没有——当然没有。他们只在一角钱店偷过一小套水彩，还有一把价值五分钱的铅笔刀。

"我受不了布瑞农先生。"

"他人不错，"哈里说，"有时候看起来有些奇怪，当你真正了解他的时候，你会发现其实他人不坏。"

"我老想这么一件事，"米克说，"男孩在某些方面比女孩有优势。我是说男孩可以找到不需要退学就可以兼职的工作，还能有时间做别的。女孩就不行，要是想工作，女孩必须得退学，做全职工作。我也想像你一样找一份工作，每周挣几块钱，可是这根本无法实现。"

哈里坐在台阶上，松开鞋带。他拽断了一根鞋带。"咖啡馆有一个客人叫布朗特先生，杰克·布朗特。我喜欢听他说话。他喝啤酒时说的话让我受益匪浅。他给了我一些新思想。"

"我和他很熟。他每周都来我家。"

哈里松开鞋带，把断了的鞋带拽成一样长，重新打了个结。"听着，"他在短夹克上紧张地擦了擦眼镜，"你不必对他说起我刚才的话。我是说他应该想不起我。他不和我说话。他只对辛格先生说话。他会觉得可笑，如果你——你知道我的意思。"

"好。"她明白他的言外之意，他被布朗特先生迷住了，她知道他的感觉。"我不会说。"

夜色降临了。皎洁的月亮挂在蓝天之上，空气冷冷清清。她能听见拉尔夫、乔治和波西娅在厨房里。炉火将厨房的窗子染成一片橘黄的暖色。厨房里传来烟混合着晚餐的气味。

"你知道，有件事我从没告诉过任何人，"他说，"我自己都不愿意面对它。"

"什么事？"

"你记得你第一次看报纸和思考文章时的情形吗？"

"当然记得。"

"我过去是一个法西斯分子。我以前认为我算是。是这样的。你知道那些图片，在欧洲像我们这个年龄的人行军时，唱歌、步调保持一致。我以前觉得这很了不起，所有人互相宣誓忠诚，服从同一个领导，大家都有同样的理想，步调一致地行军。我没怎么想过那些发生在犹太人身上的事，因为我不愿意去想。因为那时我不愿意像犹太人那样想。你看，我不知道。我只是看到照片，读了照片下面的话，我理解不了。我从不知道那有多可怕！我自认为是一名法西斯分子。当然，后来我发现并不是那样。"

他批评起自己时，声音显得很痛苦，嗓音不断地从男人变成男孩。

"嗯，你那时候只是没有意识到——"她说。

"那是一种可怕的犯罪行为，属于道德过失。"

这就是他对待事物的方式。所有的事物，非黑即白，没有中间选项。二十岁以下的年轻人不能不能饮酒，不能抽烟。考试作弊是严重的罪责，抄作业却不是。女孩涂口红或穿露背装也属于道德错误。购买带有德国或日本商标的商品就犯了重罪，哪怕它只价值五分钱。

她回忆起哈里小时候。有一次，他的眼睛对起来了，而且对眼对了一年。他坐在前面的台阶上，双手放在膝盖中间，观察一切，非常安静，目光斜视。在语法学校他跳了两级，十一岁时就准备上职业学校了。但在职业学校时，他们读到《艾凡赫》里的犹太人时，其他的孩子都转过去看他。他哭着跑回家，他母亲让他退学了。停了整整一年学后，他长高了，变得很胖。每次她爬上篱笆，都会看见他在厨房给自己弄东西吃。他们两人都在街区玩耍，有时他们摔跤。她小时候喜欢和男孩打架，虽然是真正的打架，看起来却像是玩游戏。她使用柔道和拳击的混和术。有时他把她打倒在地，有时是她。哈里对任何人都不会很粗鲁。小孩子弄坏玩具后会来找他修理，他总是表现的很耐心。他会修所有的东西。街区的女士们请他修坏了的电灯或缝纫机。十三岁那年，他回到职业学校，开始努力学习。他送报纸，每周六工作，阅读。她有很长一段时间不怎么看见他——直到那次她举行的派对之后。他有了很大的变化。

"就像这样，"哈里说，"以前我总是有很大的野心，梦想成为一名伟大的工程师、伟大的医生或律师，可现在我不这么想了。我关心世界上正在发生的事。法西斯主义和发生在欧洲的恐怖的事情——另一方面是民主党。我无法把精力花在我理想的生活上，因为我心里装着很多别的事情。我每天晚上都在做梦想要杀掉希特勒。每次夜里醒来，我总是口干舌燥，不知道害怕什么。"

她看着哈里的脸，哈里脸上那种严肃的神情让她感到悲伤。他的头发紧贴着额头。他的上唇又薄又紧，但下唇却是厚的，颤抖着。哈里看上去不到十五岁。冷风伴随黑暗而来。风在街区的橡树丛里放声歌唱，将百叶窗掀到墙面。马路另一头，威尔斯太太正在叫撒克回家。天色已晚，这加重了她内心深处的悲哀。我梦想拥有一架钢琴——我想上音乐课，她对自己说。她看着哈里，他把细指头绞成各种形状。他身上散发着男孩子独有的温暖的气息。

是什么让她突然有了那样的举动？也许是因为对孩童时代的回忆。也许是因为悲伤让她感觉异样。总之她突然猛地推了一下哈里，几乎将他撞下台阶。"你奶奶是婊子养的。"她对他大叫一声，然后跑开了。这是街区孩子们想挑起战争时常常说的脏话。哈里站直身子，对刚才发生的事感到十分惊讶。他扶了扶鼻子上的眼镜，看了她一下，随后跑到后面的小路上去了。

在冷空气的刺激下，她变得像力士参孙一样强壮了。她笑的时候产生了短促的回音。她用肩膀撞哈里，他捉住了她，他们欢笑着扭打在一起。她个子比他高，但他的双手更有力。他打得不够卖力，被她撂翻在地。突然，他安静下来，她也停止了动弹。他的呼吸温热地停留在她的脖子上，他静静的。坐在他身上，她感觉到他的肋骨抵着自己的膝盖，他的呼吸很重。他们同时站了起来，不再笑了。小路变得异常安静。他们穿过黑暗的后院，不知为什么她觉得好笑。可并没有什么可笑的，但突然间就这样了。她轻轻地推了他一下，他也回敬了一下。她又笑了，一切感觉又正常了。

"再见。"哈里说。自从长大后，他就不再去爬篱笆了，因此他跑过旁边的小路，来到自家的门口。

"天哪，太热了！"她说，"我快要闷死了。"

波西娅正在炉子上热她的晚饭。拉尔夫在他的高脚椅托盘上敲着勺子。乔治的小脏手上拿着一片面包，在粗燕麦粥里一搅一搅的，他的眼睛斜视过来，带着一种遥远的神情。她拿了些鸡胸肉、卤汁、粗燕麦粥和葡萄干，混在一起放到碟子上，随后大口大口地吃起来，直到把粗燕麦粥全吃完，她仍旧觉得还没吃饱。

她整天都想着辛格先生，晚饭一吃完，她就跑上了楼。走到三楼时，她看见辛格先生的门开着，屋子里一片漆黑，这让她感到空虚。

她在楼下没法静下心来复习英语考试。仿佛自己太强壮了，没法和别人一样安坐在椅子上；好像自己可以撞倒房子所有的墙，然后像巨人那样大踏步地走过大街。

后来，她从床底下找出她的秘盒，趴在地上，翻看起自己的笔记本。小本上将近有二十首歌了，但她并不满意——除非能写出一首交响乐！为一个乐队而写——可怎么写呢？有时几个乐器奏的是同一个音符，所以这谱子得弄得很大才行，她在一张大试卷纸上画了五条线——每条线之间间隔一英寸，她在音符下写上乐器的名字，小提琴、大提琴或笛子等。如果它们的音符相同，她就在这些乐器外面画一个圈。她在纸上用大字写着：交响乐，大字下面再写上大写字母"米克·凯利"。可她终究无法继续下去。

要是她能上音乐课就好了！

要是她能拥有一架真正的钢琴就好了！

过了很久，她才开始工作。旋律出现在脑海中，可她不知道如何能将它们记下来——这简直是世界上最难的把戏。她一直在想，直到埃塔和海泽尔进屋上床。她们说，已经十一点了，关灯。

10

波西娅等威廉姆的来信，足足等了六个星期了。她每晚都去找考普兰德医生，并问同样的问题："你们谁收到过威利的信吗？"他每晚都不得不告诉她，他没有任何关于威利的消息。

再往后，她不再问这个问题，只是看着他不说话。她开始喝酒。她的罩衫半扣不扣的，鞋带也松松垮垮的。

到了二月，天气渐暖，再后来就热起来，太阳炫目地照耀大地。鸟儿在光秃秃的树上歌唱，孩子们光着脚和膀子在室外嬉戏玩闹。夜晚热得好似盛夏。再过了一些日子，冬天来临了，天空由温和变得阴沉。天降寒雨，空气变得阴冷。小镇上的黑人们受尽了折磨，燃料已经用光了，每个人都在为取暖而挣扎。流行性肺炎在潮湿狭窄的街上蔓延开来，考普兰德医生已经有一个星期没睡好觉了。还是没有威廉姆的消息。波西娅写过四封信，考普兰德医生也写过两次。

每天的大多数时间，他没有时间多想其他，偶尔可以找个机会在家里休息一会儿。他通常会在火炉边喝一壶咖啡，一种极度的恐慌占据了他的身体。他的五个病人死了，其中之一就是奥古斯特斯·班尼迪克特·马迪·路易斯——那个聋哑小孩。他被邀请去这孩子的葬礼发言，但他的规矩是从不参加葬礼，所以他没有接受邀请。五个病人的死亡并不是因为他的疏忽，而是因为长年的物质匮乏——玉米面包、腌猪肉和糖汁，几个人挤在一个屋子里生活——他们全都死于贫困。他一面脑子里想着这些事，一面喝着咖啡提神。他经常用手拖起下巴，最近太过疲劳，脖子上轻微的神经震颤就会使他不规则地点头。

二月的最后一周，波西娅来了。那时刚刚清晨六点，他正坐在厨房的炉火边，热一锅牛奶作早餐。她喝得很醉。他闻见杜松子酒刺鼻的甜味，因为恶心，鼻孔也因此张大。他不看她，忙着准备自己的早餐。他把面包弄弯放进碗里，在上面倒入热牛奶。随后准备咖啡，摆好饭桌。

他面对着早餐坐下，严厉地望向波西娅。"你吃早餐了没?"

"我吃不下去。"她说。

"早餐得吃——要是你今天还准备上班的话。"

"我不上班。"

他感到一阵恐惧，便不再想问她什么了。他盯着牛奶碗，用勺子舀奶喝，那只拿着勺子的手不停地发抖。吃完饭，他看着她头顶的墙。

"你哑巴了?"

"我会告诉你的。你会听到的。等我能说出来时，我就告诉你。"

波西娅一动不动地坐在椅子里，眼珠缓慢地从一个墙角移到另一个，双臂无力地下垂，双腿松弛地绞在一起。视线避开她时，他突然感到一种危险的轻松和自由感，他知道这种感觉很快就会被震碎，所以此刻这种感觉更加强烈了。他拨弄了一下炉火，方便自己暖手，随后卷了一支烟。厨房很整洁，一尘不染。墙上带着长柄的平底锅在炉火的照耀下发出亮光，每一个平底锅后都有一个圆圆的阴影。

"是威利。"

"我知道。"他在手掌间小心地搓着烟卷，心不在焉地环顾四周，目光中满是对刚才早餐的眷恋。

"我对你说过巴斯特·约翰逊，他和威利一起坐牢，我们以前认识他的。他昨天被送回家了。"

"是吗?"

"巴斯特终生残疾了。"

他的头在抖动。他用手压住下巴来平衡自己，但这种颤抖根本由不得他，很难控制。

"昨天晚上，有朋友来我家，告诉我巴斯特回家了，要和我说威利的事。我一路跑过去，他这样说。"

"嗯。"

"他们有三个人——威利、巴斯特和另一个男孩，他们是朋友。然后就出事了。"波西娅停顿了一下，她用舌头舔湿手指，又用手指润了润干燥的嘴唇，"和那个白人看守老欺负他们有关。一天他们在公路劳动时，巴斯特粗鲁地顶嘴，然后另一个男孩试图跑进树林里，他们带走了他们三个，把他们三个全带到营地，又把他们关进冰窟。"

他又说了一遍"嗯"。但他的头抖动，这个字听起来像喉咙里发出的哮喘声。

"大约六星期以前，"波西娅说，"你记得那段时间的寒潮吧。他们把威利和男孩们关进冰窟一样的屋子。"

波西娅的声音低沉，词与词之间没有停顿，脸上的悲痛也没有丝毫的减弱，它就像一首低沉的歌。她说话，他听不懂。到达他耳朵里的声音很清晰，却没有形状和意义，仿佛他的脑袋是船头，声音是敲打在上面的水花，又流走了。他感到要向后看，为了找到已经被说出的话。

"……他们的脚肿得老高，他们躺在那儿，在地上滚，大喊大叫，没有人来。他们喊了三天三夜，没有人来。"

"我聋了，"考普兰德医生说，"我听不明白。"

"他们把我们家威利和其他男孩扔进冰窟。天花板上垂下一根绳子。他们脱了鞋，把光脚绑在绳子上。威利和男孩们躺在地上，脚在空中。他们的脚肿得老高，在地上滚，大喊大叫。屋子里冰冷，他们的脚冻成了冰。他们的脚肿得老高，喊了三夜三天，没有人来。"

考普兰德医生用手抵住头，但他的头仍旧在不停地颤抖，无法停下来。"我听不见你的话。"

"他们终于来接男孩们。他们立即把威利和其他男孩们送到病房，孩子们的腿被冻肿了，冻成了冰，得了坏疽。他们锯掉了我们家威利的双脚。巴斯特·约翰逊失去了一只脚，另一个男孩没什么事，但我们家威利——终生残废了——两只脚都被锯掉了。"

波西娅说完后，凑过身子，拿头撞桌面。她没有哭，也没有悲叹，只是一次次地将头向桌面撞去。碗和勺子叮当作响，他把它们拿到洗碗池。她说出的话在他脑子里支离破碎，但他不想拼凑它们。他烫了烫碗勺，将碗布洗干净，又从地板上捡起什么东西，然后放在别处。

"残废？"他问，"威廉姆？"

波西娅用头撞向桌面，撞击的节奏如同慢鼓点，他的心跳也跟着变成了同样的节奏。刚刚那些话在他脑中渐渐复活，有了意义，他明白过来了。

"他们什么时候送他回家呢？"

波西娅的脑袋垂在胳膊上。"巴斯特不知道。他们很快就把他们分送到三个地方。巴斯特被送到另一个营地。从那会儿算起，威利还得待上几个月，他想威利可能也快回家了。"

他们喝着咖啡，坐了很久，互相凝视着对方的眼睛。咖啡杯在和他的牙齿打架。她把咖啡倒入浅碟，有一部分咖啡溅了出来，流到了大腿上。

"威廉姆——"考普兰德医生说。他念出这个名字的时候，牙齿狠狠地咬着舌头，下巴费劲地活动着。他们就这样坐了很久，波西娅握着他的手，清晨微弱的光芒将窗户染成白色，外面还在下雨。

"我得走了，我还得上班。"波西娅说。

他跟着她走过大厅，在衣帽架旁站定，穿上外套和围巾。门一打开，就有一股湿冷的风蹿了进来。赫保埃坐在马路牙子上，头顶盖着一份湿报纸。人行道边有一排篱笆。波西娅就靠着这排篱笆走路。考普兰德医生跟随在她身后几步远的地方，也用手扶着篱笆以使身体保持平衡。赫保埃慢悠悠地跟在他们后面。

他等待着黑暗的可怕的愤怒，就像等待着走出暗夜的野兽，但是它没有出现。他的肠子像灌了铅，他走得很慢，一路靠在篱笆和房屋湿冷的墙壁上，向最深处下沉，直到下面再也没有深渊。他触到了绝望的坚实底层，在那里安心了。

在这里，他熟悉某种强烈而神圣的快乐，被压迫的笑声，在鞭子下，黑奴对着他愤怒的灵魂歌唱。现在歌就在他的体内——它并不是音乐，只是一种歌唱的感觉。安宁的重量，被水浸透了的重量，压迫他的四肢，唯有强大的真正的使命能推着他走。为什么他要前行？为什么他不在最深的耻辱尽头休憩，获得片刻的满足？

但他向前走。

"叔叔，"米克说，"你认为喝点热咖啡会让你感觉好点吗？"

考普兰德医生望着她的脸，但没有做出任何反应。他们穿过小镇，最后来到凯利家后面的小路，波西娅先走进去，他紧随其后。赫保埃在外面的台阶上停下来。米克和她的两个弟弟已经在厨房里了。波西娅讲了威廉姆的事。考普兰德医生并没怎么听她讲，但她的声音保持着含有起始、经过、结尾的一种有序的节奏。讲完一遍接着再讲一遍，其他人也都走进来听她讲。

考普兰德医生安静地坐在角落里，将外套和围巾搭在靠着火炉的椅背上，此时它们正冒着热气。他把帽子搭在膝盖上，又长又黑的手指在帽沿上不停地摸索着，尽管手心有汗渗出来，也顾不得擦掉。他的头仍在颤抖着而身体所有的肌肉，正在为了阻止这种颤抖，而变得僵硬起来。

辛格先生走了进来，考普兰德医生抬起头问他："听说那件事没？"他问。辛格先生点头，他的眼里没有任何恐慌、同情或仇恨。所有听闻这件事的人，只有他的眼睛里没有表现出这些感情，因为只有他了解这件事。

米克低低地问波西娅："你父亲叫什么名字？"

"班尼迪克特·马迪·考普兰德。"

米克凑到考普兰德医生身边，对他大喊起来，仿佛她面对的是一个聋子。"班尼迪克特，喝点热咖啡不会让你好受一些吗？"

考普兰德医生被惊了一下。

"别大呼小叫的，"波西娅说，"他和你一样听得到。"

"好吧。"米克说着倒掉壶里的咖啡渣，重新将咖啡放到炉子上煮。

哑巴仍旧在门道中间站着。考普兰德医生仍旧盯着他的脸问道："听说那件事了吗？"

"监狱的那些看守人员会受到什么惩罚呢？"米克问。

"宝贝，我怎么知道呢，"波西娅说，"我不知道。"

"我一定得做点什么。"

"我们还是消停点吧，我们做什么都是徒劳。"

"咱们对待他们，就应该像他们对威利和其他男孩做的那样——要比那更坏一些。我真想将那些人集合起来，亲自杀掉他们！"

"这……这不是基督徒应该说的话，"波西娅说，"我们能做的只有等待，撒旦会用草叉将他们剁成碎片，然后置于油锅里不停地煎。"

"好在威利现在仍旧可以吹口琴。"

"没了双腿，以后这就是他唯一能干的事儿了。"

房子里充满噪音和骚动。厨房上面的房间里有人在搬家具。店里挤满了人。凯利太太在往返穿梭于早餐桌和厨房。凯利先生则穿着肥大的裤子和浴袍晃悠着。孩子们正在厨房里吃着东西。门砰砰作响，四处传来说话声。

米克给考普兰德医生递上一杯掺着稀牛奶的咖啡，咖啡表面有一层淡蓝的光泽。考普兰德医生的咖啡溅到托盘上，他用手帕擦了擦托盘和杯子，他根本没心思喝咖啡。

"我真想杀了他们。"米克说。

房间里变得安静下来，店里的人都去上班了。米克和乔治也上学去了，只有婴儿被关在前面的一个屋子里。凯利太太在头上包了一块头巾，拿了扫帚走上楼去。

哑巴仍然仍旧在门口站着。考普兰德医生抬起头来，盯着他。"你听说了那件事了吗?"他又问了一遍。他没有将这些话说出口，它们都鲠在他的喉头，可他的眼睛分明讲了出来。后来哑巴也走了，房间里只剩下考普兰德医生和波西娅。医生在角落里的一把椅子上坐了片刻，起身要走。

"你继续坐好了，父亲。我们今天上午一起待着——我给你做鱼，做蛋糕，还有土豆，你就在这里吃午饭吧，你别走了，我想给你做顿饭吃。"

"我得出诊。"

"就今天一次——求求你了，父亲。我快要崩溃了，另外，我也不愿意你一个人在街上游荡。"

他犹豫着摸了摸衣领，是潮湿的。"孩子，对不起了，我得出诊。"

波西娅把他的围巾拿在火炉边烤了烤，直到羊毛热了，随后帮他系好外套扣子，将衣领翻好。他清了清嗓子，将一口痰吐在纸巾上，他的口袋里总会备着一些纸巾。然后他将纸巾投进火炉里烧掉，便走出门去，在外面的台阶上，他站着和赫保埃说了几句话。他想让赫保埃多陪陪波西娅——如果他能请假的话。

外面寒冷彻骨，灰暗的天空中洒下蒙蒙细雨，雨渗进街边的垃圾桶，垃圾受潮，散发出难闻的气味。他扶着篱笆向前走，以使自己的身体能够保持平衡，一双乌黑的眼睛目不转睛地盯着路面。

他为必须得看病的病人们看完病后，回到了自己的诊所，中午十二点开始，到下午两点，他一直在工作。然后在书桌旁坐下来，握紧拳头，告诉自己没必要再想那件事了。

他不想看到任何人，可也不能一直待在空荡荡的房间里，披了一件外套后，他再次走进阴冷的街道。他口袋里装着几张处方，得送到药房去，但他不想和马歇尔·尼克斯说话。他走进药房，将几张处方放在柜台上。药剂师放下手中的药粉，伸出手来，厚嘴唇嚅动了一会儿，他终于开口了。

"医生，"他郑重地说，"我和同事们，还有社团和教会的成员们，都替你感到悲伤——向你表示最深切的同情。"

考普兰德医生一言不发，迅速转身离开——这不算什么事儿，他心里装着更加重要的事情——强烈的使命，以及对正义的追求。他双臂紧紧贴着身体，僵硬地走向街头，他苦思冥想，却毫无收获。镇上那些有权势的白人，他想不出有哪一位勇敢且公正。他把熟识的每一名律师、法官、政府官员全都想了一遍，内心深感痛苦不安，最终他决定去找一趟高等法院的法官。到达法院时，他果断走了进去，下定决心要和法官谈谈。

法院宽敞的前厅空荡荡的，几个闲人在通向两边办公室的通道上晃来晃去。他找不到法官办公室，便在大楼内来回走着，查看着门牌。当走到一处狭窄的通道时，走廊中间有三个白人正站着聊天，挡了他的去路。他正想挨着墙壁挤过去，其中一个白人回转身来挡住他。

"有什么事吗？"

"请问法官的办公室在哪里？"

白人耸了耸大拇指，指了指走廊尽头。考普兰德医生一眼认出他是副警长，他们曾经见过几次，但副警长不认识他。在黑人们眼中，所有白人都长一个样，但黑人们会用心辨认他们。当然，在白人看来，黑人们也都长得一个样，不同的是，他们并不会用心去记住一张黑人的脸。因此，这个白人说道："尊敬的牧师先生，你有什么事吗？"

这种熟悉的带有嘲讽意味的称谓激怒了他。"我不是牧师，"他说，"我是一名外科医生，一名医师！我叫班尼迪克特·马迪·考普兰德，我有急事，必须立刻见到法官大人。"

正如别的白人一样，副警长一字一顿的问话简直能让医生发狂。"是吗?"他嘲笑着问，并向另外几个白人挤眉弄眼，"我是副警长。我叫威尔森先生，法官现在很忙，你往后再来吧。"

"我一定得见到法官，"考普兰德医生说，"我就在这里等着他。"

医生在通道入口处的一张长凳上坐了下来。三个白人接着聊天，医生知道副警长在观察他。他决心不走。时间过去了半个小时，几个白人在走廊上随意地走动着。他知道副警长在看他，双手搭在膝盖上，正襟危坐。他有一种直觉，自己应该马上离开，等副警长不在的时候再来——和这种人打交道时，他一直都很小心，但心里却有个声音，告诉他不能离开。

"你过来一下!"副警长终于说话了。

他的头部颤抖着，晃晃悠悠地站起身子。"嗯?"

"你说你想见法官有什么事来着?"

"我没说什么事，"考普兰德医生说，"我只是说我有急事。"

"怎么站都站不稳，你是不是喝酒了，我都闻到你呼出的气息了。"

"胡说八道，"考普兰德医生慢慢地说，"我没有——"

副警长一拳挥到了医生的脸上，他被重重地撞在墙上。两个白人抓住他的胳膊，将他强行拖到一楼，他没有做任何的反抗。

"这种人真是国家的大麻烦，"副警长说，"这种该死的不知天高地厚的黑鬼。"

医生没有说话，容忍了他们的行为。他等待着自己的愤怒，他感觉那种愤怒正从体内渐渐升起。终于，那种愤怒使他变得虚弱，绊倒在地。他们把他推进囚车，两个看守跟着他。他们将他带到警察局，随后又送到拘留所。一走进拘留所，他的愤怒才爆发了出来，他猛地挣脱了他们，可立即就被他们围到墙角。他们用棒子击打着他的头部和肩膀。他能感觉到自己体内的那股伟大的力量，在挨打的过程中，他大笑起来，随后是连笑带哭。他疯狂地反抗着踢向他们。他挥舞拳头，甚至用头撞他们，但很快他就被控制了，无法动弹。他们从大厅里拖着他来到牢房中，身后有人在他的腹股处踢了一脚，他便跪倒在地。

牢房狭小，里面还有另外五个犯人——三个黑人，两个白人，其中一个年老的白人喝醉了，正坐在地上挠痒；另一个白人是个男孩，不到十五岁。三个黑人都还年轻。考普兰德医生躺在铺位上，看他们的脸，他认出了其中的一个人。

"这不是考普兰德医生吗？"一个年轻人问，"你怎么会在这儿？"

他回答是。

"我叫戴瑞·怀特，去年是你帮我姐姐割的扁桃体。"

寒冷的牢房里散发着一股腐烂的气味，角落里的尿桶盛满尿液，蟑螂在墙上爬着。医生闭上眼睛，好像立刻就睡着了，等他再次抬起头，小小的铁窗黑了，大厅里的火燃得正旺。地上摆着四个空锡盘，身边放的是今天的晚餐——卷心菜和玉米面包。

他在自己的铺位上坐起来，打了几个剧烈的喷嚏。呼吸时，胸口的痰就呼呼作响。过了一会儿，那个年轻的白人男孩也开始打喷嚏。考普兰德医生的纸巾用完了，因此不得不用口袋里的笔记本。白人男孩靠近角落里的尿桶，任由鼻涕流到衬衫前面。他的眼睛张大了，轮廓清晰的脸颊红了。他蜷缩在铺位边，小声抽泣着。

随后他们被带到外面的盥洗室，回来后准备睡觉。四个铺位上共有六个犯人，那个年老的白人在地上打着呼噜，戴瑞和另一个男孩合睡一个铺位。

时间过得很慢。大厅里的火光灼痛他的眼睛，牢房里的气味使他难于呼吸。他感到无比寒冷，牙齿直打颤，于是索性坐起来，用毯子裹好身体，来回晃动起来。他给那个白人男孩盖了两次被子，他说着梦话，胳膊伸在外面。医生用手抱住脑袋，摇晃着身子，喉咙深处发出歌声般的悲叹。他无法去想威廉姆，甚至无法思考他的使命，并从中获得力量，他感到的只是自己的悲惨。

随后牢房里热了起来，他的身体感受到了暖意，于是他躺下来，好像置身于一个温暖的红色的地方，周身感到舒服。

第二天早晨，太阳出来了。南方古怪的冬天接近尾声。考普兰德医生被释放了。拘留所外面等候着一小群人，其中就有辛格先生。波西娅、赫保埃和马歇尔·尼克斯也都来了，他们的脸庞有些模糊，使他无法看清。太阳非常耀眼。

"父亲，你这么做对威利一点忙都帮不上，你怎么能在白人的法院那里晃悠？我们能做的只有闭嘴和等待。"

　　她的声音响亮，回响在他的耳畔。他们钻进一角钱出租车。到家后，他把脸贴在清新的白枕头上。

11

米克整夜睡不好觉——埃塔病了，她不得不睡在起居室。沙发又窄又短，她做了关于威利的噩梦——一个月前，波西娅告诉她这件事，可她还是无法忘记。晚上她做了两次这样的噩梦，醒来时身体到了地上，额头上撞起一个包。早晨六点，她听见比尔在厨房里给自己准备早餐。天亮了，由于拉着窗帘，屋子里还是显得昏暗。她有些不习惯在起居室里醒来的感觉，身上盖着的被单，一半在沙发上，一半连在地上，枕头竟然不知何时到了房间中央的地上。她爬起来，打开大厅的门，楼梯上没有人。她穿着睡衣跑到后面的房间。

"往边上挪一点儿，乔治。"

乔治的身体躺在床的正中央。温柔的夜晚，他像一只赤裸的鸟一样，他的拳头紧握着，即便在睡梦中，也眯着眼睛，仿佛在思考着什么。他张着嘴巴，枕头上弄湿了一小块。她推了推他。

"等会儿——"他在梦中说。

"往你那边挪一点儿。"

"等会儿，让我把这个梦做完——这个——"

她强行将他往边上挪了一点儿，紧贴着他躺下。等她再次睁开眼睛，阳光已经照进后窗，乔治早已不在了。她听见院子里有孩子们在说话，还有水流声。埃塔和海泽尔在中间的屋子说话。她穿上衣服，忽然想起一件事。她贴着门仔细听，可还是听不清楚她们说的内容。她将门猛地一推，想吓她们一跳。

她们正在读一本电影杂志。埃塔还在床上，她的手半捂着一个演员的照片。"从这个角度看，你不觉得他很像男孩吗？那个过去和——"

"今天早晨感觉如何，埃塔？"米克问。她朝床底下看了看，她的秘盒安然无恙地躺在原来的位置。

"你关心的事儿还真多。"埃塔说。

"你没必要挑事吧。"

埃塔的脸瘦了很多。她的卵巢出了些问题，她经常要命地胃疼，这都是因为她身体太弱。医生认为应该尽快切除她的卵巢，父亲说他们还得再等等，家里没钱。

"我怎样做你才会满意？"米克说，"我很礼貌地问你话，你却显得很不耐烦。我同情你，因为你有病，可你却不允许我表现得礼貌些，真让人生气。"她向后捋了捋刘海，对着镜子仔细地照了照。"天哪！看看我头上的大包！我保证我的头摔破了。昨晚我摔地上两次，应该是撞到了沙发边的桌子——起居室里实在没法睡觉——沙发太小了，我根本没法躺在上面。"

"小声点说话，好吗？"海泽尔说。

米克跪在地上，拖出她的那只大盒子，认真地检查绑在周围的绳子。"说，你们俩有人动过它没？"

"有病！"埃塔说，"我们动你的破玩意儿干吗？"

"最好别动。要是谁胆敢动我的东西，我发誓杀了他。"

"你听好了，"海泽尔说，"米克·凯利，我从没见过你这么自私的人——你从不关心任何人，除了——"

"哼，狗屁！"她砰地关上门——她恨她们俩——听着很可怕的，但却是事实。

她的爸爸和波西娅正在厨房里。他穿着浴袍，正喝着咖啡。他的眼睛里布满血丝，咖啡杯碰到托盘发出声响。他不停地绕着餐桌走动。

"几点了？辛格先生走了吗？"

"他走了，宝贝，"波西娅说，"都快十点了。"

"十点！天呐！我从没起这么晚过。"

"你总是搬来搬去的那个大帽盒里装着什么？"

米克把手伸进炉子，拿出半打饼干。"你要是不问我，我就不会说谎。喜欢打探别人隐私的人会遭报应。"

"还有牛奶吗，我想用它来泡碎面包，"她的爸爸说，"万圣鬼汤。这对我的胃有好处。"

米克切开饼干，夹几块炸鸡胸在里面，便坐到后面的台阶上吃起早餐——温暖而明亮的早晨。斯伯尔瑞布斯、撒克正和乔治正在后院玩耍。撒克穿着他的防晒服，另外两个孩子只穿了短裤。他们互相用水管浇着对方，水流在阳光下闪闪发亮。水花被风吹起，变得像雾一样，还显现出彩虹的色彩。风中飘动着一排衣物——白被单、拉尔夫的蓝衣服、红罩衫和睡衣，干干净净、湿漉漉的，被风塑造成各种不同的形状，好像夏天已经来临。毛茸茸的小黄蜂绕着小路篱笆上的忍冬嗡嗡叫个不停。

"我要把它举过头顶！"乔治喊道，"我要看看水是怎么流出来的。"

她觉得自己充满活力，坐不安稳。乔治将装了土的面粉袋吊在树杈上，用来做练习拳击的沙包。她开始击打它。砰！砰！她随着音乐的节奏击打它，那些音乐正是她醒来时脑子里出现的旋律。沙包的土里面混有一块石子，弄伤了她的指关节。

"啊！你把水喷到我耳朵里了！我的耳膜好像破了，我什么都听不见啦。"

"给我。让我来。"

水花喷到她的脸上，孩子们将水管对准她的腿。她担心淋湿盒子，抱着它穿过小路来到前厅。哈里正坐在他家的台阶上看报纸。她打开盒子，取出笔记本，却很难静下心来写自己的歌。哈里朝着她这边看，她无法集中精神。

最近这段时间，哈里和她聊了很多次天，他们每天总是一起从学校走回家，他们谈论上帝。有时午夜醒来，她常常为谈论过的话题感到激动。哈里是泛神论者，这是一种信仰，就像浸礼会、天主教或犹太教那样。哈里死人长埋地下以后会变成植物、火、土、云和水。一个人在最后成为世界的一部分之前，需要经过上千年的时间，他说这比仅仅成为一个天使要强，再说，总比什么都不是要强吧。

哈里把报纸扔到自家大厅，走了过来。"这天热得快赶上夏天了，"他说，"可眼下不过是三月。"

"是啊，我想去游泳。"

"有地方去的话，我也愿意。"

"除了乡村俱乐部的游泳池，没别的地方了吧。"

"我真想做点什么，出去一次，无论到哪都行。"

"我也是，"她说，"对了，我知道一个地方。它在郊区，十五英里以外。树林里有一条又深又宽的小河。夏天的时候，女童子军会在这里扎营。去年威尔斯太太带我、乔治、派特和撒克去那儿游过一次泳。"

"你想去的话，我弄两辆自行车，咱们明天就去。我每个月，有一个星期天可以休假。"

"好，我们骑车去那里野餐。"米克说。

"好。我借自行车。"

上班时间到了。她看着他甩着胳膊沿街走去。街道中间有一棵月桂树，树枝低垂。他小跑着跳起来，抓住树干做起引体向上。她忽然感到很幸福，他们是真正的好朋友，而且他很英俊。明天她要借海泽尔的蓝项链，穿上丝绸裙。他们会为午餐准备果冻三明治和奈哈苏打水。哈里可能会带些稀奇古怪的东西，他们家吃的是地道的犹太食品。她一直看着他，直到他拐了弯——真的，哈里现在出落成一个非常英俊的家伙了。

哈里在野外的表现和坐在台阶上读报、思考希特勒时，简直判若两人。他们早早地就出发了。他借了一辆男式自行车，前面带有横梁。他们把午餐和游泳衣捆在挡泥板上，赶在九点之前出发。早晨的天气很热，是个大晴天。没出一个小时，他们就将小镇远远甩在身后来到了一条红泥路上。绿油油的田野色泽明亮，松树浓重的气息弥漫在空气中。哈里激动地说着话。迎面吹来温暖的风。她感到口干舌燥，肚子有些饿了。

"看见那边山上的房子了吗？我们下来喝点水吧？"

"别，还是等等吧。井水伤胃。"

"我患过伤寒。我得过肺炎，摔断过腿，脚还被感染过。"

"我记得。"

"是啊，"米克说，"我和比尔患伤寒热时，待在前屋，派特·威尔斯跑过人行道，捏着鼻子向窗口看，比尔很尴尬。我当时头发掉光了，是秃头。"

"我打赌我们现在距离小镇有十英里。我们已经骑了一个半小时了，并且速度很快。"

"我渴死了，"米克说，"肚子也饿了。你带了什么午餐？"

"冷猪肝布丁、鸡肉沙拉三明治和馅饼。"

"不错。"她对自己带的东西感到羞愧，"我带了两只煮得很老到塞了馅的鸡蛋，还有两小袋盐和胡椒，黑莓果冻加黄油的那种三明治。我都用油纸包好了。还有纸巾。"

"我没想着让你带东西的，"哈里说，"我母亲准备了两个人的中饭。是我请你出来的嘛。我们这就去商店买点冷饮。"

继续骑了半个小时，他们终于到了加油站的商店。哈里支起自行车，她先走进商店。由于户外光线太亮，她一进去时觉得商店里十分黑暗。货架上堆着鸡胸肉片、油桶、面粉袋，柜台上则是黏糊糊的散装大糖罐，上面是嗡嗡作响的苍蝇。

"有什么喝的吗？"哈里问。

店员念着各种饮品的名字。米克打开冰柜，看看里面。手在冰水里的感觉很不错。"我想要巧克力奈哈苏打水。有吗？"

"我和她一样，"哈里说，"要两份。"

"不，等等。这里还有冰啤酒。我要一瓶啤酒，要是你请得起的话。"

哈里也给自己要了一瓶。本来他认为二十岁以下的年轻人喝酒是一种犯罪——也许是突然兴起吧，想尝试一下。喝了第一口后，他做出一个痛苦的鬼脸。然后他们坐在商店前面的台阶上。米克的腿累坏了，腿上的肌肉在跳。她用手擦擦瓶颈，吞下一大口冰凉的啤酒。马路对面有一块空旷的大草坪，草坪后面是一排松树林。松树是各种各样的绿——从明亮的黄绿色到绿得发乌。天空是热烈的蓝色。

"我喜欢啤酒，"她说，"我以前常把面包泡在爸爸剩的酒里。我喝酒时，喜欢一边舔手上的盐。这瓶酒是我喝过的第二瓶属于我自己的酒。"

"喝第一口觉得挺酸，越喝越好喝。"

店员说此处离小镇有十二英里，他们还得走四英里多的路。哈里结完账后，他们再次走到太阳下，哈里大声说着话，他总是这样无端地大笑。

"天哪，啤酒加阳光，真让人头晕，但我喜欢这种感觉。"他说。

"我等不及了，我想马上游泳。"

由于路面上有沙子，他们必须奋力地踩脚踏板，否则自行车就会停下来。哈里的衬衫被汗水浸湿了，紧贴着后背。他一直在说话。终于，他们骑上了红泥土路将沙子路抛置身后。她心里涌起一首节奏缓慢的黑人歌——波西娅的哥哥曾用口琴吹过，她随着节拍踩着踏板。

他们终于来到她要找的地方。"就是那里！看见那个'私人领地'的标志没？我们得翻过那个倒刺的铁丝网，然后走那条路——看！"

树林里一片安静。地面上铺满光滑的松针。他们只花了几分钟就到了小河边。褐色的小河水流湍急，河水冰冷寒冷，只能听得见水流声和微风吹动的声音。幽深寂静的树林使他们略微胆怯，他们轻轻地沿着河岸走去。

"这里很漂亮吧？"

哈里笑了。"为什么小声说话？听我的！"他用手捂住嘴，发出长长的印第安式的呐喊，回声传到他们耳边。"来吧，跳水里去，咱们凉快凉快。"

"你饿了吗？"

"好吧。咱们先吃点东西，可以先吃一半，等会上了岸再吃另外一半。"

她将果冻三明治的包装拆掉。吃完后，哈里细心地把废纸卷成球，塞进树洞。随后他脱掉短裤，走到小路上。她在树丛后脱掉衣服，艰难地套上海泽尔的泳衣，泳衣太小了，她感到大腿根部勒得慌。

"穿好没？"哈里喊道。

她听到水花溅起的声音，走近岸边，看见哈里跳进了河里。"你先别着急跳，我看看有没有树桩，或者较浅的地方。"他说。她呆呆地望着他，只见他的脑袋在水中起起落落。不过，他可没想过要跳水，她其实都不会游泳，长这么大，她只游过几次泳，而且还是带着泳圈，或者找那些浅水滩里玩。她觉得将这些实情告诉哈里会显得很没面子，她对此感到尴尬，因此编了一个谎话：

"我以后绝不跳水了，以前老喜欢跳水，而且从那种很高的地方往下跳，自从有一次把头撞破后，我就再也不跳水了。"她想了有一分钟。"我跳的是前屈体两周。从水面浮上来时，发现周边的水里全是血。我顾不得这些，继续玩很多花样的动作，很多人朝我喊叫，我才明白血是从哪里来的，那之后我就不怎么会游泳了。"

哈里爬上岸。"天哪！我怎么不知道这事儿。"

她本想添油加醋，让故事听起来更为可信，可她此刻却只是看着哈里。他的皮肤是浅褐色的，身上的水花让他的皮肤闪闪发亮。他的胸部和腿部可以看见绒毛，身上只有一条紧绷绷的游泳裤，他看起来完全是赤条条的。不戴眼镜的时候，他的脸显得更加宽阔和英俊了。他的眼睛湿润，好像发着蓝光。他也望着她，突然两人都觉得有些不好意思。

"水有十英尺深，河对岸那边浅一点。"

"我们游泳吧，我保证冷水里游泳应该很爽。"

她对此一点都不感到害怕，就好像自己正身处高高的树顶上，为了能爬到地面来，没有别的办法——这是一种死一般的平静。她沿着河岸蹭下去，置身冰冷的水中。她抓紧树根，直到弄伤了手，终于游动起来。她不小心呛了一口水，身体沉下去，但她没有停止，没有丢脸。她游到了对岸，脚可以触到水底——这下感觉好多了。她用拳头啪啪地击打着水面，为了引起回声，大声地叫嚷起来。

"看这儿!"

哈里摇晃着攀上一棵细高的小树，树干很柔韧，他爬到顶部时，小树被他拽弯了腰，他掉进水里。

"我也来! 看我的!"

"那是棵小树苗。"

就像街区别的孩子一样，她也是爬树高手。她模仿着做了一遍他的动作，啪地一声跌进水里——她也会游泳啦，而且游得还挺好。

他们玩一种名叫"你叫我做什么，我就做什么"的游戏，两人沿着河岸奔跑，跳进冰冷褐色的水里。他们叫喊、跳跃、爬树，玩了将近两小时后，两人回到岸上，互相看着彼此，好像所有能玩的花样全都玩遍了，她突然说：

"你裸泳过吗?"

树林里一片寂静，他不知如何回答。他感到冷，乳头变得又硬又紫，嘴唇发黑，牙齿打颤。"我——我没有。"

她突然兴奋起来，顺口说了一句。"你要是敢裸泳，我也裸泳，你敢吗?"

哈里把深黑潮湿的刘海往后面一捋。"行。"

他们都脱掉了泳衣。哈里背对着她，他动作笨拙，耳根发红。随后他们转过身面向对方。他们站了也许有半个小时——也许不超过一分钟。

哈里从树上摘下一片树叶，揉碎。"我们还是穿上衣服吧。"

整个野餐，他们谁也没再说一句话。他们把午餐铺在地上，哈里把每样东西都分成两份。夏季的午后，炙热难耐，令人昏昏欲睡。树林里安静得只能听到水流和鸟鸣。哈里拿起带馅的煮鸡蛋，用大拇指压了压蛋黄，这个动作好像使她想起了什么，她听见了自己的呼吸声。

他的目光顺着他的肩膀往上看。"听我说——我觉得你很漂亮，米克。我以前从没这么想过，当然，我不是说以前认为你丑，——我只是想说——"

她将一个松果扔进水里。"我们要是想在天黑前赶到家的话，现在就该出发了。"

"不，"他说，"我们躺一会儿吧，就躺一分钟就好。"

他拿来一些松针、树叶和苔藓。她一边吮吸着膝盖，一边观察他。她的拳头握得很紧，浑身绷直。

"我们睡一会儿吧，这样回家路上就会有精神些。"

他们躺在松软地上，抬头望着天空下绿森森的松林。小鸟在唱着清脆而哀伤的歌曲，那是她以前从未听过的音乐，就像双簧管吹出的高音——紧接着降了五度，又扬了上去，歌声哀伤动人，是一种无言的表达。

"我喜欢那只鸟，"哈里说，"我猜它是燕雀。"

"多希望咱们此刻是在海边，这样躺在海滩上，就能看见远处海里的轮船。你有一年夏天去过海边，那是怎样一种情形呢？"

他的声音低沉。"嗯——有海浪。时蓝时绿，波浪在阳光下面看起来就像镜子一样。你可以在海边捡到一些贝壳，就像我们装在雪茄盒里带回去的那种。海面上有白色的海鸥。我们当时是在墨西哥湾，有凉爽的海风，哪里像这样——简直能把人烤焦呢——总是——"

"雪，"米克说，"我想看雪——就像电影里常见的冷清洁白的雪——暴风雪。一整个冬季，清冷的雪片温柔地坠落，一直下着，像阿拉斯加的雪。"

他们不约而同地转过身，紧靠在一起。她感到他的身体在颤抖，她紧握的拳头几乎要断裂开了。"噢，天哪！"他重复着这一句话。她的头似乎被拧断了，并被抛向远方。她的眼睛直直地盯着刺目的阳光，脑子里想着事儿——随后就这样发生了。

就是如此。

他们推着自行车，沿路慢慢地走。哈里低着头，佝偻着背。路面上尘土飞扬，倒映着他们又黑又长的影子，日色向晚。

"听我说。"他说。

"嗯。"

"我们必须得把这事儿搞清楚。你清楚吗——哪怕一点点？"

"我不知道。我想我不知道。"

"听我说——我们应该做些什么——我们坐下谈谈。"

他们将自行车放到一边，坐在一个小沟旁。两人隔得很远。黄昏的太阳照在头顶，周围到处是褐色易碎的蚂蚁窝。

"我们得把这事搞清楚。"哈里说。

他呆呆地坐在地上，突然哭了起来，泪珠从他白净的脸上滑落下来。她无法去想让他哭的那件事。一只蚂蚁正在叮她的脚踝，她用指头捏住它，盯着它仔细看了会儿。

"是这样，"他说，"我从来没吻过女孩子。"

"我也一样——从没吻过男孩，除了我的家人。"

"我曾一直梦想吻到我心里指定的女孩。以前我在学校里暗暗计划着，晚上也总做这样的梦——然后和她约会。我能看出她想让我吻她。在黑暗中我只是看着她，却不能吻她。这就是我一直想着的事儿——吻她——可机会来临时我却做不到。"

她用手指在地上挖了个洞，埋葬了死蚂蚁。

"都是我的不对——不管你如何看待通奸，它始终是罪过——况且你比我小两岁，你还是个孩子。"

"不，我不是——我现在不是孩子了——可我现在真希望我是个孩子。"

"你听着。要是你觉得我们应该结婚，我们就结——秘密地结，或者用其他方式。"

米克摇摇头。"我不想结婚。我不会和任何男孩结婚。"

"我也不会。我知道那是怎么回事。我不只是嘴上说而已——是真的。"

她被他的脸吓到了。他的鼻翼在颤抖，牙齿将下嘴唇咬得渗出血来。他的眼睛明亮、湿润而忧愁——那是她见过的最苍白的一张脸——她不由得转过脸去。要是他闭上嘴，情况会好得多。她慢慢地环顾四周，能看见沟壑里红白条状的黏土，破碎的威士忌酒瓶，对面松树上贴着一个招聘县警的告示。她想安静地待会，什么也不去想，什么也不想说。

"我要离开小镇了。我是个好技工，能在别的地方找到工作。如果我待在家里，母亲就会从我眼中看懂一切。"

"告诉我。你看着我，能看出什么异样吗？"

哈里盯着她的脸，看了很久，点头表示能看出异样。他接着说：

"另外还有一件事。过个一两个月，我会把地址寄给你，你一定要给我写信，告诉我你没事。"

"你什么意思？"她慢吞吞地问。

他解释说："你就写'没事'两个，我就明白了。"

随后，他们继续推车往回走，影子在地上拖得巨人般老长。哈里的身子佝偻着，像个老乞丐一样，他不停地用袖子擦鼻子。太阳没入树林的那一刻，天地万物都好像蒙上了一层金黄的光泽，他们的影子也消失在路面上。她突然觉得自己苍老了不少，身体里有什么东西变得沉重起来。她是成年人了，这是个事实，不以自己的意志为转移。

走了十六英里，他们终于回到了家附近黑暗的小路边。她看见自家厨房里发出的黄色的灯光。哈里家则是黑的——他的母亲还没有到家——她在街上的一家裁缝铺工作，有时星期天也上班。你可以透过窗户看到她在缝纫机边埋头劳作，时而将长长的针穿进厚实的布料，无论你怎么盯着她看，她从不抬头。晚上她给哈里和她做了这些地道的饭菜。

"你听着——"他说。

她在黑暗中等着他开口，可他并没有说什么。两人握手告别后，哈里沿着房子间的漆黑的小路离去。走到人行道时他拐了个弯，回头望了望，灯光照射在他的脸上，显得苍白而严肃。随后他便消失不见了。

"我给你讲一个谜语。"乔治说。

"我听着呢。"

"两个印第安人在山路上走着，前面那人是后面那人的儿子，但后面那人却不是他的父亲。他们是什么关系?"

"我想想……后面那人是前面那人的继父。"

乔治朝波西娅咧开嘴笑了,露出蓝色的小方牙。

"那就是他的叔叔。"

"你猜不到吧,后面那人是前面那人的母亲——问题在于,你没把印第安人往女人上面想。"

她站在屋外,观察着他们。走廊像给厨房安上了画框,里面家的图景温馨而整洁,只有水池边的灯亮着,屋内有影子。比尔和海泽尔用火柴代替钱币,在桌边玩二十一点游戏,海泽尔用胖胖的粉指头摆弄着辫子,比尔吸着脸颊,非常严肃地发纸牌。波西娅在水池边正,用一块干净的格子巾擦碗。她看上去瘦极了,皮肤是金黄色的,黑头发上抹了油,梳得整齐光亮。拉尔夫安静地坐在地上,乔治正在试穿一件小铠甲——那是由圣诞节用过的金银箔做的。

"我再讲一个谜语,波西娅。如果时钟的指针指在两点半的位置——"

她这时走进屋子。她本以为他们看见她时,会后退站成一圈,向她这边看,但他们只是瞟了她一眼。她于是在桌边坐下,等待着。

"你总是在大家吃过饭后浪荡回来——我连喘口气的时间都没有。"

没人注意她。她吃了一大盘卷心菜和鲑鱼,最后吃了些乳冻甜食。她想她妈妈。门开了,妈妈走进来告诉波西娅,布朗小姐说在房间里发现了臭虫,要倒点汽油。

"别那样皱眉头,米克。你该学着打扮打扮了,把自己打扮得漂亮点。省省吧——我和你说话时别老那么插嘴——我让你帮拉尔夫在他睡觉前好好用海绵擦擦身子,好好把他的鼻子和耳朵洗一下。"

拉尔夫松软的头发上粘了些燕麦粥。她用洗碗布把它擦掉,在水池里洗他的脸和手。比尔和海泽尔玩完了游戏。比尔收拾火柴时,长指甲刮到了桌面。乔治把拉尔夫抱上床。厨房里只剩下她和波西娅两人。

"嘿!你看着我——看看我又没有什么不同?"

"我当然看见了,宝贝。"

波西娅戴上她的红帽子,换鞋。

"是吗?"

"你最好在脸上抹点牛油，你的鼻子脱皮啦，他们说牛油治晒伤最管用了。"

她独自站在黑暗的后院，用指甲剥掉一片片的橡树皮，心情反而更糟。要是他们能看出她的不同，或许她会好受一点——要是他们知道的话。

父亲在后面的台阶处叫她。"米克！噢，米克！"

"在，爸爸。"

"你的电话。"

乔治凑过来，想一起听，她把他推开了。电话里米诺维兹太太的声音很大，显得很激动。

"我家哈里现在应该在家啊。你知道他去哪里了吗？"

"不知道，夫人。"

"他说你们要骑车出去玩。他现在该在什么地方呢？你知道他在哪儿吗？"

"不知道，夫人。"米克重复说道。

12

天气又热起来了，"阳光南部"游乐场人山人海。三月的风停了，树上长满浓密的绿叶。湛蓝的天空中万里无云，紫外线很强。空气闷热。杰克·布朗特恨这种鬼天气。他头昏脑涨地为眼前这个漫长的夏天发愁。他感觉不舒服，最近他经常头痛。他变得胖了，现在有了啤酒肚，为此他不得不松开裤子最上面的扣子。尽管知道这种肥胖源于酒精，可他依旧喝酒——酒精能缓解他的头痛——只需一小杯，头痛就会好一些。如今一杯酒和一夸脱对他来说没什么两样，带给他快感的并非这一口酒——而是第一口酒调动了这几个月渗透在血管里的所有酒精。一勺啤酒就足以缓解他的头痛，而一夸脱的威士忌也不能让他醉倒。

他彻底戒了酒。几天以来他只喝水和橘子汁，头疼的时候，就好像脑袋里很多蠕虫在爬。在那些漫长的下午和晚上，他疲乏地工作着。他总是失眠，逼迫着自己看书，那是一件异常痛苦的事情。房间里潮湿酸臭的气味让他难以忍受，他躺在床上翻来覆去，等睡着时，往往天已亮了。

有个梦近来老是纠缠着他。四个月前，他第一次做这个梦，他在恐惧中醒来——但很奇怪，他丝毫记不起梦的内容，睁开眼睛时，只有梦的感觉。每次醒来时的那种恐惧感都惊人的相似，他毫不怀疑自己做的是同一个梦。他习惯了做梦，喝过酒后做的那些荒诞的噩梦使他置身于一个混乱无序的疯子的国度，直到早晨的光线破坏了这种噩梦，他随后便忘记了这些噩梦。

可这个空洞而怪诞的梦却不同其他。他惊醒时什么也想不起来，即便醒了，那种恐惧感依旧萦绕心头。后来有一天早晨，他带着熟悉的恐惧醒来，模模糊糊记起了身后的黑暗。他行走在人群中，怀抱一件东西——这是他唯一能确定的事。难道他偷东西了？或者他正试图保住什么财产？那些是在追捕他吗？他觉得不是。越是深入地想它，这个梦梦就越难以理解。往后有段时间，这个梦没有再出现。

他遇到了去年十一月那个在墙上用粉笔写字的人，他们见面的第一天，那个老人就像一个邪恶的天才一样，牢牢地纠缠着他。他叫西姆斯，在人行道上布道。寒冷的冬天，他缩在屋里；春天来了，他整天都在外面的大街上，松软的白发耷拉在脖子上，乱糟糟的，他手里总是拎着一个丝制的女式大手袋，里面装满粉笔和耶稣的广告。他的眼睛很亮，目光疯狂。西姆斯试图让他改变信仰。

"苦难的孩子，我在你的呼吸里闻到了啤酒罪恶的臭味——你也抽烟。假如主允许我们抽烟，他就会在《圣经》里写上。你的眉头上有撒旦的印记——忏悔吧——让我指给你那光。"

杰克的眼珠上翻，在空中做了一个缓慢的虔诚的动作，然后他张开油迹斑斑的手。"我只让你看。"他低低地用表演式的声调说。西姆斯低头看他手掌上的伤疤，杰克凑过去，对他耳语："还有一处印记——你知道的那个印记——因为它们是天生的胎记。"

西姆斯退到篱笆边，他女里女气地拾起额头上一绺银发，把它抹到后面，他的舌头紧张地舔着嘴角。杰克大笑。

"亵渎！"西姆斯尖叫，"上帝会抓住你的——还有你的那伙人。上帝会记住渎神者！上帝眷顾我——上帝眷顾所有的人，但他最眷顾我，就像他眷顾摩西一样。上帝在夜里对我说话。上帝会抓住你的！"

他把西姆斯带到附近的便利店，要了可口可乐和花生黄油薄脆饼干。西姆斯又开始对他说教了。他出发去游乐场，西姆斯小跑着跟在他后面。

"今晚七点到这边的街角来。主有给你的专门的圣言。"

四月初，起风了，却很暖和。白云在蓝天上飘荡着。风里夹杂着河水的气味和小镇远处田野清新的气息。游乐场每天从下午四点起开始拥挤，一直到午夜，这些人很粗野。新的春天来了，他嗅到了蛰伏的麻烦。

有一天晚上，他正在摆弄秋千的机械设备，突然传来一阵愤怒的说话声，他连忙挤着穿过人群，旋转木马售票处旁边，一个白人女孩正在和一个黑人女孩打架。他努力将她们拉开，但她们还是挣脱了他，继续扑向对方。起哄的人群分成两派。白人女孩是罗锅，手上紧紧攥着一个东西。

"我认清楚你了，"黑人女孩嚷道，"还有，信不信我打掉你身上的罗锅？"

"闭嘴，你这个黑鬼！"

"你这个不要脸的下等人——我付了钱，我有权骑！白人，让她把票还给我。"

"你这个黑母狗！"

杰克看看这个，望望那个，人群围得更严实了，各自嚷嚷着表达自己的意见。

"我看见露芮把票掉到地上，这个白人女士把票捡起来的——事实就是这样。"一个黑人男孩说。

"黑鬼不许碰白人女孩——"

"你别再推我！我才不管你是白人，我会还手的。"

杰克粗暴地挤进人群最密集的地方。"好啦！"他大喊道。"走吧——别吵啦！每一个该死的。"看到他的大拳头，人们无精打采地散去，杰克转向两个女孩。

"是这样的，"黑人女孩说，"这里没多少人像我这样，我保证我是他们中的一个，每周干到星期五晚上——攒下五角钱。这周我多干了两倍的活——我付了五分钱买了她手上的那张票——我有权利骑木马。"

杰克很快解决了纠纷。他让那个白人女孩留着手上有争议的票，另外给了黑人女孩一张票。那天晚上没有再发生别的争吵，但杰克在人群里警惕地逡巡着。他内心深感不安。

游乐场除了他之外，还有另外五名雇工——两个男人负责秋千和收票，三个女孩在售票处——其中不包括老板派特森。游乐场老板大多数时间一个人在拖车里玩纸牌，他目光空洞，瞳孔萎缩，脖子上的皮肤堆成褶皱。过去数月，杰克加了两次薪，午夜，他需要向派特森汇报工作，把晚上的营业收入交给他。有时他都走进拖车好一会儿，派特森才注意到他；他总是盯着手中的扑克牌，神情恍惚。拖车里弥漫着食物和大麻散发出的浓重的臭味，派特森把手搭在肚子上，好像在保护它。他查账时总是格外细心。

杰克和另外两个技工曾经发生过口角。这两个人原来在同一家工厂做落纱工，起初，他想和他们交谈，帮助他们寻找真理，有一次他邀请他们去台球室喝酒，但他们实在太笨了，他没法帮助他们。不久以后，他无意中听到了他们的谈话，引发了这场麻烦。那是一个星期天，大约凌晨两点，他正和派特森对账，走出拖车时，游乐场空了，月亮明晃晃的。他正想着辛格和这一天的假期。经过秋千时，听到有人在说他的名字。两个技工干完了活，正一起抽烟，杰克听着。

"他太逗了，我根本不在乎他。看他那走路时大摇大摆的样子，从没见过这么矮的矮冬瓜。你觉得他身高有多少?"

"大概五英尺吧，但他总觉得他应该教会人们什么一样——他就该待在监狱里——那才是属于他的地方。"

"他真的逗死我了! 我每次看见他都忍不住想笑。"

"他没必要对我牛哄哄的样子。"

杰克注视着他们向韦弗斯小巷走去，他的第一反应是冲过去挡住他们，但某种东西让他畏缩不前。他默默地生了几天气，一天晚上下班后，他跟着那俩人走过几条马路，在他们正要转弯时，他挡在了他们前面。

"我全听见了，"他气喘吁吁地说，"我听见了你们上周六晚上说的每个字——是的——我是共产党——至少我认为我是。你们又算什么呢?"他们站在街灯下，那两人向后退去。这个街区很荒凉。"你们两个脸色苍白、直肠萎缩、得了佝偻病的小老鼠! 信不信我伸手捏住你们的细脖子，一手一个掐住你们。管我是不是矮冬瓜，我能把你们放倒在人行道上，到时别人得用铁锹把你们铲起来。"

两人相对而视，被他说的话吓住了，想往前走，但杰克拦住不让他们走。他倒退着跟着他们走，脸上满是愤怒和讽刺的神情。

"听好了: 以后你们要是想评价我的身高、体重、口音、举止或意识形态，可以随时来找我。最后一项: 我也绝不会找借口刻意回避，我奉陪到底——万一你们不懂的话，我们可以一起讨论。"

往后，杰克总是用愤怒和嘲讽面对他俩，他们也在背后讥笑他。一天下午，他发现秋千器械遭到人为破坏，他为此加了三个小时的班才将它修好。他总觉得有人在嘲笑他。每次他听到女孩们叽叽喳喳，他都挺直身子，肆无忌惮地对着自己大笑，好像想到了某个私密的笑话。

从墨西哥湾方向吹来了温暖的西南风，春天的脚步近了，白天开始变长，太阳格外耀眼。在这种懒洋洋的暖意之中，他开始觉得压抑，于是又开始喝酒。每天一下班，他就回到家中躺倒在床，有时候连衣服也不脱，在床上一躺就是十二三个小时。几个月前的那种不安仿佛消失了，这种不安曾让他咬着指甲低声哭泣过，杰克感觉到了熟悉的紧张。小镇是去过的所有地方中最孤独的一个，或者说，假如这里没有辛格的话，它就是最孤独的。这里只有他和辛格掌握了真理——他知道，但不能让不知道的人看见这一点。他像是与黑暗、炎热和空气中的臭味作战。他忧郁地往窗外望去，角落上被烟熏得黢黑的矮树上，冒出了绿色的新叶。天空是那种坚硬的深蓝色。散发着恶臭的河水流过小镇，滋养了蚊子，它们整天在房间里嗡嗡作响。

　　他被蚊子叮了个包——每天早晨，他将硫磺和猪油混合着抹在身上——他把自己挠疼了，那是一种怎么也止不住的痒。一天晚上他终于爆发了。他独坐了很久很久，他喝了很多杜松子酒和威士忌，醉得厉害。清晨时分，他将身子探出窗口，望向漆黑沉默的街道，他想到了周围所有的人——仍在睡梦中的陌生人，突然他高叫起来："这就是真理！你们这些杂种一无所知。你们不知道——你们永远也不会知道！"

　　整条街愤怒地醒来。灯亮了，睡意蒙眬人们诅咒他。房子里的男人疯狂地摇撼他的门。对面街上窑子里的妓女们从窗口探出脑袋。

　　"你们这些愚蠢愚蠢愚蠢愚蠢的杂种！你们这些愚蠢愚蠢愚蠢愚蠢——"

　　"闭嘴！闭嘴！"

　　大厅里的人撞他的门："你这只醉公牛！看我们怎么收拾你！保证让你死的很难看。"

　　"外面有几个人？"杰克咆哮道，他"砰"地将一个空酒瓶砸到窗槛上。"来啊，你们一起上啊，一个人上还是所有的人上啊。我一次可以搞定你们三个人。"

　　"没错，宝贝。"一个妓女叫道。

　　门被撞开了。杰克从窗口跳下去，跑过小路。"咿噢！咿噢！"他醉醺醺地喊道。他光着脚和上身。一个小时后，他跌跌撞撞地撞开辛格的房间，随后四仰八叉地躺在地上，大笑着睡过去。

　　四月的一个早晨，杰克发现了一具被谋杀的男性尸体。那是一个年轻的黑人。

尸体是在离游乐场三十码的阴沟里发现的。黑人的喉咙被割开了，脑袋向后滚动成一个刁钻的角度。太阳热辣辣地照在他圆睁空洞的眼睛上，苍蝇在尸体胸口上空盘旋。死者手握一根红缨棒，就像游乐场的汉堡摊里卖的那种。杰克低头郁闷地看了一会儿尸体，然后叫来警察。没有发现任何线索。两天后，死者的家人在陈尸所认领了尸体。

"阳光南部"时常发生打架争吵。有时候，哪怕关系再好的两个人，手挽手，笑着，喝着，来到游乐场——离开时也可能怒气冲冲地互相扭打做一团。杰克格外警觉。在游乐场繁华的喧闹、明亮的灯光和懒洋洋的笑声深处，他感觉出了某种阴郁和危险的气息。

在这些杂乱无序的日子里，西姆斯不停地游荡着。他总是带着临时讲坛和一本《圣经》，站在一群人中间布道。他谈到基督的第二次降临。他说末日审判将发生在一九五一年十月二日。他常常指着一些酒鬼，用粗哑疲惫的声音厉声斥责他们。讲到激动处，口水四流，因此他讲话时常常发出汩汩的水声。只要他一站在人群中，搭起他的讲坛，就没有什么争论可以动摇他。他将一本《基甸圣经》送给杰克作为礼物，叮嘱他每晚跪着祷告一个小时，把递给他的每一杯啤酒或每支香烟都扔到远处。

他们总因为墙壁或篱笆争吵。杰克也开始在口袋里装上粉笔。他写简短的句子，尽量修饰它们的用词，只为让路人驻足，深思它们的意义。正因此，有的路人会好奇，有的路人会思考。他也写了短的小册子，在街上散发。

如果不是因为辛格，杰克知道自己会离开这个小镇。只有星期天和辛格在一起时，他才感到安宁。他们有时候一起散步或者下棋，更多的时候，他们一起安安静静地待在辛格的房间里。他想说话时，辛格总是很耐心地听。当他因为有心事而呆坐着的时候辛格也总能理解他，不会感到吃惊。对他来说，现在大概只有辛格能够帮助他。

一个星期天，他上楼时看见辛格的房间大开着。里面没人。他便独自坐了两个多小时。直到听见辛格上楼的脚步声。

"我正琢磨着呢。你去哪了?"

辛格笑着用手帕掸了掸帽子上的灰尘，把它放到一边。随后小心地从口袋里掏出银铅笔，俯在壁炉架上写便条。

"什么意思？"杰克读了哑巴的字后问。"谁的腿被锯掉了？"

辛格拿回便条，在上面加上几句话。

"哈！"杰克说，"这不奇怪。"

他思索着这个便条，然后把它揉在手里。过去一个月的无力感消失了，他感到紧张和不安。"哈！"他又说了一遍。

辛格装了一壶咖啡后，取出棋盘。杰克把便条撕成碎片，用两只汗津津的手掌搓着。

"但我们能做些什么，"过了很久，他说，"你知道吗？"

辛格不确定地点点头。

"我想去看这个男孩，听听全部的故事。你什么时候能带我去？"

辛格思索了一会儿，然后在纸上写下"今晚"。

杰克用手捂住嘴，在屋子里躁动不安地走动起来。"我们可以做点事。"

13

杰克和辛格在前廊等着。他们按响门铃，可黑暗的房子里却没有铃声。杰克不耐烦地敲门，把鼻子抵在纱门上向里望。辛格笨拙地站在他的身旁，笑着，因为刚一起喝过一瓶杜松子酒，他的脸颊上泛起两处红晕。漆黑而静谧的夜晚。杰克望见大厅里射出一道柔和的黄光。波西娅给他们开了门。

"但愿你们没有等太久。来了很多人，我们觉得应该把门铃卸下来。先生，把帽子给我——父亲病得很重。"

杰克跟在辛格后面，笨重地踮着脚走过寒伧狭窄的大厅，在厨房门口他仓促地停下。屋子又热又挤。火苗在小柴炉里燃烧，窗子关得紧紧的。烟味里混着黑人特有的气味。火焰是屋里唯一的光。刚才在大厅里听到的低语声静了下来。

"两个白人先生来探望父亲的病情，"波西娅说，"我想他应该可以和你们见面，但我还是得先进去看看，帮他准备一下。"

杰克摸摸厚厚的下嘴唇。鼻尖上网状的印记是他贴在纱门上留下的。"不，"他说，"我是来找你哥哥的。"

屋里的黑人站了起来，辛格示意他们重新坐下。两个花白头发的老人坐在火炉边的长凳上。四肢松弛的一个混血黑人懒懒地靠在窗边。角上的行军床上有一个腿被锯掉的男孩，裤子卷起，别在粗短的大腿根下。

"晚上好，"杰克笨拙地说，"你叫考普兰德？"

男孩把手放在残肢上，缩到墙边。"我叫威利。"

"宝贝，别担心，"波西娅说，"这是辛格先生，父亲以前和你说起过的。另一个白人先生是布朗特先生，他是辛格先生的好朋友。他们是好心人，来了解我们的困难的。"她转向杰克，用手指了一下屋子里另外三个人。"靠在窗边的那个男孩也是我的哥哥。叫巴迪。炉边的那两位是我父亲的好朋友。马歇尔·尼克斯先生和约翰·罗伯茨先生。我觉得我应该让你们知道屋子里的这些人都是谁。"

"谢谢。"杰克说。他又转向威利。"我希望你能和我们说说那件事，我好把它弄清楚。"

"是这样的，"威利说，"我觉得脚还在痛。我脚趾疼得要命。我脚上的疼痛感本应该在我的脚应该在的地方，如果它们还在我腿——腿——上的话，而不是在我的脚现在的地方。这很难理解。我的脚一直疼得要命。我不知道它们在哪里。他们从来没把我的脚还给我。它们在离这儿一百英——英里的什——什么地方。"

"我想知道到底是怎么一回事儿。"杰克说。

威利不自在地抬头看他的妹妹。"我记得不是很清楚了。"

"你记得清，宝贝。你和我们说过无数次了。"

"嗯——"男孩的声音胆怯而沉闷。"我们都在路上，巴斯特对看守说了什么。那白人拿出棍子拦住他他。另一个男孩想跑。我便跟着一起跑。事情太突然了，我记不清到底发生了什么。后来，我们就被他们带回到营地，然后——"

"我知道后来的事，"杰克说，"把另外两个男孩的名字和地址告诉我，也告诉我看守的名字。"

"听我说，白人。我认为你在给我找麻烦。"

"麻烦!"杰克粗鲁地说，"以上帝的名义，你觉你你现在情况怎么样?"

"我们都冷静些，"波西娅紧张地说，"是这样的，布朗特先生，他们在威利服刑期满前把他放了，但他们也暗示他不要——你应该懂我的意思。威利自然吓坏了。我们自然要小心——我们最好这样。我们已经惹了很多的麻烦了。"

"那些看守怎么样了?"

"那些白——白人被开除了。他们告诉我的。"

"你的朋友现在在哪里?"

"什么朋友?"

"另外那两个男孩。"

"他们不——不是我的朋友，"威利说，"我们三个的关系闹翻了。"

"什么意思？"

波西娅拽着耳坠，耳垂像橡皮一样被拉长了。"你知道，威利的意思是，那三天他们疼得要命，就开始吵架。威利再也不想见到他们。这是父亲和威利争吵过的事。这个巴斯特——"

"巴斯特装了假肢，"窗边的男孩说，"今天我在街上看见他了。"

"巴斯特没有亲人，父亲让他搬来和我们一起住。父亲想把这些男孩都集中在一起。我真不知道，他怎么会觉得我们能够养活得起他们。"

"这不是好主意。我们也从来都不是很好的朋友。"威利用他健壮的黑手抚摸着残肢。"我只想知道我的脚——脚在哪里。这是我最关心的事情。医生从没把它们还给我。我想知道它们在哪里。"

杰克醉眼朦胧地环顾四周。在他眼中，每样东西看起来都模糊不清，十分陌生。厨房里的热气让他眩晕，嘈杂的声音回响在耳中。烟雾呛得他透不过气。天花板上的灯亮着，但为了减弱亮度，灯泡上包了一层报纸，所以屋子里的光主要来自炉中的火焰。周围所有黑面孔上都闪着红光，他感到不安和孤单。辛格离开了屋子，去看波西娅的父亲。杰克希望他回来，他们好一起离开。他笨拙地走到对面，坐在了长凳上，在马歇尔·尼克斯和约翰·罗伯茨之间。

"波西娅的父亲在哪？"他问。

"考普兰德医生在前屋，先生。"罗伯茨说。

"他是医生？"

"是的，先生。他是医师。"

外面的台阶传来拖沓的脚步声，后门开了。

暖和新鲜的风令滞重的空气轻快多了。前面进来的是一个穿亚麻西装和镀金鞋的高个子男孩，怀抱一个纸袋。后面跟着一个十七岁左右的男孩。

"嗨，赫保埃。嗨，兰斯，"威利说，"你们给我带了什么？"

赫保埃对杰克夸张地鞠了个躬，把两个果酱罐装的酒放在桌上。兰斯在它们旁边摆上一只盖着干净白餐巾的碟子。

"社团送的酒，"赫保埃说，"还有兰斯的母亲做的桃松饼。"

"医生怎么样了，波西娅小姐？"兰斯问。

"宝贝，这几天他病得不轻。我担心他最近身体过于强壮了。一个像他这样的病人，竟然变得很强壮，这是一个不好的征兆。"波西娅转向杰克。"你不觉得是个不良的征兆吗，布朗特先生？"

杰克迷茫地盯着她。"我不知道。"

兰斯阴郁地扫了杰克一眼，拉下穿小了的衬衫的袖口。"请向医生致以我们全家的问候。""我们非常感谢，"波西娅说，"父亲前几天还提起过你。他想送你一本书。稍等一下，我拿给你，再把碟子刷干净，好还给你母亲。你母亲实在是太客气了，还送东西给我们。"

马歇尔·尼克斯靠近杰克，似乎想和他交谈。这个老人身着细条纹裤子和晨礼服，扣眼处插着一朵花。他清了清嗓子说："很抱歉，先生——但不可避免，我们无意中听到了你和威廉姆谈话的一部分，关于他现在的麻烦。我们已经相应地研究了最好的办法。"

"你是他的亲戚或他教堂的牧师吗？"

"不，我是药剂师。你左边的约翰·罗伯茨在政府的邮局工作。"

"邮差。"约翰·罗伯茨重复说。

"请允许我——"马歇尔·尼克斯从口袋里掏出黄丝绸手帕，小心翼翼地擤鼻涕。"我们自然全面地讨论了这个问题。毫无疑问，作为美国这个自由国家的黑人种族的成员，我们甘愿为了发展和睦的关系尽我们最大的努力。"

"我们总是希望做正确的事。"约翰·罗伯茨说。

"我们应当小心地努力，不要损害已经建立的这种和睦关系。只要通过循序渐进的方式，状况一定会好转的。"

杰克看看这个，瞧瞧那个。"我不太明白你的话。"热气快要使他窒息了，他想离开，他感觉眼球上好像粘上了一层薄雾，周围所有的面孔都变得模糊不清了。

威利在对面吹着口琴，巴迪和赫保埃安静地听着，曲调悲凉。吹完后，威利将口琴在衬衫前面擦了擦。"我又饿又渴的，口水都把旋律弄湿了。我真想试试一些低音连奏的爵士。让我喝点酒吧，这是唯一能使我忘记痛苦的办法。如果我能知道我的脚——脚在哪里，如果我每天都能喝上一杯杜松子，我就不会这么难受了。"

"别抱怨了，宝贝。你会有的，"波西娅说，"布朗特先生，用点桃松饼和酒吗?"

"谢谢，"杰克说，"很乐意。"

波西娅快速地铺上桌布，摆好碟和叉，将一杯酒满上。"请随意。您要是不介意的话，我去招呼别人了。"

果酱罐一口一口地传下去。赫保埃把罐子递给威利之前，借了波西娅的口红，在罐上划了一条红线，作为酒的边界。有咯咯的说话和笑声。杰克吃完了松饼，拿着酒杯回到两个老人中间。自己酿的酒像白兰地一样醇厚浓烈。威利开始吹奏一手低沉忧伤的曲子。波西娅将手指捏得啪啪作响，她拖着脚在屋里转。

杰克转向马歇尔·尼克斯。"你说波西娅的父亲是医生?"

"是的，先生。确实是。他是一个熟练的医生。"

"他怎么了?"

这两个黑人警惕地互相对视着。

"他出了些状况。"约翰·罗伯茨说。

"出什么事了?"

"坏事。很悲惨的事故。"

马歇尔·尼克斯将他的丝绸手帕不断地叠起来又展开。"我们刚才说过，重要的是，不要损害这些和睦关系，而是要想尽一切办法，用真诚的态度去促进这种关系。我们作为黑人种族的一员，必须尽最大力量提升我们的公民。那边屋子里的医生已经尽了自己的所有努力，但有时我觉得他还是不能完全认清不同种族的特点和处境。"

杰克不耐烦地吞下最后一大口的酒。"看在基督的份上，伙计，你就别绕弯子了，完全听不懂你在说什么。"

马歇尔·尼克斯和约翰·罗伯茨对视了一眼，显得很无辜。对面的威利仍在吹着曲子。他的嘴唇在口琴的方孔像收拢了的毛毛虫一样蠕动着。他的肩膀宽阔而强壮，大腿的残肢随着音乐有节奏地晃动着。赫保埃在跳舞，巴迪和波西娅拍手打着节奏。

杰克站起来，马上就意识到自己醉了。他跟跟跄跄地扫视四周，像在为自己辩解，但好像根本没人注意他。"辛格呢？"他口齿不清地问波西娅。

音乐停了。"咦，布朗特先生，我以为你知道他走了呢。你还在桌边吃桃松饼时，他就在门口伸手看了看表，示意要走了。你那会还直直地看了他一眼，还摇了下头。我以为你知道。"

"可能我当时在想别的事。"他转向威利，生气地对他说："我还没有告诉你我来这里的目的。我到这里来可不是要让你做什么事。我想的是——我想的仅仅是这个——你和别的男孩将为发生的事作证，我来说说为什么。唯一的事情就是为什么——而不是是什么。我本应推着手推车，带着你四处走，你本应说出你的故事，然后我本应说说为什么。也许这本应有点意义。也许它——"

他感到他们在笑他。困惑使他忘了他想说的话。屋子里全是陌生的黑面孔，空气凝重得使人艰于呼吸。他朝对面的门跌跌撞撞地走去，来到一个黑暗的储藏室，那里有一股药的味道。他用手拧动了另一只门把。

他面前是一间小小的白屋的门槛，屋里只有一张铁床，一个橱柜和两把椅子。床上躺着那个他曾在辛格家楼梯上遇到的可怕的黑人。在白色的僵硬的枕头上，他的脸显得非常黑。黑眼睛放射出火辣辣的仇恨的目光，但厚厚的、发蓝的嘴唇却是镇静的。他的脸就像一张黑面具，没有任何表情，只有伴随着呼吸不断缓慢颤动的鼻翼。

"滚出去。"黑人说。

"等等——"杰克无助地说，"你怎么能这么说呢？"

"这里是我家。"

杰克的视线停留在黑人恐怖的脸庞上。"究竟为什么？"

"你是白人，也是陌生人。"

杰克没有离开。他笨重而小心地走到一把白色的直背椅前，坐了下来。黑人的手在床罩上挪动。他的黑眼睛激烈地闪烁。杰克观察他。他俩在等待着什么。房间里有一种共谋的紧张感，也像爆炸前的死寂。

午夜过后很久了。春天的早晨，黑压压的暖空气搅动了房间里层层的蓝烟。地上有皱巴巴的纸团和半空的杜松子酒瓶。床罩上落满一层散乱的灰尘。考普兰德医生的脑袋紧紧地贴着枕头。他脱掉了晨衣，将白棉睡衣的袖口卷到胳膊肘。杰克坐在椅子里，身子向前探，他的领带松了，衬衫领子被汗水打湿了，蔫作一团。他们进行了数个小时的长谈，刚刚停了下来。

"所以是时候了——"杰克开口。

考普兰德医生打断了他。"我们眼下必须——"他沙哑地低语。他们停顿了，两个人都凝视对方，等待着什么。"请你见谅。"考普兰德医生说。

"对不起，"杰克说，"你继续讲。"

"不，你接着说。"

"嗯——"杰克说。"我不愿讲刚才的话了。关于南方，我们会有一个最终的结论。被束缚的南方。被浪费的南方。被奴役的南方。"

"还有黑人。"

为了使自己镇定下来，杰克捡起地上的酒瓶，吞下一大口烈酒，然后慢悠悠地走向橱柜，拿起一个便宜的微型地球仪，它是用来作镇纸的。他把地球仪放在手里慢慢地转动。"我要说的就是：这个世界充满了卑鄙和邪恶。啊，这个地球上四分之三的地方存在着战争和压迫，骗子和恶魔横行世间，明白真相的人孤立无援，手无寸铁。但是！但是，假如你让我指出世界上最荒蛮的地方，我会指这里——"

"看清楚些，"考普兰德医生说，"你指到海洋了。"

杰克继续转动地球仪，将自己笨拙的脏拇指指向精心挑选出来的一处地方。"这里。这十三个州。我知道我在说什么。我读过很多书，走过很多地方，去过所有这十三个该死的州，并且在每个州都工作过。我为什么这样认为？我们的国家是世界上最富有的国家，资源丰富，却无法分一点儿给贫困的男人、女人和小孩。此外，我们的国家建立在本应是伟大和真正的原则之上——自由、平等、人权。啊！可是这个开端带来了什么？有上亿资产的公司——成千上万的人却没得饭吃。这十三个州对人类的剥削到了这种地步——你真应该亲眼去看看。我所看到过的事真能让人发疯。至少有三分之一的南方人，他们的生活比不上欧洲任何一个法西斯国家最贫困的农民。农场里佃农的年平均工资只有七十三块钱。请注意，这是平均工资！用谷物交租的佃农每人从三十五块到九十块不等。一年三十五块意味着什么呢？一整天的工作只值一角钱。人们到处受到糙皮病、钩虫病和贫血症的折磨。还有活生生的饥荒。但是——"杰克用肮脏的拳头关节蹭了一下嘴唇，额上渗出汗珠。"但是——"他重复道，"这还只是你能看的见，摸得到的邪恶，还有更糟糕的东西——我指的是向人们隐瞒真理的方式。人们仅凭接收到的那些信息，根本无法洞察真相。那些有毒的谎言阻碍着他们获得真相。"

"还有黑人，"考普兰德医生说，"要想明白我们的情况你必须——"

杰克粗鲁地打断他。"谁拥有南方？北方的公司拥有整个南方的四分之三。他们说老奶牛在四处吃草——在南方、西部、北方和东部。但它只在一个地方挤奶。胀满奶时，它的老乳头却只在一个地方晃悠。她到处吃草，却只在纽约挤奶。夺走我们的棉纺厂、纸浆厂、马具厂、床垫厂。北方拥有它们。这该作何解释？"杰克气得胡子跟着抖动起来。"这有一个例子。事情发生的地点——依照美国工业伟大的父权体系建立的一个工厂村——实行产权遥领制。村里有一个巨型砖厂和大约四五百个贫民窟，这些房子简直不是人住的。而且，这些房子修建的时候就是当贫民窟来造的，这些贫民窟只有两个或三个房间，外加一个厕所——远远不如造牲口棚时所花的心思——还不如造猪圈时考虑的多。只因为在这种制度下，猪是有价值的，而人却没有——从骨瘦如柴的小工人身上，你可做不成猪排或香肠。对于人来说，你只能卖掉他的一半——可一只猪——"

"等等！"考普兰德医生说，"你扯远了。再说，你没注意到黑人这个非常独立的问题，我都插不上嘴。这些我们都经历过，不把黑人考虑进去，你不可能看清整体的状况。"

"回到我们的工厂村，"杰克说，"能找到工作的时候，一个年轻的棉纺工开始一周挣八块或十块钱的体面收入。他结婚生了第一个小孩后，女人也必须在工厂上班。他们都有工作时，加在一起的工资是一周十八块。啊！他们拿出四分之一来租工厂提供的棚屋。他们在公司的商店买食品和衣服，每一样东西商店都会多收钱。等有了四五个小孩后，他们就被牵制住了，就好像套上了铁链。这就是奴隶制的全部原理。可这里，在美国，我们说自己是自由的。可笑的是，大家脑袋里全是这样的想法，那些用谷物交租的佃农、棉纺工，等等，他们真的相信自己是自由的！这是多么荒诞的谎言啊，只是为了阻碍他们获得真相。"

"只有一个出路——"考普兰德医生说。

"两条路。只有两条。这个国家曾有过一段扩张的时期。人人都认为自己有机会。啊！可那已经成为过去式了。不到一百家企业吞下一切，只留下点残羹剩饭。这些企业吸干了人们的血，熬干了人们的骨髓。扩张的旧时光早已远去，资本主义民主的整套机制是——烂透的、腐败的，前方的路只有两条：一是法西斯主义；二是最革命和最永恒的改良。"

"还有黑人。别忘了黑人。对于我和我的同胞来说，南方现在就是法西斯主义，一直如此。"

"是的。"

"纳粹剥夺了犹太人的法律、经济和文化生活。这里，黑人也一直被剥夺了这些。如果说在德国发生的大量夸张的财物抢劫事件没有发生在这里，那也只是因为黑人从来没有过积累财富的的机会。"

"这就是那个机制。"杰克说。

"犹太人和黑人，"考普兰德医生痛苦地说，"我们同胞的历史将和犹太人漫长的历史相提并论——而且其血腥和野蛮程度有过之而无不及。就像一种海鸥，如果你捉住一只，在它的腿上缠住一根细红绳，剩下的鸟会把它啄死。"

考普兰德医生摘下眼镜，将断裂的铰链处的金属丝重新绑了绑，然后用睡衣将镜片擦了擦，他的手因为焦虑而颤抖。"辛格先生是犹太人。"

"不是，这你可错了。"

"我相信他是的。这个名字，辛格。我第一眼见他时，就认出了他的种族。我从他的眼睛认出的。而且，他也和我这么讲过。"

"嗨，不可能的，"杰克坚持道，"他可是正统的盎格鲁—撒克逊人。爱尔兰和盎格鲁—撒克逊。"

"但是——"

"我确定。绝对的。"

"好吧，"考普兰德医生说，"我们别吵了。"

外面黑压压的空气凉下来了，屋里有了点凉意。几乎是黎明了。清晨的天空是丝绸般的深蓝色，月亮从银白变成了纯白。外面一片寂静。屋外依旧黑暗，只有一只春鸟发出清脆而孤独的鸣叫声。尽管从窗外吹进了微风，屋里的空气还是难闻和闷滞的，有一种既紧张又筋疲力尽的感觉。考普兰德医生从枕头上探起身子，他的眼睛布满血丝，他用双手揪住床罩，睡衣的领口滑到了骨瘦如柴的肩膀。杰克的脚后跟搭在椅子的横杠上，两只大手交叉放在膝盖间，保持着一种等待和孩子气的姿态。他有很深的黑眼圈，头发乱蓬蓬的。他们相互对视着，等待着，沉默的时间越长，他们之间紧张的气氛就越严重。

终于，考普兰德医生清了清嗓子说："我相信你来这里有自己的目的。我确信我们整晚探讨这些问题也不是没有目的的。我们把能谈得都谈遍了，除了最关键的一点——出路。我们必须得做些什么。"

两人依旧互相对视着，等待着，脸上都写满了期待。考普兰德医生靠着枕头直直地坐着。杰克一只手托着下巴，身体前倾。继续沉默。然后他们犹豫着同时开了口。

"对不起，"杰克说，"你说。"

"不，你说。你先说的。"

"说吧。"

"哼！"考普兰德医生说，"你接着说。"

杰克用蒙昽而神秘的目光盯着他。"是这样。我认为。对人们来说，唯一的出路便是了解真相。一旦他们获得了真相，他们就不会再被压迫。只要有半数人获得真相，战争就算打赢了。"

"是的，假使他们能明白社会运作的机制。但你如何能让他们知道真相？"

"你听着，"杰克说，"知道连环信吗？一个人把信寄给十个人，这十个人中的每一个再把信寄给另外十个人——明白了吗？"他有些结巴了。"不是说我来写信，我是指这个意思。我只负责四处宣讲。如果我能在一个小镇上将我知道的真相告诉给十个人，我就算是做了一件大好事，你明白了吗？"

考普兰德医生惊讶地看着杰克，然后他哼着鼻子说："你太天真了！你不可能只是四处宣讲。连环信，真是的！知道的人和不知道的人！"

杰克颤抖着嘴唇，立刻愤怒地皱起了眉头："好啊，说说你的想法？"

"首先，对于这个问题，我以前多多少少也和你一样，可后来我发现这种态度是天大的错误。半个世纪以来我都以为保持耐心是明智的。"

"我没说要耐心。"

"在野蛮面前，我保持谨慎。在不公正面前，我保持平静。为了虚设的整体，我牺牲了眼前的事物。我相信舌头而不是拳头。我告诉人们，耐心和对人类灵魂的信仰是我们抵抗压迫的盔甲。我现在明白我错得多么离谱！我曾是我自己和我的同胞的叛徒！我以前全是一派胡言，现在该行动了，而且到了必须立刻行动的时候了。我们得以牙还牙，以眼还眼。"

"怎么行动呢？"杰克问，"怎样？"

"得做点什么。集合群众，让他们示威。"

"哈！最后一句话出卖了你——'让他们示威'。让他们对毫不知情的事情示威，有什么用？你这是在从屁眼里给猪填东西。"

"我讨厌这种粗俗的用词。"考普兰德医生一本正经地说。

"看在基督的份上！我才不管你讨不讨厌。"

考普兰德医生举起手。"咱们都安静一下，"他说，"让我们努力达成共识。"

"我同意。我不想和你打架。"

他们沉默了。考普兰德医生的目光从天花板的一角移向另一角。他用舌头舔了好几次嘴唇想说话，但每次话到嘴边，却发不出声来。最后他说道："这是我给你的建议，别总想着单打独斗。"

"但是——"

"但是，别但是，"考普兰德医生用教训的口吻说道，"试图单打独斗，是一个人所能做出的最致命的事。"

"我明白。"

考普兰德医生将睡衣领拉到骨瘦如柴的肩膀上面，把它在喉咙处收紧。"你相信我的同胞为自己的人权所进行的斗争吗？"

医生用沙哑的嗓音激动地问出这样温和的问题，突然让杰克热泪盈眶，心中的善意油然生出，他一把抓住床罩上医生干瘦的黑手，迅速握住它。"当然。"他说。

"我们极度穷困？"

"是的。"

"公正的缺乏？痛苦的不平等？"

考普兰德医生咳嗽着，将痰吐到枕头下的方纸巾里。"我有一个计划——非常简单和集中的计划，只想对准一个目标。今年八月，我计划带领我们县一千多名黑人去游行——去华盛顿游行。我们大家需要凝聚成一个坚固的整体。你看看那边的橱柜，里面有一叠信是我这星期刚写好的，我会亲自送信。"考普兰德医生的手在窄床边上紧张地上下滑动。"还记得我刚才说的话吗？你要记住我给你的惟一的建议是：别试图单打独斗。"

"我明白。"杰克说。

"这项事业一旦开始了，你第一要做的，就是义无反顾。你的工作将永无止境。你必须毫不吝惜地奉献你的全部，不要指望个人的回报，也别指望能有休息的时间。"

"为了南方黑人的权利。"

"南方和我们这个县。要不全有，要不全无；要么对，要么错。"

考普兰德医生重新靠在枕头上，他看上去只有眼睛是活着的。它们就像红木炭一样在他的脸上燃烧着。他的颧骨因为发烧呈现出恐怖的紫色。杰克沉着脸，把拳头节压在柔软、宽大和颤抖的嘴唇上。他的脸涨红了。早晨第一缕微弱的光射了进来。吊在天花板下的电灯在黎明时分丑陋刺目地亮着。

杰克站起来，身体僵直地站在床边。坚决地说："不，这绝不是正确的方向——我百分百地肯定它不是。首先，你们根本出不了镇。他们会驱散你们，借口说你们对公共健康形成了威胁——或者某个莫须有的理由。他们会逮捕你，不会有好结果的。即便有奇迹发生，你们幸运地到了华盛顿，也是徒劳。唉，你的想法太天真了。"

考普兰德医生喉咙里的浓痰又在尖利地作响，他的声音刺耳。"既然你这么快就嘲笑和谴责我的意见，你又有什么好的想法呢？"

"我没嘲笑你，"杰克说，"我只是认为你的计划太疯狂了。今晚我到这里来，带来了一个更好的主意。我希望用手推车推着威利和另外两个男孩，到处走动。他们将告诉人们发生了什么，然后我来解释为什么。换句话说，我要发表关于资本主义辩证法的演讲——将它所有的谎言公之于众。我会解释清楚的，到那时，每个人都会明白这些男孩的腿是怎么被锯掉的。每个看见他们的人都会知道的。"

"呸！再呸！"考普兰德医生怒火中烧，"你一点脑子都没有。它简直不值一笑。

我还从没机会亲耳听到这样的胡说八道。"

两人在痛苦的失望和愤怒中对视着。外面的街道传来手推车的吱嘎声。杰克咽咽口水，咬了咬嘴唇。"啊！"他终于发出了声音，"你才是那个唯一疯掉的人。你所做的每件事都代表着倒退。在资本主义制度下解决黑人问题的唯一办法是：阉割每一个黑人，这些州一千五百万的黑人。"

"这就是藏在你关于公正的豪言壮语下的好主意。"

"我不是说应该这样做，我的意思仅仅是你只见树木，不见森林。"杰克艰难地字斟句酌，"工作要从问题的源头抓起——不破不立，我们应为这个世界创造一套新的模式。第一次把人变成社会动物，生活在有序和可控的社会里，不再被迫为了生存而变得不公正——在一个社会传统里——"

考普兰德医生讽刺地鼓掌。"说的太好了，"他说，"可你想要织布，总得先摘棉花吧。你和你疯狂的'不作为'理论能——"

"闭嘴！谁会在意你和你的一千个黑人同胞是不是流浪到那个叫华盛顿的臭阴沟里？它能带来什么变化？要是整个社会都建立在黑暗的谎言之上，这一小撮人有什么意义——一千个人、黑人、白人、好人或坏人？"

"一切！"考普兰德医生气喘吁吁地说，"所有一切！"

"狗屁！"

"这个世界上，在公正面前，我们当中最卑鄙最邪恶的灵魂是更值钱的，相对于——"

"天哪，见鬼去吧！"杰克说，"傻蛋！"

"亵渎！"考普兰德医生尖叫，"可耻的亵渎！"

杰克摇动着床的铁栅栏，额头血管暴起，他的脸气得黑青。"目光短浅的老顽固。"

"白人——"考普兰德医生气得说不出话来。他挣扎着，但发不出声来，最终挤出了一句噎住的低语："恶魔。"

窗外已是阳光明媚的早晨。考普兰德医生的头跌回到枕头上，他的脖子快要拧断了，嘴上的唾沫印带着血迹。杰克又看了医生一眼，剧烈地哭泣着，急忙冲出房间。

14

眼下她再也无法继续待在"里屋"了，她身边不论何时必须得有一个人，每分每秒都得做点什么。独自一人的时候，她就数着数消遣。她数了起居室墙纸上的所有玫瑰。她计算出整个房子的体积。她数遍后院的每株草片，以及灌木丛里的每片树叶。如果没有这些数字，她的脑子就会被恐惧塞满。五月的这些下午，每次走在从学校回家的路上，她都会突然去想很多事情。这是一件好事。也许她能想到一个急促的爵士乐短句，或者是冰箱里等着她的一碗果冻，或者偷偷躲在储煤室后面抽一支烟。有时候，她会提前很长时间，想象着自己去北方看雪的日子，或者去国外哪个地方旅行。但这些想法不会在她的脑中停留太久，果冻用不了五分钟就没了，烟也很快就抽完了，这之后呢？何况她脑子里的那些数字自身在组合。雪、外国都是距离自己很久远的事，此外还有什么呢？

只有辛格先生。他走到哪里，她就想跟着他到哪里。每天早晨，她注视着他走下前面的台阶去上班，她隔着半条马路跟在他后面。每天下午一放学，她就在他的店铺周围一带的拐角徘徊。四点钟，他出门去买可口可乐，她的目光随着他走到街对面，走进杂货店，又走出来。她跟着他从店铺走回家，有时连散步都跟在他身后。她总是远远地跟在后面，他对此毫不知情。

她会上楼去他的房间。她通常提前将脸和手擦洗干净，在裙子前面喷点儿香草精。为了不想让他对她感到厌烦，现在她一周只去看他两次。她开门时，经常见他坐在那个古怪又漂亮的棋盘前，就这样，她就能和他在一起了。

"辛格先生，你有没有在冬天下雪的地方住过？"

他把椅子斜靠在身后的墙边，点点头。

"在别的国家吗——国外？"

他继续点头说是，并用银铅笔在便笺簿上写字。他去过加拿大的安大略——与底特律隔河相望。加拿大在很北很北的地方，那里的屋顶堆满白雪。那里是有著名的五胞胎（当时加拿大一个妇女生了罕见的五胞胎，成为一大新闻和景观）。人们在街上跑来跑去，相互说法语。再往北的地方，有纵深的密林和白色的圆顶冰屋。

"你在加拿大时有没有在外面找些新鲜的雪，和着奶油和糖一起吃？我在书上看到过，这种吃法很棒。"

因为没有听明白这句，他把头扭向一边。她不能再重复了，因为她突然觉得这个问题问得很愚蠢。她就这样看着他，等待着什么。他的脑袋在身后的墙上倒映出一个巨大的黑影子，电扇冷却了浑浊的热气，四下一片寂静，他们好像都在等着告诉对方以前从没说过的事。她要说的事非常可怕，而他要说的却如此真诚，它会让一切都归于圆满。也许它既不能说出来，也不能写出来。也许他要用别的方式让她明白。这是她对他的感觉。

"我只是想问你关于加拿大的事——尽管它没什么意思，辛格先生。"

楼下自家的房间里有太多令人烦恼的事。埃塔仍然病得很重，不能和另外两个人挤在一起睡。窗帘拉下来，黑乎乎的屋子里散发着病人的怪味。埃塔丢了工作，这意味着每周少了八块钱的收入，这还不算看病的钱。有一天，拉尔夫在厨房里乱转，不小心碰到热火炉，烧伤了。手上的绷带让他发痒，整天必须有人看着他，防止他抓破水泡。乔治过生日时，家人们合资买了一辆带着铃铛的小小的红白行车，把手上还带有一只小筐。埃塔丢了工作后他们付不起钱了，拖欠了分期付款的两个账期之后，商店那边的人过来取走了自行车。乔治看着那家伙沿着门廊将车子推走，那人经过乔治时，乔治朝自行车的后挡板踹了一脚，跑进储煤室，关上门。

都是钱的事儿。他们欠着杂货店的钱，也欠着家具最后的分期款。现在他们失去了这所房子，他们又欠着那里的钱。房子的六个房间一般都有房客，但没人会按时交房租。

有一段时间爸爸每天都出去找另一份工作。他不能继续做木匠活了，只要离地超过十英尺，他就会极度紧张。他找了很多家，但没人雇他，最后他想出了一个主意。

"做广告，米克，"他说，"我总结出一个结论：现在我的钟表修理生意最关键的是广告。我得推销我自己。我得让人家知道我会修表，修得好，还便宜。你记住我的话。我把这个生意做起来，用我的余生努力让咱们家过上好日子——就通过广告。"

他往家里拿回一些锡纸和红色的颜料。接下来的一周他忙得一塌糊涂。在他眼里，这个主意真的太棒了。前屋的地上全是广告。他趴在地上，认认真真地写着每个字母。他一边工作，一边摇头晃脑吹着口哨。几个月以来，他从没这样开心过。他偶尔穿上自己体面的西装，去附近喝杯啤酒，让自己平静下来。最开始，他的广告是这样：

威尔伯·凯利

钟表修理

质优价廉

"米克，我要让它们一下子就能吸引人的眼球，不管在哪里看到都会醒目。"

她给他帮忙，他给了她三个五分币。这些广告起初还不错，可因为过分用心了，结果反而弄糟了。他在广告的边边角角以及顶部和底端都下了功夫。在完成之前，广告上充满了各种词语，如"价格便宜""立马过来"和"给我任何一块表，我能让它走"。

"你的广告太复杂，反而没重点了。"她告诉他。

他又往家里拿回一些锡纸，把设计活全交给了她。她设计得非常朴素，只有巨大的印刷字母和一只钟。很快他就有了一大堆广告。一个朋友开车将他送到野外，他把这些广告钉在树上和篱笆桩上。在街道的两头，他钉了一个标识：一只黑手指向他们家。在前门钉上了另一个标识。

广告完成的那天，他穿着整洁的衬衫，打着领带，坐在前屋等待，可什么也没等到。那个珠宝商送来了几只钟，是他自己商店超额的活，父亲的价格只有他的一半。这就是一切。他勉强接受了现实。从那以后，他再也没有出去应聘过，但在家里他从没消停过一分钟。他拆下门，给铰链上油——不管需不需要。他替波西娅配人造黄油，擦楼上的地板。他设计了一个奇妙的装置，可以把冰箱里的水通过厨房的窗子排出去。他为拉尔夫雕了一些美丽的字母方块玩具，还发明了一个小小的穿针器。他十分用心地修理那些数量有限的手表。

米克仍然跟着辛格先生。其实她并不想这么做，尤其是在他毫不知情的情况下，跟踪他的行为好像不太对劲。她逃了两三天的学。在他上班的路上，她往往跟在他后面，然后在他工作的店铺周围一带的拐角晃上一整天。他去布瑞农那里吃午饭时，她也跟着去了咖啡馆，花五分钱买一袋花生米。晚上，在一团漆黑中，她随着他进行漫长的散步。她始终走在街道的另一边，与他隔了一条马路的距离。他停步，她也跟着停步，他快走，她就跟着小跑。只要能看见他，时刻在他身边，她就非常幸福。但有时她的内心会产生一种奇怪的感觉，她知道自己这么做不对劲，因此她尽量在家里找些事忙起来。

在这方面，她和爸爸很相似，他们手头总得有事才行。自家和街区发生的事，她全都了如指掌。斯伯尔瑞布斯的姐姐在电影院夜晚抽彩活动中赢了五十块钱。贝贝·威尔森取下了头上的绷带，头发剪得像男孩一样短。她不能在今年的晚会上跳舞，她母亲带她去看，一支舞曲中间，贝贝开始叫喊，瞎胡闹，他们不得不把她拖出歌剧院。在人行道上，威尔森太太不得不揍她，让她听话，威尔森太太也哭了。乔治恨贝贝。她经过房子时，他会捏着鼻子，塞住耳朵。派特·威尔斯从家里跑了，失踪了三个星期，回来的时候打着赤脚，饥肠辘辘，他豪言自己如何一路走到了新奥尔良。

因为埃塔，米克依旧只能睡起居室。短沙发太挤了，为此她不得不在学校的自习室补觉。比尔和她每隔一个晚上换地方睡，她和乔治睡在　起。后来，楼上搬走了一个房客，他们终于可以喘口气了。过了一周，还是没人理会报纸上的招租广告。妈妈告诉比尔他可以搬到楼上的空房间，比尔很高兴能够拥有一个远离家人且完全属于自己的房间，她便搬进去和乔治住在一起，他睡觉时就像一只懒小猫，呼吸很轻。

夜晚来临，却和上个夏夜不太一样，那时她独自走在黑暗里，听音乐，心里有着自己的计划。现在的夜晚不一样。她躺在床上，但头脑无比清醒，一阵奇怪的恐惧感突然袭来，好像头顶的天花板缓慢地向她压过来。假如房子塌了，会怎么样呢？爸爸有一次说家里的房子都应该被宣判死刑，他的意思是不是在某个熟睡的夜晚，他们的房子会自动裂开墙壁，坍塌下来？将他们埋在水泥、碎玻璃和破碎的家具里？他们既无法动弹，也不能呼吸？她清醒地躺着，肌肉僵硬。外面传来一阵吱吱嘎嘎的响声。谁在外面走动呢？——除了她，是不是还有人也醒着？——辛格先生？

她不再想起哈里。她已经下决心忘记他，事实上她也真的忘记了他。他给她寄过信，说自己在伯明翰找了一份维修汽车的工作。正如他们事先说好的那样，她回了一封明信片说"没事"。他每星期给他母亲寄三块钱。他们一起去树林玩耍的日子，好像已经十分久远了。

白天，她在"外屋"忙着。一到晚上，置身黑夜时数数不再管用了，她需要有人陪她。她努力让乔治保持清醒。"别睡了，咱们晚上聊聊天多好。我们说一会儿话吧。"

他睡意蒙眬地答了一句。

"看窗外的星星。每一颗小星星其实都像地球这么大，简直令人难以相信。"

"他们是怎么知道的？"

"他们就是知道。他们有测量办法。那是科学。"

"我才不信呢。"

她想怂恿他进行一场辩论，这样他就会兴奋得一直保持清醒。他只是由着她说，似乎没什么反应。过了一会儿他说：

"米克！快看，看见那个树枝了吗？它像不像最早移民到美国的清教徒，躺在地上，手上握着枪？"

"真像。太像了。再往那边的写字台上面看看，那只瓶子像不像一个戴着帽子的有趣的人？"

"不，"乔治说，"我觉得一点儿都不像。"

她从地上拿起水杯，喝了口水。"我们玩个游戏吧——名字游戏。你要是愿意的话，可以当'捉人者'。你愿意当什么就当什么，你任意选择。"

他把小小的拳头放到脸上，安静均匀地呼吸，他睡着了。

"等等，乔治！"她说，"这个很好玩的。我是一个以 M 字母开头的人，猜猜我是谁。"

乔治叹气，他的声音很累。"你是哈波·马克斯？"

"不，我没演过电影。"

"我猜不出。"

"你肯定知道。我以 M 字母开头，住在意大利。你应该能猜到。"

乔治向自己那边翻了个身，身体缩成一团。他没有再应声。

"我的名字以 M 开头，但有时别人叫我另一个名字，以 D 开头。在意大利。你能猜到的。"

房间里很安静，一片漆黑，乔治睡着了。她使劲拧他，揪他的耳朵。他呻吟着，却没有醒。她靠近他，把脸贴在他裸露着的热乎乎的肩膀上。他会熟睡一整夜，而她却在旁边做起十进位的算术。

楼上的辛格先生这会儿不知道醒着不？他是不是在房间里走动呢，不然天花板上怎么会有吱嘎吱嘎的声音？他会不会正喝着冰橘子汁，研究摆在桌上的象棋子？他是不是也像她这样有时会感到恐惧呢？不。他从不会做错任何事。他从不做坏事，他的心在晚上是安宁的。但同时他也会理解她。

如果她能和他说说这些话该有多好啊。她想过如何开口。辛格先生——我认识一个和我一般大的女孩——辛格先生，我不知道你知不知道这样一件事——辛格先生。辛格先生。她一遍遍默念他的名字。她爱他，胜过爱家中的任何人，甚至胜过爱乔治和她的爸爸。那是一种与众不同的爱——是她从未有过的一种爱。

早晨，她和乔治一起穿衣说话。有时她非常想靠近乔治。他长高了，苍白而且消瘦。他的柔软的红头发参差不齐地耷拉在小耳朵上。他锐利的眼睛总是习惯斜视，因此脸上会出现一种扭曲的表情。他长出了恒齿，蓝色的，稀稀疏疏，跟他长出乳牙时一样。因为经常舔新生的疼痛的新牙，他的下巴也是歪的。

"听着，乔治，"她说，"你爱我吗？"

"当然啦。我很爱你。"

放假前最后一星期的早晨，天气炎热，阳光明媚。乔治穿好衣服，坐在地上做算术题。他的小脏手紧紧地握着铅笔，铅笔头老是被折断。他做完功课后，她抱住他的肩膀，深深地凝视他的眼睛。"我指的是很多爱。很多很多。"

"求你啦。我当然爱你。你不是我的姐姐吗？"

"我知道。但如果我不是你的姐姐，你还会爱我吗？"

乔治后退着躲开她。因为没有衬衫穿了，他现在身上穿的是一件脏毛线套头衫。他的手腕很细，青色的血管清晰可见。毛线衫的袖子被拽得很长，松松地搭着，这使他的手看起来非常小。

"如果你不是我姐姐，我应该不认识你吧，所以就不可能爱你。"

"但如果你认识我，而我不是你姐姐呢。"

"你怎么知道我会认识你呢？你无法证明它。"

"好吧，只是假设，假设是这样。"

"我想我还是会喜欢你的——但我还是要说你无法证明——"

"证明！你脑子里就记住这个词了？证明或骗术。一件事不是骗术，就是需要被证明的。受不了你了，乔治·凯利——我恨你。"

"好吧。那我也不喜欢你了。"

他爬到床底下，摸索什么。

"你找什么呢？你最好别碰我的东西。如果我发现你瞎弄我的秘盒，我会揪着你的脑袋往墙上撞，撞开瓢儿。我一定会那样做的。我会把你的脑袋撞烂。"乔治从床底下爬出来，手里拿着一本拼写课本。他将小小的脏手伸到床垫的破洞里，那里藏着他的弹子球。没什么能惊动这孩子。他不慌不忙地挑了三颗褐色的玛瑙球，放到身边。"啊，呸，米克。"他回敬她说。乔治这样的小孩太难对付了。没道理去爱他。他对事物的了解比她要少得多。

学校放假了，她所有的科目都通过了——有的是 A+，有的则勉强及格。白天变得很长，而且炙热难耐，她终于又能好好地研究音乐了。她开始写几首小提琴和钢琴曲，她写歌——音乐永远在她脑子里。她听辛格的收音机，声音在房子里游荡着，她想着刚才听过的节目。

"米克哪里不舒服吗？"波西娅问，"最近这么不爱说话，怎么回事呢？她晃来晃去，不怎么说话，甚至不像过去那么贪吃了，好像变成了正常的女士。"

她好像在以某种方式等待——连自己都不知道在等待着什么。太阳散发出灼人的光芒，炙烤着大地。白天她能做的事，就是研究音乐，或者和孩子们在一起玩。还有等待。有时候，她快速扫视四周，结果又引发了那种熟悉的恐惧感。六月下旬，突然发生了一件重要的事，它如此重要，以至于改变了一切。

　　那天晚上，他们都来到外面的门厅里，黄昏的光线模糊而柔和。晚饭准备的差不多了，卷心菜的气味从大厅飘到他们鼻子里。除了海泽尔和埃塔，所有的人都在——海泽尔还没有下班，埃塔病在床上。爸爸靠在椅子里，将只穿着短袜的脚搭在扶手上，比尔和孩子们一起坐在台阶上，妈妈坐在秋千上，用报纸扇风纳凉。街对面，街区新来的一个女孩沿着人行道溜冰，脚上穿着四轮冰鞋。路灯逐渐亮起来，远处一个男人在喊谁的名字。

　　随后海泽尔到家了。她的高跟鞋在台阶上弄出很大的声响，后来她就懒懒地靠在扶手上。夜色将晚，她拿手摸了摸后面的辫子，胖乎乎的手显得格外苍白。"我真希望埃塔能工作，"她说，"今天我发现了这样一份工作。"

　　"什么工作？"他们的爸爸问，"我可以做吗，还是只是女孩的工作？"

　　"只是女孩。乌尔沃斯的一个员工下周结婚。"

　　"一角钱店——"米克说。

　　"你感兴趣？"

　　这个问题让她吃了一惊。她正想着前天在那里买的一袋冬青糖。她感到燥热和紧张。她把刘海捋到上面，数起了天上刚冒出来的几颗星星。

　　爸爸将烟头弹到人行道上。"不，"他说，"米克还小，这个年纪不能负担太多。让她安安稳稳地成长吧。无论如何，得让她自如地长大。"

　　"我同意，"海泽尔说，"我也觉得让米克专职工作是错误的。我认为不对。"

　　比尔把拉尔夫从他大腿上放下来，在台阶上蹭着脚。"十六岁之前，任何人都不应该工作。米克还有两年才十六岁，应该读完职业学校——如果我们还能供得起的话。"

　　"哪怕我们不得不放弃这所房子，搬到工厂区又如何，"妈妈说，"我宁愿让米克继续在家里待一段时间。"

　　有那么一瞬间，她担心家人会逼着她做这份工作，那样的话，她会说自己将不惜离家出走。但家人的态度让她深受感动。她对此感到兴奋。家人们在用一种充满善意的方式谈论和她相关的事，她为自己最初萌生的恐慌感到羞耻。突然间，她觉得她深爱着所有的家人，她的喉咙感到一阵紧涩。

　　"工资是多少？"她问。

"十块。"

"一星期十块吗?"

"当然啦,"海泽尔说,"你不会以为是一个月十块吧?"

"波西娅都挣不了这么多呢。"

"哦,黑人——"海泽尔说。

米克用拳头蹭了蹭头顶。"这是一大笔钱。很划算的。"

"没必要偷着乐,"比尔说,"我也挣这么多。"

米克的舌头发干。她在嘴里润了润舌头,粘上些唾沫后方才开口说道:"一星期十块意味着可以买十五只炸鸡,也意味着五双鞋或五件裙子,再或者分期付款买收音机。"她想到了钢琴,但没大声说出来。

"它能帮我们度过难关,"妈妈说,"可我还是宁愿让米克在家待一段时间。唉,当埃塔——"

"等等!"她变得兴奋起来,仿佛不顾一切地说道,"我想做这份工作——我能干好它——我相信自己。"

"听听小米克的。"比尔说。

爸爸正在用火柴棍剔牙,他从扶手上抽下他的脚。"喂,我们先不着急决定,先让米克好好想一想。她即使不工作,我们无论如何也能应付眼前的困难。我打算立刻把修表的价格上涨百分之六十——"

"我忘了说了,"海泽尔说,"那里每年应该还有圣诞节的红包。"

米克皱了皱眉。"但我不想到那会儿了还在工作——我想上学——我只想在假期上班,然后就回到学校。"

"当然可以。"海泽尔马上说。

"那明天我和你一起去,要是他们要我的话,我就上班。"

全家人似乎摆脱了那种巨大的忧虑和紧张,他们在黑暗中大笑,聊天。爸爸用火柴棍和手帕给乔治变了一个魔术,又给了他五角钱,让他去附近的便利店买晚饭后喝的可口可乐。从大厅里飘来的卷心菜的味道越来越浓,厨房里正煎着猪排。波西娅叫了——房客已经等在桌前了。米克在餐厅吃饭,她盘子里的卷心菜叶是那种蔫蔫的黄色,她吃不下。她伸手拿面包,碰翻了桌上的一大水罐冰茶。后来她一个人留在前廊等辛格先生回来，她无比急切地想看到他。没有了一个小时之前的那种兴奋，她开始心生厌恶。她将要去一角钱商店工作了，可她其实并不想去。她好像掉进了某个陷阱里。这绝不仅是一份暑期工作——而是很长时间，长到她可以预见。一旦家里习惯了这笔收入，她就无法再回到原来的状态——世事总是如此。她站在黑暗中，紧紧地抓着扶手。等了很久，辛格先生还是没有回来。十一点钟，她走到外面去找他。但是，突然间她对黑夜产生了一种恐惧，她便跑回了家。

早晨，她认真地洗漱、穿衣。海泽尔和埃塔借给她衣服穿，很精心地帮她打扮起来。她穿上了海泽尔的绿丝绸裙，戴了一顶绿色的帽子，穿上高跟鞋和长丝袜。她们给她的脸打上胭脂，还抹了口红，修了眉毛。打扮完毕后，她看起来至少有十六岁。

没有退路可走了——她已经长大了，到了自己挣钱的时候了。如果去找爸爸说出自己内心的真实想法，爸爸一定会答应让她在家多待一年的。海泽尔、埃塔、比尔和妈妈，现在都一个劲地说着她可以不去的话，可她不得不去——她丢不起这样的脸。她上楼去找辛格先生，脱口而出：

"听我说——我认为我得到了这份工作。你觉得这份工作怎么样？你觉得它是好主意吗？你觉得我现在退学工作可以吗？你觉得这样好吗？"

他起初没听明白，他半闭着眼睛，站在那里，双手深深地插入口袋，还是那种熟悉的感觉——他们等待着对方说出过去从未说过的话。事实上，现在她要说的事并不重要，而他要告诉她的将是对的——假如他说这个工作听着不错，她会感觉好一点。她慢慢地重复了 遍，等待着。

"你觉得它好吗？"

辛格先生考虑了一会儿，然后点头说是。

她最终获得了这份工作。经理把她和海泽尔带到后面的一个小办公室谈了话，后来她却丝毫想不起经理的样子，或者他说过的话，但她被雇用了，离开那里时，她在路上买了一角钱的巧克力，为乔治买了一小套橡皮泥。六月五日，她就要正式上班了。她在辛格先生的珠宝店窗前站了很久，然后就在附近的街角徘徊。

15

又该去看望安托纳帕罗斯了。这是一次漫长的旅行。尽管两地相距不到两百英里，但铁路线蜿蜒曲折，绕了一个很大的弯，而且火车在夜里经过一些车站时，有时要停好几个小时。辛格下午离开小镇，在火车上度过整整一夜，直到第二天早晨才到达那里。和以前一样，他提前很久做好准备，这一次，他计划和他的伙伴待够一周的时间。他把衣服送到洗衣店，用模具将帽子定了形，收拾好了行李。随身带着的礼物用彩色薄纱纸包好——还有一个用玻璃纸包装的奢华的水果篮，一篓刚运来的草莓。早晨出发前，他打扫了一遍房间。收拾冰箱的时候，他发现了一点剩鹅肝，就将它带到小路上喂了街区的猫。和上次一样，他在门上贴了一张便条，说明自己要出差几日。他不紧不慢地做着这些准备工作，他的颧骨上有两块明显的红晕。他的脸看着很严肃。

马上得出发了。他在站台上站定，手里拎着大包小包和礼物，注视着火车缓缓驶进车站的。上车后，他在硬座车厢找到了自己的座位，把行李放在头顶的行李架上。车厢内很挤，大多是妈妈带着孩子。绿色的绒座散发出一股污浊的气味。车窗很脏，辛格对旅伴致以礼貌的微笑，然后靠着座位闭上了眼睛。在他深陷的脸颊上，睫毛正好形成了黑色弧形的流苏。他的右手在口袋里紧张地移动着。

有那么一会儿，他的思绪停留在渐渐远离的小镇上。他看见米克、考普兰德医生、杰克·布朗特和比夫·布瑞农。他们的面孔从黑暗中跳出来，涌进他的脑海，他感到透不过气。他想到了布朗特和那个黑人之间的争吵，他实在搞不明白这次争吵的本质——他们两个有好几次都在背后激烈尖刻地指责另一个人。他依次同意了两个人——尽管他并不知道他们想要他同意什么。还有米克——她那张热切的脸庞，她说了很多他完全听不懂的话。此外是"纽约咖啡馆"的比夫·布瑞农——布瑞农，有着黑青如铁一般的下巴和充满警觉的目光。还有那些在街上跟着他的陌生人，不知道出于什么理由，非要拉着他聊天。亚麻店的土耳其人，在他眼前猛然地挥手，唠唠叨叨的，他的舌头发音的口形是辛格以前从未想象得到的。某个工头和一个黑人老太太。主街上的一个商人和一个小流氓——引诱士兵，为河边的妓院拉客。辛格不安地扭动着肩膀。火车平稳从容地震颤着向前驶去，他的头耷拉在肩上，睡了一小会。

等再次睁开眼睛，小镇已经远远甩在了身后——小镇被遗忘了。肮脏的窗子外面，是一块灿烂的盛夏的田野。强烈的光线呈现出一种古铜色，斜射在长着新棉的绿田上。大块大块的烟草地里，绿植密密麻麻，像长得极其茂盛的丛林杂草。桃园里繁茂的果实压弯了树枝。有绵延的牧场和大片大片的疲软的荒地——只有生命力更顽强的野草可以生长。火车穿过深绿的松林，地面铺着光滑的褐色松针，树顶向上伸展到天空，圣洁高大。再向前，到了小镇以南很远的地方，是一处柏树沼泽地——多节的树根蜿蜒进恶臭的水里，水里有从树枝蔓生的烂糟糟的灰苔藓，热带荷花盛开在黑暗和阴郁中。火车钻出了黑暗，回到了太阳和深蓝天空下的旷野中。

辛格严肃而胆怯地坐着，他的脸完全扭向了窗外。绵延的视野和鲜亮的天然色调令他眼花缭乱。多姿多彩的风景，这种丰富的生机和色彩，在某种程度上和他的伙伴联系在一起了。

他从未停止对安托纳帕罗斯的想念。即将团聚的兴奋几乎使他窒息了，他感到鼻子有些堵，只好微微张开嘴，进行着短促的呼吸。

安托纳帕罗斯见到他肯定会很高兴，他会喜欢他带来的新鲜水果和礼物。他现在应该离开病房了——可以出去看电影，然后去上次吃晚餐的酒店。辛格给安托纳帕罗斯写了许多信，但没有寄出——他的脑子里全是他的伙伴。

距离上次见过他，已有半年，时间既不长也不短。每一个醒着的时刻背后，总有伙伴的存在，他和安托纳帕罗斯这种隐秘的交流，已经成为一种血肉的结合。有时他带着敬畏和谦卑的心态想念安托纳帕罗斯，有时则带着一种骄傲——永远怀着不挑剔的爱，不受意志所控制。他做梦时，伙伴的脸总在眼前，粗大而温柔。他醒着的时候，他们永远都在一起。

夏天的夜晚总是姗姗来迟。太阳没入远处参差不齐的树丛后，天空变白了，黄昏的光线慵懒而柔和。天上升起一轮银白的满月，紫色的云低垂在地平线上，大地、树木、朴素的乡村住所，全都渐渐暗淡下去，夏天温和的闪电不时地划过天空。辛格贪婪地注视着这一切，直到夜幕降临，这时他可以看见车窗里自己的脸。

孩子们手里拿着湿淋淋的纸杯，在车厢过道上蹒跚走动。一个老人穿着工装裤，坐在辛格的对面，时而喝几口装在可乐瓶里的威士忌。喝酒间隙，他小心地用纸卷塞住瓶口。右手边的小女孩用一只粘手的红棒棒糖梳头。有人打开了装着食物的鞋盒样的容器，有人从餐车端了餐盘进来。辛格没有吃，他靠在座位上，自由地观察起周围的人与事。车厢终于平静下来，孩子们躺在宽大的绒座里睡觉，男人和女人靠着枕头蜷缩身子，以尽可能舒服的方式休息。

辛格睡不着觉。他将脸紧紧地贴在窗玻璃上，仔细地盯着窗外的夜色看。浓墨般的夜色有如天鹅绒般柔滑。有时能看见一小片月光，有时能看见路边人家的窗子里摇曳着的灯光。依照月亮的方位，他判断出火车从向南的轨道转到了向东。他如此渴望见到他的伙伴，直至鼻子堵塞，脸色发红。漫漫长夜，大多数时间他都呆坐着，脸庞紧贴着冰凉而漆黑的窗玻璃。

火车晚点了一个多小时，他们到达时，夏天灿烂的早晨已经焕发出一片生机。辛格匆忙赶往早已预定好的酒店，那是一家很有品质的酒店。他打开行李，将给他伙伴带的礼物放在床上。他在服务员递来的菜单上挑了一顿豪华早餐——烤蓝鳕鱼、玉米粥、法式吐司和热黑咖啡。吃过早餐，他便只穿着内衣坐在电扇前休息。到了中午，他开始穿衣梳洗。他洗了个澡，刮了胡子，将崭新的亚麻衬衫和他最好的绉纹薄西装摆开。医院的探视时间是三点钟。这一天是星期二，七月十八日。

他先去疯人院的病房找安托纳帕罗斯，也就是他上次生病时住的地方，到了后发现伙伴并不在那里。他沿着走廊摸到上次被带去的办公室，他事先在随身携带的卡片上写好了问题，却发现桌子后面的人也不是上次见过的那个。他是一个年轻人，几乎还是个孩子，有一张没有发育成熟的稚嫩的脸和蓬松的直发。辛格递给他那张卡片，静静地站着，胳膊上大包小包的，全身的重量都落在了脚跟。

年轻人摇了摇头。他趴在桌子上，在纸簿上潦草地写了几个字。辛格读完以后，立刻面无血色，他盯着纸条看了很久，眼睛斜视，垂着头——纸上分明写着安托纳帕罗斯死了。

回酒店的路上，他格外小心，担心把带去的水果压坏了。他把行李拿到楼上的房间，然后晃悠到楼下的大堂。在盆栽的棕榈树后有一个老虎机，他塞进去一个五分币，想拉动摇杆却发现机器堵塞了。他揪着这件事儿不放，为难服务生，怒气冲冲地演示遭遇的事。他脸色苍白，神情发狂，泪珠顺着鼻梁滚落下来。他疯狂地挥舞着双手，甚至用细长优雅的鞋使劲跺了一次绒地毯。哪怕分币退还给他，他还是不满意，坚持要立刻退房。他把东西装进行李袋，费了九牛二虎之力将其合上。除了自己带来的东西，他还带走了酒店里的三块毛巾、两块肥皂、一支笔、一瓶墨水、一卷卫生纸和一本《圣经》。他结完账，步行至火车站，把行李存在寄存处。火车要到晚上九点才出发，因此他有一下午的空闲时间。

这个镇比他住的小镇要小。两条商业街交叉成十字，商店充满乡土气息，橱窗陈设的物件有一半是马具和饲料袋。辛格无精打采地走在人行道上，他的喉咙发肿，几乎不能吞咽。为了减轻窒息的感觉，他去一家杂货店买了杯饮料。他在理发店待了一会儿，随后又去一角钱店买了点零碎。他不正眼看人，脑袋耷拉到一边，像一只生病的动物。

下午即将结束时，发生了一件奇怪的事情。当时辛格正沿着马路牙子漫无目的地走着，天上乌云密布，空气潮湿。他没有抬头，当他经过小镇的台球室时，眼角的余光瞥到了一幕，令他心里一乱。他走过台球室，在路的中间停住。他无精打采地掉头沿着原路返回，站到台球室大开的门口。台球室里有三个哑巴正打着手语聊天，三人都没穿外套，他们戴着圆顶硬礼帽，打着颜色鲜亮的领带，每个人的左手都拿着一杯啤酒。就像三个亲兄弟一样。

辛格走进台球室，他没能及时将手从口袋里抽出来，他做着手势，向他们笨拙地打了个招呼。这时有人拍了拍他的肩膀。他要了一杯冷饮。他们围在周围，和他聊起天来，做着类似手枪射击的手势。

他将自己的名字和居住的小镇名字告诉了他们，然后就再也没什么可说的了。他问他们是否认识斯皮诺斯·安托纳帕罗斯。他们都不认识。辛格站在原地，双手垂挂下来。他的脑袋依旧耷拉在一边，目光斜视。他浑身发冷，再也没有一点儿力气。三个哑巴都用一种奇怪的眼光打量着他。不一会儿，他们自顾自地聊天，不再理会他。在喝完酒结账离开时，谁也没有请他加入到他们中间的意思。

尽管时间充裕，但由于在街上晃荡了许久，辛格差点错过了回家的火车。他不知道发生了什么，也不知道时间是如何流逝掉的。他在火车出发两分钟前才赶到车站。他刚刚来得及把行李拖上车，找了个座位。车厢几乎全是空座。他将行李安顿好，随后打开草莓篓，十分仔细地挑拣起来。草莓个头有胡桃那么大，完全熟透了。水果顶部有尚未摘下的绿叶，就像一簇簇小小的花束。辛格往嘴里放进一颗草莓，果汁带着一种自然的香甜，隐隐含着一丝腐败的气味。直吃到味觉麻木，他才停了嘴，重新包好果篓，将它放到头顶的行李架上。午夜时分，他将窗帘拉下来，身体躺在座位里缩成一团，又用外套蒙住头部，就这样在座位上躺了足足十二个小时，半梦半醒地陷入恍惚之中。车到站时，列车员不得不把他摇醒。

辛格把行李放在车站大厅中间，然后向工作的店铺走去。他无力地扭了下头，和他的珠宝店老板打了个招呼。他走出店铺时，口袋里多了件沉甸甸的家伙。他低着头，在大街上闲荡了一会儿，耀眼的阳光，闷热潮湿的空气，这一切都令他感到无比压抑。他肿着眼泡，头痛欲裂，随后便回到了自己的房间。稍作休息后，他喝了一杯冰咖啡，抽了支烟。洗完烟灰缸和杯子，他从口袋里掏出一把手枪，朝自己的胸膛开了一枪。

Chapter 3 ┃ 第三章

1

一九三九年八月二十一日　早晨

"别催我了，"考普兰德医生说，"方便一下我吧。行行好，让我安静地坐一会儿。"

"父亲，不是我们想催你。但我们该走了。"

考普兰德医生固执地坐在椅子里摇着，灰披巾紧紧地裹在肩上。早晨温暖而清新，但炉子里仍燃着小小的柴火。厨房没什么家具了，只有他坐的这把椅子。其他房间也空了，大多数家具都被搬到了波西娅家，剩下的也被绑在了外面的汽车上。一切都准备妥当，除了他的心。他怎么能这样离开——这时候选择离开？——他的心中既没有开始也没有结束，既没有真理也没有使命。他用手托着颤抖的脑袋，继续摇晃着吱嘎作响的椅子。

紧闭的门外，他听见他们在说话：

"我想尽了千方百计。可他就是要一直坐在那里，直到他自己情愿离开。"

"巴迪和我包好了瓷碟子和——"

"露水蒸发以前，我们必须得出发，"老人说，"否则，恐怕到天黑我们可能还在路上。"

他们的声音小了下来，空荡荡的大厅里回响着他们的脚步声，他听不见他们的声音了。他身边的地上有一只杯子和托盘。他拿起炉子上的咖啡壶，倒满一杯咖啡。他一边摇着身体，一边喝咖啡，同时用热气暖手。这绝不可能是结束。他的内心响起了另外一些沉默的声音——耶稣和约翰·布朗的声音、伟大的斯宾诺莎的声音，卡尔·马克思的声音。所有那些斗争过的人们的召唤，向那些被赋予继承他们事业的使命的人们的召唤。当然，还有死者的声音。哑巴辛格的声音，一个正直的有同情心的白人。弱者和强者的声音。他的同胞绵长的叫喊，他的同胞在力量和能力方面一直在成长。他的回答在嘴唇上震颤——这些话绝对是人类一切痛苦的根源——他几乎是大声喊了出来："万能的主！宇宙最大的力量！我做了那么多本不应该做的事，却没有做我应该做的事，因此这不可能是结束。"

最初，他和爱人一起搬进这座房子。戴茜穿着婚纱，戴着白色蕾丝头纱。她的皮肤是美丽的深蜜色，她的笑声是甜美的。晚上他把自己关在明亮的房间里，独自读书。他曾试图沉思，强迫自己读书，可因为戴茜在身边，他体内强烈的欲望并没有随着读书而消逝。有时他不得不向这些情感屈服，随后又咬紧嘴唇，打起精神来，彻夜读书。然后，他的思想中有了汉密尔顿、卡尔·马克思、威廉姆和波西娅。可最终全都失去了。一个也不剩。

还有马迪本和班尼·迈。还有班尼迪恩？迈戴恩和马迪？考普兰德。那些随他名字的人。还有那些他曾诫勉过的人。他们当中又有谁，可以让自己放心地把使命交给他？

他始终强烈地明白自己的使命。他知道自己为了什么而工作，他内心对此十分确信，因为他了解眼前的每一天。

他会拎着包走家串户，和人们谈论一切，为他们耐心地解释夜晚来临时，他感到高兴，觉得这一整天没有浪费。即使没有戴茜、汉密尔顿、卡尔·马克思、威廉姆和波西娅在身边，他也可以独自一人坐在火炉边，享受这种单纯的喜悦。他会喝上一罐芜菁叶汁，吃一块烤玉米面包。因为过得充实，他觉得很满足。

他无数次感受过这种满足。可这又有什么意义呢？这些年来，他想不出有什么工作拥有永恒的价值。

过了一会儿，大厅的门开了，波西娅走了进来。"我想着，得像孩子一样帮你穿衣服，"她说，"这是你的鞋子和袜子。让我把你的拖鞋脱了，换上它们。我们这就得走了。"

"你为什么要这样对我？"他痛苦地问。

"哦，我怎么对你了？"

"你知道我不想走。你趁我身体不好，不能做决定时，强迫我同意你们的决定。我只想待在我从前一直待的地方，你知道吗？"

"简直是胡闹！"波西娅生气地说，"你发了这么多牢骚，我快要烦死了。你发火，你抱怨，我真为你害臊。"

"哼！你愿意怎么说就怎么说吧。你就跟一只苍蝇一样，在我面前飞来飞去。我知道我要的是什么，我不想被你缠着做错事。"

波西娅将他的拖鞋脱了下来，打开一卷干净的黑棉袜。"父亲，咱们别再争了。我们做了自认为最好的安排。咱们离开这里，搬去和外祖父、汉密尔顿、巴迪住在一起，这绝对是最好的计划。他们会好好照顾你的，你会好起来的。"

"不，我不，"考普兰德医生说，"我在这里也能好起来的。我知道。"

"你指望谁替你付房费？你认为我们还能养活得了你吗？你觉得谁会留在这里照顾你？"

"我一直能应付得来，现在也能。"

"你是在和我们抬杠。"

"哼！你就像一只蚊子一样在我面前飞来飞去。我不想理你了。"

"我在帮你穿鞋子和袜子，你居然和我说这样的话，真是的。"

"对不起。原谅我吧，女儿。"

"当然，你是对不起，"她说，"当然，我们都对不起。我们受够了争吵。再说，只要你在农场安顿下来，你会喜欢上它的。那里有我见过最漂亮的蔬菜园。一想到此，我简直就要流口水。还有鸡、两头种母猪和十八颗桃树。你会爱上那里的。我真希望自己能有机会去那里。"

"我也希望你能有机会去。"

"你为什么这么难过？"

"我只是觉得自己太失败了。"他说。

"失败？为什么这么说呢？"

"我不知道。别管我了，女儿。就让我安静地坐一会儿。"

"好吧。但我们必须马上就走。"

他不想说话。只想一个人静静地坐在椅子里摇，直到身体重新产生一种秩序感。

他的头颤抖得很，后背很痛。

"我真希望，"波西娅说，"希望我死的时候，能有很多人为我悲伤，就像辛格先生那样。我真想知道我会不会也能有像他那样悲伤的葬礼，会不会有很多人——"

"闭嘴！"考普兰德医生粗暴地说，"你话可真多。"

但是辛格的死的确在他的内心投下了悲伤的阴影。除了辛格，他没有对其他任何白人有过那样的交流，他信任他。而他的自杀，也让他感到困惑和无助。这是一种没有开头也没有终结的悲哀。他总是想起辛格——他从不傲慢或者轻蔑，他代表着公平与公正。死去的人依旧被人记起，那么，死去的人就真的死了吗？但他不能再想类似这种问题了。他现在必须把这想法狠狠地推开。

他需要的是自律。过去一个月内，那种黑暗的可怕的情绪再次出现，和他的灵魂搏斗。有一种仇恨，让他很多天都沉入到死亡之域。在和布朗特先生——午夜的来访者——吵架后，他心里聚集了杀气腾腾的黑暗。然而他现在无法清楚地回忆起他们争吵的原因。当他看到威利的残肢时，心中有迸发出另一种愤怒。爱恨的交织——对同胞的爱和对同胞的压迫者的恨——让他筋疲力尽，心烦意乱。

"女儿，"他说，"把手表和外套给我。我要走了。"

他撑着椅子扶手站起身。地板距离他的脸似乎很远很远，长期卧床后他的双腿软绵绵的。有一刻他觉得自己要摔倒了。他晕眩地穿过光秃秃的房间，靠在门道的一侧。他咳嗽，从口袋里掏出一张纸片，捂住嘴。

"给你外套，"波西娅说，"可是外面热得要死，你不需要它。"

他最后一次走过这空荡荡的房子。百叶窗合上了，黑暗的房间里有灰尘的气味。他靠在门厅的墙上休息，然后走到外面。早晨明亮暖和。前一天晚上和这天清晨很多朋友来道过别——而此时只有家人聚在前廊。马车和汽车都在外面的街道上停着。

"噢，班尼迪克特·马迪，"老人说，"我猜开始几天你会有点想家的。但不会想太久。"

"我连家都没了。我想什么家？"

波西娅紧张地润润嘴唇，说："等他身体好了，随时都会回来。巴迪很乐意开车带他进城。巴迪就喜欢开车。"

汽车装上了东西。一箱箱书被绑在踏脚板上。后座塞了两把椅子和档案柜。他的办公桌四脚朝天地绑在最上面。汽车沉甸甸的，而马车几乎是空的。骡子耐心地站立，一块砖头拴在缰绳处。

"卡尔·马克思，"考普兰德医生说，"睁大眼睛再检查一遍房子，看看有没落下什么东西。把放在地上的杯子和摇椅给我拿来。"

"我们上路吧，晚饭前我着急回家。"汉密尔顿说。

他们终于要出发了。赫保埃用曲柄发动汽车，卡尔·马克思坐在方向盘前，波西娅、赫保埃和威廉姆挤在后座上。

"父亲，你不如坐在赫保埃的腿上。我想总比和我们还有家具挤在一起要舒服些。"

"不，太挤了。我宁愿坐马车。"

"你不习惯坐马车啊，"卡尔·马克思说，"一路颠得不得了，路上要整整一天呢。"

"没关系。我坐过很多次马车。"

"告诉汉密尔顿坐过来。我打赌他愿意坐汽车。"

外祖父前一天就驾车进城了。他们带了一车农产品、桃子、卷心菜和萝卜，让汉密尔顿拿到城里卖。除了一袋桃子，别的全卖掉了。

"好吧，班尼迪克特·马迪，我愿意带着你一起回家。"老人说。

考普兰德医生爬到马车后面。他感到很累，骨头像是灌了铅。他的头在不停地颤抖。他突然感到一阵恶心，于是平躺在简陋的车板上。

"很高兴你能来，"外祖父说，"你知道我向来十分尊敬学者——深深地尊敬。如果有谁是学者，我就能忽略和忘记他的很多事。像你这样的学者能再次回到我们身边，我简直高兴极了。"

马车启动了，车轮发出吱嘎吱嘎的声响，他们终于行进在路上。"用不了多久我就会回来，"考普兰德医生说，"一两个月后我就会回来。"

"汉密尔顿真是个好学者。我觉得他和你有点像。他帮我记账，他也读报纸。威特曼虽然还只是个小孩子，我想他也会成为一名学者，现在已经能读《圣经》给我听了，还会做算术。我向来十分尊敬学者。"

他的后背随着行进的马车颠簸着。他抬头看向头上的树枝。没有树荫时，他就用手帕遮住脸，以使得眼睛可以避开阳光。这绝不可能是结束。他心里总感觉到一种强烈的使命感。四十年来，他的使命构成了他的生活，而他的生活也成为他的使命。但是一切都等着他去完成，一切都没来得及完成。

"是的，班尼迪克特·马迪，我很高兴我们最终又在一起了。我一直等着问你，我的右脚感觉很奇怪，这是怎么回事？我的右脚感觉怪怪的，像是睡着了。我服了'六六六'，抹了些药膏。但愿你能帮我找到一个好方子。"

"我一定尽力。"

"是的，真高兴身边有你。亲戚们就应该住在一起——有血缘关系的和有婚姻关系的亲人。我们大家应当共同努力，互帮互助，来生某一天，我们将会得到回报。"

"哼！"考普兰德医生嘲讽地说，"我只相信今生的公正。"

"你说你相信什么？你嗓子太哑了，我没听清楚。"

"相信对我们的公正——对我们黑人同胞的公正。"

"有道理。"

他感到内心升腾起一簇火焰，无法平静下来。他想坐起身子大声说话——他努力想抬起身子，却一点力气都使不出来。心里的话越长越大，不肯沉默。但老人不再听了，没有人再听他说话。

"驾，李·杰克逊。驾，宝贝。收起你的腿，别东倒西歪地，我们还有很长的路要走。"

2

下午

　　杰克笨拙而疯狂地奔跑着。他穿过韦弗斯小巷，穿到一条小路上，翻过篱笆，继续向前跑。他的胃突然感到恶心，想要呕吐出来。有只狗一直跟着他乱叫，等和它拉开足够的距离时，他便捡起一块石子威胁它。他的眼睛因为恐惧圆睁着，用手捂住张大的嘴巴。

　　天哪！这就是结局——骚动、暴乱的结局。为了自己和每个人打架。被碎瓶子割伤的血红的头颅和眼睛。天哪！喧嚣声之上还有木马呼哧呼哧的音乐声。掉在地上的汉堡、棉花糖和尖叫的小孩子们——这里面全都有他。与灰尘和阳光盲目地作战。关节处尖利的咬痕。还有笑声。天哪！还有这种感觉：他的体内释放出不肯停息的疯狂、强烈的节奏，随后死死盯住死去的黑色面孔，一无所知，甚至不知道他是否杀了人。但是等一下——天哪！没人能阻止它。

　　杰克慢了下来，紧张地扭头向后看。小巷空无一人。他吐了，用衬衫袖口擦擦嘴和额头。他休息了一分钟，感觉稍好一点。他已经跑了八条街，尽管他走的是捷径，还是跑了大约半英里。晕眩散去，在所有那些狂野的感觉里，他可以记起一些事情了。他再次跑动起来，这次是平稳的慢跑。

　　没人能够阻止它。整个夏天，他像灭火一样扑灭了它们，除了它——没人能阻止这场战斗。它像是从虚无中产生，熊熊燃烧。他一直在弄秋千的机械，中间停下来倒了杯水。路过场地时，他发现一个白人男孩和一个黑人正在绕着对方走，他们都喝得大醉。那天下午，人群中有一半人都喝醉了，因为是星期六，而一星期工厂都是全天候运转。阳关下的高温令人恶心，空气弥漫着一股浓重的臭味。

他看见这两个"打手"正在逼近对方。他知道这不是开始。一直以来，他都预感到会有一场战斗要爆发。可笑的是，他居然有时间想到这些。他站在那里看了五秒左右，然后挤进人群。在这短短的时间内，他想到了很多事情。他想到了辛格。他想到了那些闷热的夏日午后，还有那些黑色的炎热的夜晚，那些被他调解的斗殴，那些被他压制的争吵。

接着，他看见阳光下小刀的闪光。他用肩挤开人群，跳上拿刀的黑人的后背。这个男人和他一起倒下，同时跌到地上。黑人的汗味混合着重重的灰尘，扑进他的肺。有人踩他的腿，踢他的脑袋。等到他重新站起来时，这场战斗已经发展成集体斗殴。黑人们在和白人们打，白人们和黑人们打。他看得很清楚，每分每秒。挑起战争的白人男孩像是头儿。他是一帮经常来游乐场的小混混的头儿。他们十六岁上下，穿着白帆布裤子和时髦的人造丝 T 恤。黑人们拼命反击。有些人用上了剃刀。

他开始大叫：秩序！救命！警察！但这就像面对决堤的水坝喊叫。他听见了耳朵里一个可怕的声音——可怕是因为它是人发出的，却不是语言。这个声音涨成了震耳欲聋的咆哮。他的脑袋被击中了。他看不清周围发生的一切。他只能看见眼睛、嘴和拳头——疯狂的眼睛，半闭的眼睛，湿润松弛的嘴巴，握紧的拳头——黑色的和白色的。他从一只手里夺过刀，抓住了一只高举的拳头。灰尘和阳光蒙住了他的眼睛，他脑子里的念头就是离开这里，找到电话求助。

但他身陷其中。他忘记了自己是怎么加入战斗的。他挥拳出击，感觉到了潮湿的嘴上黏糊糊的柔软。他闭着眼睛低着头打架。 阵疯狂的声音从他的喉咙发出。他用尽全身气力，头向前冲锋，像一头公牛。他的脑子会想起一些毫无意义的话语，然后大笑起来。他看不见到底打了谁，也不知道谁在打他，但他知道斗殴的阵容变了，现在每个人都在为自己打架。

突然间，结束了。他跌了一跤，向后倒去。他被打昏了，也许过了一分钟或者远远更长的时间后，他才睁开眼睛。一些醉鬼们还在打，但两个警察正在迅速地驱散他们。他看见了绊倒他的东西。他半躺在一个黑人男孩的身上。他只扫了一眼，就知道他已经死了。他脖子的一侧有一条刀口，但看不清为什么死得如此之快。他知道这张脸，却想不起来是谁。男孩的嘴大张着，眼睛也惊讶地睁着。地上乱丢着废纸、碎瓶子和踩得稀烂的汉堡包。一只旋转木马的头折断了，一个售票处也被毁了。他坐了起来。他看见了警察，在惊恐中他开始狂奔。现在他们肯定追不上他了。

前面只剩下四条街，他就要安全了。恐惧让他难以呼吸，他气喘吁吁。他握紧拳头，低下头。接着他突然放慢脚步，停了下来。主街附近的小巷里只有他一个人。一边是房子的墙壁，他颓然地靠在上面喘气，额头上紧张的血管火烧火燎的。在混乱中，他穿过小镇一路狂奔，目标是他朋友的房间。而辛格已经死了。他放声大哭。他哭得很响，鼻涕流下来，打湿了胡子。

一面墙，一段楼梯，前面的一条路。灼烧的太阳压在身上，有千钧重。他掉头沿着原路折回，但这次走得很慢，一边用油腻的袖口擦拭汗湿的脸。他无法抑制嘴唇的颤抖，咬紧嘴唇，直到咬出了血腥味。下一条街的拐角处，他碰到了西姆斯。这个怪老头正坐在箱子上，他的《圣经》放在膝盖上。他身后是高高的木篱笆，上面用紫色的粉笔写着：

他为了救你而死

请听关于爱和仁慈的故事

每晚 7：15

街道上空无一人。杰克想到对面的人行道上去，却被西姆斯抓住胳膊。

"都来吧，汝等忧郁痛苦之人。跪在他的圣足之下，摒弃汝之罪孽和困惑。他为了救你而死。你何故要走，布朗特兄弟？"

"回家拉屎去，"杰克说，"我要拉屎。救世主有什么意见吗？"

"罪人！主会记住你所有的罪行。就在今晚，主有话要对你说。"

"主有没有记住我上周给你的一块钱呢？"

"耶稣今晚七点一刻有话要对你说。你要准时到场，聆听他的圣言。"

杰克舔舔胡子。"每天晚上你都有一大堆听众，我没法挤到跟前听清楚。"

"褒慢的人自有他的去处。另外，我收到了信号，很快救世主会让我替他造一所房子，就在十八大道和第六街的拐角处。一所神堂，大得足够装下五百人。到时你们这些褒慢的人就瞧着吧。主在我的面前摆好桌子，当着我的敌人的面。他在我的头顶涂上圣油。我的杯子——"

"今晚我可以帮你弄些人过来。"杰克说。

"怎么弄？"

"把你漂亮的彩粉笔给我。我保证会来一大群人。"

"我看过你的标语了，"西姆斯说，"'工人们！美国是世界上最富有的国家，但我们中的三分之一却在挨饿。我们何时团结起来，要求得到我们应有的那一份？'——诸如此类。你的标语太偏激了。我不让你用我的粉笔。"

"我没打算写标语。"

西姆斯抚摸《圣经》的纸页，警惕地等待着。

"我会给你招来好大一群人。在两头的人行道上，都给你画上一些好看的脱光的婊子。全是彩色的，还用箭头指路。可人的、丰满的、光屁股的——"

"巴比伦人！"这老人尖叫道，"索多玛之子！上帝会记住这个。"

杰克走到马路对面的人行道上，向他的住所走去。"再会，兄弟。"

"罪人，"老人嚷着，"七点一刻整你回到这儿吧。听听耶稣的圣言，它会给你信仰——得到拯救。"

辛格死了。他刚听说辛格自杀的消息时，感到的并不是悲伤——而是愤怒。他站在墙前。他想起曾对辛格说过的所有心里话。他死了，他感觉它们也不见了。辛格为什么要自杀？也许他疯了。但不管怎样，他死了，死了，死了——再也看不见他，触摸不到他，不能对他说话了。他们一起消磨过多少时光的房间，也被租给了一个女孩——一个打字员——他不能再去那个地方了。他孤单一人。一面墙，一段楼梯，一条大道。

杰克锁上身后的门。他饿了，可屋里没东西吃。他渴了，桌边的水壶里只剩下几滴热水。床铺没有整理，地板上堆积着毛茸茸的灰尘。屋子里到处都是纸片，他最近写了很多传单，在小镇散发。他不高兴地扫了一眼其中的一张："'纺织工人组织'是你最好的朋友。"有些传单只有一句话，有些就长多了。有一张是整整一页纸的宣言，标题名为："我们的民主党与法西斯主义的相似性。"有一个月的时间，他忙着这项工作，上班的时候打草稿，在"纽约咖啡馆"用打字机打出来，还要打出副本，再去亲自散发。他没日没夜地工作。但是有谁会读呢？它们有什么用？对一个个体来说，这镇子太大了。而现在他就要走了。

可这一次要去哪里呢？他想到了一些城市名——孟菲斯、威明顿、加斯托尼亚、新奥尔良。他会去一个地方的。但他不会走出南方。熟悉的骚动和欲望又来找他了。这次却不一样。他不再渴望开放的空间和自由——恰恰相反。他记得那个黑人考普兰德对他说过的话，"别试图单打独斗"。有时这是最好的选择。

杰克把床挪到屋子的另一头。原来床底下的位置有一只手提箱、一堆书和脏衣服。他不耐烦地收拾它们。老黑人的脸浮现在脑海，他们说过的某些话又响起了。考普兰德是疯子。他是狂热的，和他讲道理，简直令人发狂。那天晚上，他们感觉到的可怕的愤怒是很难理喻的。考普兰德知道。那些知道的人就像一小撮赤手空拳的士兵，站在全副武装的大部队前。他们都做了什么？他们只是互相争吵。考普兰德错了——对——他疯了。可是不管怎么说，他们可以在某些方面合作。如果他们没有说过那么多话就好了。他想去找他，他突然产生了强烈的冲动——赶快去找他，也许这才是最好的事。也许这是一个信号，他等了如此之久的那只手。

他等不及洗掉脸和手上的污垢，绑好手提箱就出门了。屋外的空气是闷热的，街上有一股难闻的气味。乌云聚集。空气纹丝不动，城区一家工厂冒出的烟，笔直连贯地升上天空。杰克笨拙地走着，手提箱不停地撞到膝盖。他时不时地扭头看背后。考普兰德住在小镇的另一头，他得快些走。天空阴云密布，黑夜来临前一场夏季的大暴雨将如期而至。

他来到考普兰德的住处，发现百叶窗全合上了。他走到后面，从废弃的厨房窗子向里看。失落让他感到空虚和绝望，他的手出汗了，心怦怦乱跳。他跑到左边的一所房子，没有人。只能去凯利家问问波西娅。

他实在不想再靠近那所房子。看到前厅里的衣帽架，看到他爬过无数次的长长的楼梯，这些都让他无法忍受。他慢慢地踱回到小镇的这一头，沿着小路走近凯利家。他进了后门。波西娅在厨房，小男孩和她在一起。

"不，先生，布朗特先生，"波西娅说，"我知道你是辛格先生的好朋友，你知道父亲是怎么看他的。我们今天早晨把父亲送到乡下了，我觉得完全没必要告诉你他住哪儿。你别介意我说实话，我可不愿意绕弯子。"

"你没必要绕弯子，"杰克说，"到底是怎么回事？"

"上次你来看过我们后，父亲病得很重，我们都觉得他要死了。我们花了好长时间，他才能勉强坐起来。他现在恢复得还成。待在现在的地方，他的身子骨会好得多。不管你懂不懂，他最近对白人厌恶得很，非常容易烦躁。再说啦，既然你不介意我说实话，我问你，你到底想从父亲身上得到啥？"

"没什么，"杰克说，"你什么也不会懂。"

"我们黑人像任何人一样有感情。我保证，布朗特先生。父亲只是个生病的黑老头，他已经有一大堆麻烦事了。我们得照顾他。他不想见你——我知道。"

重新走到马路上，他看见云彩已经变成了愤怒的深紫色。凝滞的空气中有暴风雨的气息。人行道边树叶的鲜绿偷偷地渗进了空气中，街面上浮着奇怪的绿光。一切都是如此安静，杰克停下来嗅了嗅空气，环顾四周。他把手提箱塞到胳膊下，向主街上的遮篷跑去。但他跑得不够快。传来一声刺耳的雷鸣，天忽然冷了。巨大的银白的雨点落在路面，嘶嘶作响。排山倒海的雨水打下来，他看不清路。到"纽约咖啡馆"时，他的衣服湿透了，裹在身上；鞋子灌了水，吱吱响。

布瑞农放下报纸，胳膊肘支在柜台上。"噢，真不可思议啊。我预感到暴雨后你立刻就会来这儿。我用脚趾头都能想到你会来，而且你会来不及躲雨。"他用大拇指按住鼻子，鼻子变得又白又平。"还有一只手提箱？"

"看上去像，"杰克说，"摸上去也像。如果你相信手提箱的现实性，我打赌这是一只手提箱，没错。"

"你别光站着啊。上楼去吧，把你的衣服给我脱下来。路易斯会用热熨斗烫平。"

杰克坐在后面隔间的桌子旁，双手捧着头。"不，谢谢。我只想休息一下，喘口气。"

"你的嘴都发紫了。你看上去筋疲力尽。"

"我挺好。我需要吃点饭。"

"晚饭要半小时后才有。"布瑞农耐心地说。

"剩饭也行啊。直接放碟子里吧，用不着热。"

内心的空虚感发作了。他既不想向后看，也不想向前看。两只胖乎乎的短手指在桌面上游走。离第一次坐在这张桌子旁，已经一年多了。他和过去比有什么进步呢？没有。除了交过一个朋友又失去了他，什么也没有发生。他给了辛格一切，而这个男人自杀了。他四面楚歌。如今他只能自己摆脱这个局面，重新开始。一想到这，他就惊恐万分。他累了。头靠着墙，脚放在身边的椅子上。

"给你，"布瑞农说，"这应该管点用。"

他放下一杯热饮和一碟鸡肉派。饮料有一股浓厚的甜香。杰克吸了吸热气，闭上眼睛。"里面放了什么？"

"用柠檬皮搓方糖，滚热的水加上朗姆酒。这饮料不错。"

"我应该付你多少？"

"我一下子可说不出来。你走前我会算出来的。"

杰克深深地喝了一大口热托地酒，吞下前在嘴里漱了一圈。"你永远拿不到钱的，"他说，"我没钱给你——即使我有钱，我也很可能不会给你。"

"好吧，我逼过你吗？我给过你账单，让你付过账吗？"

"没有，"杰克说，"你一直是个讲理的人。在我眼里，你是真正高尚的家伙——这是，我的个人看法。"

布瑞农坐在桌子对面。他在想一件事，一边用手将盐瓶子滑来滑去，一边不停地抹平头发。能闻到他身上的香水味，蓝条纹衬衫干净清新。袖子卷着，用老式的蓝色吊袖带固定住。

他终于迟疑地清清嗓子，说："就在你来之前，我刚好在看下午的报纸。今天你那儿有不少麻烦吧。"

"是的。报纸怎么说？"

"等一下。我去拿报纸。"布瑞农从柜台上取来报纸，靠在隔间的隔板上。"头版上说，位于某某处的'阳光南部'游乐场爆发了大规模的骚乱。两个黑人被刀砍成了致命伤。另有三人受了轻伤，被送到镇医院治疗。死者为吉米？麦西和兰斯？戴维斯。伤者为约翰？哈姆林，白人，来自中山城；威瑞斯？威尔森，黑人，等等。原文：'一些人被逮捕。据说骚乱的原因是工运煽动，骚乱场所发现了反动传单。即将有更多的逮捕行动。'"布瑞农咔哒咔哒地咬合牙齿。"报纸的排版一天比一天糟。'反动'的第二个音节印成了'u'，'逮捕'只有一个'r'。"

"他们很聪明，没错，"杰克嘲讽地说，"'原因是工运煽动。'真有一套啊。"

"不管怎么说，整件事很不幸。"

杰克用手捂住嘴，低头看着空碟子。

"你现在打算怎么办？"

"我要走了。今天下午就离开。"

布瑞农在掌心上磨指甲。"哦，当然没必要这样——不过也许这样也好。为什么这么冲动呢？下午这个时候走，没必要吧。"

"我愿意。"

"我不觉得你应该重新开始。你为什么不同时听听我的意见呢？我自己——我是保守主义者，自然认为你太偏激了。但同时我愿意知道事物的每一面。其实，我希望你能好起来。为什么不去能遇到和你差不多的人的地方呢？然后安顿下来？"

杰克烦躁地把碟子推开。"我不知道去哪里。别烦我啦。我累。"

布瑞农耸耸肩，走回柜台。

他累极了。热朗姆酒和雨猛烈的声音令他昏昏欲睡。在隔间里安全地坐着，吃完一顿好饭，感觉好些了。如果他愿意，可以靠着打个小盹。他头晕脑胀，像灌了铅，闭上眼睛更舒服些。但是，他只能睡一小会儿，他必须马上离开。

"雨还会下多久？"

布瑞农的声音里有一股催眠的伴音。"你无法判断——一场热带的大暴雨。有可能一下子就停了——或者——变小了，整个晚上都不停。"

杰克趴在胳膊上。雨声像滚滚的海浪。他听见钟表的滴嗒；远处传来碟子乒乓乒乓的声响。他的手渐渐地松弛了。它们在桌上摊开，掌心向上。

布瑞农摇晃他的肩膀，看着他的脸。他脑里有一个可怕的梦。"醒醒，"布瑞农说，"你做噩梦了。我来看看这里，看见你的嘴张着，你在呻吟，脚在地上蹭。我从没见过类似的情景。"

梦还压迫着他。他感觉到了熟悉的恐惧，它总是在醒来时如期而至。他推开布瑞农，站起身。"你没必要说我做噩梦了。我自己记得很清楚。我做过十五次这样的梦。"

他现在确实想起来了。隔一阵子，他就会忘记做过的梦。他走在一大群人中间——像游乐场的人群，但是周围的人像是来自东方。太阳亮得可怕，人们半裸着身体。他们不说话，动作迟缓，脸上有饥饿的表情。没有声音，只有太阳，只有沉默的一群人。他走在他们中间，抱着一只有盖的大篮子。他要把篮子带到某处，却找不到放它的地方。梦里弥漫着一种惊人的恐怖感——在人群里走啊走，就是不知道怎么扔下那抱了许久的包袱。

"它是什么?"布瑞农问,"魔鬼在追你吗?"

杰克站起来,走向柜台后的镜子。他的脸很脏,汗津津的。眼睛下有黑眼圈。他在水龙头下弄湿手帕,擦脸。掏出小梳子,细心地梳理胡子。

"这梦没什么。你去睡一觉,就明白它是怎样的噩梦了。"

时钟指向五点半。雨差不多停了。杰克拎起手提箱,走向大门。"再会。也许我会给你寄明信片。"

"等等,"布瑞农说,"你现在不能走。还有点雨呢。"

"只是从遮篷流下来的。我最好在天黑前离开镇子。"

"等一等。你有钱吗?能撑一个星期?"

"我不需要钱。我早就破产了。"

布瑞农准备好了一个信封,里面有二十块钱。杰克看了看钱的正反面,放进口袋。"上帝才知道你想干什么。你再也不会闻到它们了。谢谢你啦。我不会忘记的。"

"好运。给我写信。"

"再见。"

"再见。"

门在他身后关上了。他回头向街道尽头望去,布瑞农正在人行道上目送他。他走到火车铁轨边,两边是一排排破败的只有两间房的棚屋。狭窄的后院有腐臭的厕所,破破烂烂、被熏黑的衣服晾成几行。两英里内,没有一处是舒适、宽敞和干净的,甚至连大地本身都是肮脏的,都是被遗弃的。偶尔有几处曾经的菜地,但只剩下几株枯萎的甘蓝叶。几棵得了黑穗病的不结果的无花果树。小孩子在污秽里挤作一团,更小的孩子一丝不挂。贫困的景象是如此残酷和绝望,杰克大吼一声,握紧拳头。

他走到小镇的边境,转到高速路上。车辆从身边驶过。他的肩膀太宽了,他的胳膊太长了。他太强壮太丑陋了,没人愿意搭他。但也许很快一辆卡车会停下来。黄昏的太阳又伸出了脑袋。阳光晒在潮湿的路面,水汽挥发在空中。杰克不慌不忙地走着。他一走出小镇,一股新的能量就涌向他。这是一次飞翔还是猛攻?无论如何,他在前进。一切都会重新开始。前方的路通向北部偏西,但他不会走得太远。

他不会离开南方——这是很确定的——他心中有希望。也许他的旅程轨迹很快就会呈现。

3

晚上

究竟有什么用呢？这是她想知道的答案。到底有什么用呢？所有她做过的计划，
还有她的音乐。所有一切的结果只是一个陷阱——去商店，回家睡觉，再去商店。
辛格先生以前工作的店铺前面有一只钟，它指向了七点。她得下班了。老板每次总
让她留下来加班，因为她比别的女孩更能站，工作起来更卖力。

一场大雨过后，天空一碧如洗，显得苍凉而寂静。夜幕降临了。路灯也已点亮。
街道上响起了汽车的鸣笛，卖报纸的儿童高声叫卖着头版新闻。她却不想回家。要
是现在回去，只能是躺在床声大声哭泣。每次累到极点，她总是哭。如果她去"纽
约咖啡馆"吃点冰淇淋，感觉就会好点。最好抽支烟，独自一人静一静。

咖啡馆前面很拥挤，因此她绕到了后面的隔间。她感觉后腰和腮帮子累得不成
样子。他们的座右铭是"时刻准备着，保持微笑"。每次一走出商店，她不得不花点
时间皱眉蹙额，好让脸部的表情回归自然。耳朵也感觉到了累，她往往摘下绿色的
耳坠，揉捏一会儿耳垂。她刚在一周前买来这对耳坠——还有一只银手镯。她最开
始是在厨具部工作，现在调到了人造珠宝部。

"晚上好，米克。"布瑞农先生说。他用餐巾擦了擦水杯的底部，放回到桌上。

"我想要巧克力圣代和五分一杯的生啤。"

"一起吃晚饭吗？"他放下菜单，用戴着女式戒指的小拇指点着菜单，"看——这
里的烤鸡和炖小牛肉很好吃。和我一起吃晚饭吗？"

"不用了，谢谢。我只想要圣代和啤酒。要凉的。"

米克拨开前额上的头发。她张着嘴，两颊凹陷进去。她始终无法相信的事情有两件——辛格先生自杀了，已经不在这个世界了；她已经长大了，不得不去乌尔沃斯商店上班。

是她最先发现的他。刚开始他们以为是汽车的回火声，直到第二天才知道发生了什么。她进屋听收音机。辛格先生血流了一脖子，她的爸爸进来把她推出了房间。她跑到暗处，用拳头击打着自己。第二天晚上他躺在起居室的棺材里。殡仪工为他打了腮红，涂了唇膏，想让他看上去自然。可他的样子根本就不自然——他就是一具尸体。鲜花之外的别的气味，令她无法在房间里继续待下去。不过，那些日子里她坚持工作。她每天包好物品，递给柜台对面的顾客，然后把钱放进钱柜。她该吃时吃，该喝时喝。起初晚上还会失眠，现在则该睡的时候就睡。

米克斜过身子，方便自己跷起二郎腿。她的丝袜脱丝了。上班的时候就已经开始破了，她在上面吐了点口水。后来丝越脱越狠，她在底部粘了一小块口香糖，但不起什么作用。她要回家缝袜子。她简直不知道能拿丝袜怎么办，总是很轻易就穿坏了。她可不会像普通女孩那样，她不穿棉袜。

她实在不应该来这里。她的鞋底已经完全磨坏了。她本应省下两角钱，为鞋子打上新的前掌。如果一直穿漏洞的鞋子，会怎样呢？脚上一定会磨出水泡来，到时候她只能用烧热的针挑水泡了，为此她不得不请病假，接着被解雇。接下来还会发生什么呢？

"给你，"布瑞农先生说，"我从未见过有谁同时点这两样东西。"

他把圣代和啤酒摆到桌上。她假装清沽指甲，一旦她看他一眼，他就会开始说话了。他对她毫无芥蒂，他一定已经忘了那盒口香糖的事。现在他总想和她搭话。她却只想一个人待会儿。圣代不错，上面盖着满满的巧克力、坚果和草莓。啤酒能让她放松身心。吃完冰淇淋后再喝啤酒，啤酒就有了一种可口的苦味，她有了一点儿醉意。音乐之外，啤酒就是最好的东西了。

可现在她的脑子里再也没有音乐了，这实在很滑稽。仿佛她被关到了"里屋"外面。有时候一小段旋律眼看就要来了——但她终于没能走进有音乐的"里屋"，那都是过去的事儿了。也许是太过紧张的缘故，也许是工作耗费了她太多的精力和时间。乌尔沃斯店和学校可不一样。她以前放学回家时，总是感觉良好，随时能投入到音乐创作中，现在她经常感觉到累。只要回到家，就是吃饭、睡觉、吃早饭、再上班。两个月前她在日记本上创作的一首歌尚未完成。她也想待在"里屋"，但不知道如何才能做到。"里屋"像是被锁在了离她很远的某个地方，这实在令人费解。

米克用大拇指推了推断裂的门牙。她拥有了辛格先生的收音机。所有的分期付款都没付清，现在由她来付了。能拥有一样属于辛格先生的东西，这种感觉妙不可言。也许不久后的一天，她能攒够一笔钱，为自己买一架二手钢琴。比如说一星期攒两块钱。她不允许任何人碰她的私人钢琴——除了乔治，也许她会教乔治弹几首小曲子。她会将钢琴放在后屋，每天晚上都弹奏，遇上星期日就弹一整天。但是仔细想想，万一某一星期她无法付款，他们会拿走它，就像当初拿走那辆红色的小自行车一样？仔细想想，她绝不许他们这么干。想想吧，她把钢琴藏在地下室。或者在大门口等着他们，和他们然后打一架。她会把这两个男人打趴下，打得他们鼻青脸肿，昏倒在大厅的地上。

米克皱了皱眉，用拳头使劲地来回搓着额头。事情就是这样——她似乎总是处于一种疯狂的状态——和小孩子的那种一下子就会过去的抽疯完全不一样，而是另一种疯狂——只是根本没有什么事值得发疯——除了商店。但商店也没有求她去工作，所以她根本没有什么值得发疯的事。她感觉像是被骗了。可又没人欺骗她。没有人可以泄愤。但她就是有这种被骗的感觉。

也许会很顺利地拥有自己的钢琴。也许她很快就能得到一个机会。如果不是这样，所有一切都有什么用呢？——她对音乐的感觉，她在"里屋"做的计划。如果一件事有意义，那它就肯定有用——它也是，它也是，它也是，它也是——它是有用的。

没错！

没问题！

有用。

4

夜

所有一切都安静了下来。比夫擦干脸和手。微风吹动着桌上日本小宝塔的玻璃垂饰叮当作响。他刚打了个盹，醒来抽了几口夜间抽剩下了一半的雪茄。他想到了布朗特，不知道他现在是不是走远了。卫生间的架子上放着一瓶"佛罗里达"花露水，他把瓶塞在太阳穴处点了点。他吹起口哨，是一首老歌，走下狭窄的楼梯，旋律在他身后留下断断续续的回声。

路易斯应该正在柜台后值班。但他偷懒了，咖啡馆里没有人。大门对着空荡荡的大街敞开着。墙上的钟指向十一时四十三分。收音机开着，里面在播放希特勒在但泽炮制的危机。他来到厨房看了看，见路易斯在椅子上睡着了。这男孩把鞋脱了，裤子扣子也解开了，他的脑袋耷拉在胸前，衬衫上长长的口水印表示他已经睡了很久了。他的手臂直直地垂在两边，奇怪的是，他竟然没有　头栽到地上。他睡得很熟，没必要叫醒他，深夜店里也不会有什么人。

比夫跌跌撞撞地走到厨房一头的架子前，上面放着一篮茶橄榄和满满两水罐的百日菊。他将这些花儿拿到餐馆的前部，拿走了橱窗里蒙着玻璃纸的大浅盘，里面是晚上的特价菜。他受够了这些食物。夏季的鲜花之窗——这多好啊，他闭着眼睛想象自己该如何摆放。一层茶橄榄铺在底下，清爽爽、绿油油；红色的陶盆装满鲜艳的百日菊，用不着别的什么。他开始仔细地摆弄橱窗，有一株畸形的花，一朵百日菊有六瓣古铜色的花瓣和两瓣红色花瓣。他仔细观察着这枝珍品，把它放到一旁，准备收藏起来。橱窗弄好了，他站在马路上，打量自己的手工作品。粗拙的花茎弯成最合适的角度，显得安闲而自然。电灯光坏了点事。等太阳出来时，这种摆放会达到最佳效果，称得上是十足的艺术。

黑夜被星星点亮，仿佛垂到了地面。他沿着人行道走，中间停下过一次，一脚将一块橘子皮踢到沟里。下一条街的尽头，两个男人一动不动、手挽手站着，从远处看起来，很小的人影。没有什么别的人了。他的店是街上唯一开着门、屋里有亮光的店铺。

为什么会这样？为什么别的咖啡馆都关门时，他要通宵营业呢？常有人问起他这个问题，可他也无法用语言回答。不是为了钱。偶尔一群人会进来买啤酒和炒蛋，花上五块十块的。但这种情况极少。多数时候都是散客，他们点很少的食物，却待很长的时间。有些夜晚，十二点到五点之间一个客人也没有，也就自然没有营收了。

但他的店在夜晚绝不打烊——只要他的店没有关门大吉。夜晚总会来一些白天永远不可能遇到的人。有些人一周在固定时间来几次，也有的人只来过一次，喝一杯可口可乐，从此消失不见。

比夫双臂交叉在胸前，更加放慢了步伐。街灯的光影里，他黑色的影子弯成一个弧形。他身上仿佛沾染了夜的宁静。这时候正好适合休息与思考。也许这就是为什么他宁愿待在楼下，也不远睡觉的原因。他最后匆匆地扫了一眼空寂的街道，走进房间。

收音机还在播送着危机的消息。天花板上，电扇吹起阵阵的风来，令人倍觉心旷神怡。厨房里传来路易斯的鼾声。他想到了可怜的威利，打算近期抽时间看看他去，送他一夸脱威士忌。他开始玩报纸上的填字游戏。中间是一张用来猜谜的女人像，他认出了她，在开始的空格处填上"蒙娜丽莎"。第一竖行是"乞丐"的同义词，以 m 打头，有九个字母——Mendicant。第二横排是"远远地挪开"的同义词，以 e 打头的六个字母单词。Elapse？他大声地念出所有可能的字母组合。Eloign？到后来他也没了兴致。世上已经有那么多的谜语了，不差这一个。他将报纸折起来收好，想着以后再来猜吧。

他观察着打算收藏的百日菊，将它放在掌心，对着灯光，发现它算不上是什么珍奇品种，不值得收藏。他扯下柔软鲜艳的花瓣，最后一个因爱而开放——但是谁？他现在正爱着谁？没有人。任何一个体面的人——任何一个从街上走来，进屋坐上一小时，喝点饮料的人。但是没有人。他曾经知道他的爱——它们全结束了——艾莉斯、玛德琳和基普——结束了——让他也许变好了，也许变坏了。好还是坏？——不管你怎么看它。

还有米克。最近的几个月，她一直牢牢地占据着他的心。难道连这种爱也面临着结束？是的。一切都结束了。傍晚时分，米克走进店里要了一杯冷饮或是圣代。她长大了，没有了小时候的粗野和孩子气，相反，多了一些不可名状的女人的气质——她的耳坠、手镯，还有她跷二郎腿的姿势，把裙边拽到膝盖下的那个动作。他注视她，心里泛起一种温柔。旧的情感已经死去，这种爱奇异地开放了一年，他千百次地追问自己，始终无法找到答案。正如夏季的花朵在九月凋落一样，它也结束了——一切都结束了。

比夫用食指敲了敲鼻子。收音机里传出外语的声音，他搞不清这究竟是德语、法语还是西班牙语，但听着感觉大事不妙。他开始紧张起来。他关上收音机，感受到了深入骨髓的寂静。他能很清晰地感觉到外面的夜。那种绝望的孤独深深攫住了他，他不由得心跳加快。想给露茜娅打电话，想和和贝贝聊聊天，可实在是太晚了。他也不指望在这个点上进来一个顾客。他走到门口，望了望外面的街道，四下空荡荡的，一片漆黑。

"路易斯！"他叫道。"醒了吗，路易斯？"

没人回答。他把胳膊肘支在柜台上，用手捧着头，随后来回地晃动着留着胡须的下巴，眉头逐渐紧皱成一团。

这个谜存在她心中已经很久了，使他不得安宁。辛格之谜，还有其他的谜，从开始到现在已有一年多了。自从第一次见布朗特在这里痛饮，第一次见到辛格，已经过去一年多的时间了。从那会儿米克尾随着他进进出出，到现在辛格也已经死了有一个月了，心底的谜团还没能解开。这一切就像是一个丑陋的玩笑，只要一想起来，他就会感到极度的不安恐慌。

他安排了辛格的葬礼。他们把所有关于辛格的后事全部交付给他。辛格的后事乱七八糟。他得为辛格支付每件财产分期付款的钱，他的人寿保险的受益人已经死亡，剩下的钱仅够埋葬他。葬礼是在中午举行的。墓地宽阔而潮湿，站在那里的人，都经受着阳光猛烈的炙烤。花儿被晒蔫了，被烤成黄褐色。米克在一边哭得伤心欲绝，几乎喘不上气来，他的爸爸一直在拍打着她的后背。布朗特握紧拳头堵在嘴上，对着墓地怒目而视。小镇上那个和威利有亲戚关系的黑人医生，站在人群外围，一个人可怜巴巴地抽噎着。也来了很多从没见过或者听说过的陌生人。他们从哪里来，为什么来，恐怕只有上帝知道。

屋内的寂静如黑夜一般深不可测，比夫呆立着陷入沉思。突然他感受到一些莫名的心悸。他感到脑袋昏昏沉沉的，于是背靠柜台支撑住身子，在突然出现的一道光亮中，他分明看见：人类的斗争精神和抵抗压迫的勇气；人性永恒地流过无尽的时间的河流；那些辛勤劳作的人们；那些心中有爱的人。他的心灵瞬间开阔了。他同时感受到了危险的警告，恐惧的信号。他看到了两个世界。他发觉自己正望着面前柜台玻璃里的脸，只看见太阳穴上的汗水折射出太阳的光芒，他的脸变得扭曲，一只眼大，一只眼小，眯着的左眼回忆往事，睁大的右眼带着一种恐惧展望着未来——黑暗、错误、破灭的未来。他置身于光明和黑暗之间，置身于尖刻的嘲讽和信仰之间。他猛地回转过脸。

"路易斯！"他大叫道，"路易斯！路易斯！"

仍然没人回答。啊，圣母玛丽亚，他是一个明智的人吗？为什么恐惧感如此强烈地扼住了他的喉咙，他竟然不知道为何恐惧。他就这样像个傻子一样呆若木鸡？他应该平复一下内心，保持理智吗？他究竟能不能算是一个明智的人？比夫开了水龙头，将手帕打湿，擦了擦因紧张而过度扭曲的脸。他隐隐约约记得遮篷还没有升起。当他走向门口时，身体终于不再摇晃了。然后，他回到屋里，调整好自己的状态，准备迎接新一天的太阳。